INMEMORIAN

INMEMORIAN
ISMAEL SANTIAGO RUBIO

amazon publishing

Los hechos y/o personajes de este libro son ficticios. Cualquier parecido con la realidad es mera coincidencia.

Título original: *Inmemorian*
Edición original autopublicada en España, 2019

Publicado por:
Amazon Publishing, Amazon Media EU Sàrl
38, avenue John F. Kennedy, L-1855 Luxembourg
Septiembre, 2020

Copyright © Edición original 2019 por Ismael Santiago Rubio
Todos los derechos están reservados.

Diseño de cubierta por: Alexia Jorques
Realización gráfica de la presente edición por lookatcia.com
Imagen de cubierta © MF3d / Getty Images; © Viktor Gladkov / Shutterstock
Producción editorial: Wider Words

Impreso por: Ver última página

Primera edición digital 2020

ISBN Edición tapa blanda: 9782496705522

www.apub.com

Sobre el autor

Ismael Santiago Rubio (1988) nació en Villena (Alicante), población donde reside. Aficionado desde su infancia al cine, los cómics y la literatura de ciencia ficción, en 2014 publicó *Exiliado en el futuro* y en 2016 *Viajando entre dos mundos*, novela con la que puso punto final a esta bilogía de ciencia ficción blanda que se ha vendido en España y en otros países hispanohablantes, como Colombia, Ecuador y México, así como en Estados Unidos, Francia y Canadá.

En la actualidad trabaja en varios proyectos literarios, al mismo tiempo que presenta y dirige *El Cosmonauta*, «tu *podcast* de ciencia, misterio y ficción», que se puede escuchar en la plataforma ivoox.com.

Su tercera novela, *Inmemorian*, se alzó con el Premio Literario Amazon 2019 y ha obtenido un gran reconocimiento del público.

Contacta con Ismael en:
Twitter: @ismael_escritor
Instagram: @ismael_escritor
Facebook: https://www.facebook.com/IsmaelSantiagoEscritor (Ismael Santiago Rubio - Escritor)
Sitio web: ismaelsantiago.com
Escucha *El Cosmonauta* en:
www.ivoox.com/podcast-cosmonauta_sq_f1319513_1.html

Dedico esta obra a Leira, por comprenderme y apoyarme, por formar parte de la energía que necesito; y a Jesús Úbeda, por la gran ocurrencia que tuvo sobre el título que debía llevar la novela, incluso antes de comenzar a escribirla

Acontecimientos anteriores

2028

La tecnología avanza a pasos agigantados. La esperada revolución de las máquinas, también denominada «segunda Revolución Industrial», ha cambiado los comportamientos sociales.

Una sola IA (Inteligencia Artificial) puede encargarse de toda la producción de una o varias compañías, coordinando las funciones de miles de mecanismos y robots a la perfección. Las empresas contratan máquinas y hombres mecánicos en vez de personas. Casi todas las familias disponen de uno o dos autómatas que les generan ingresos. El sistema de las bases de cotización a la Seguridad Social se ha restaurado, para que máquinas y robots no solo trabajen en lugar de las personas, sino para que también coticen para sus propietarios. El mundo entero ha caído bajo el monopolio robótico. La economía mundial depende de los robots y servicios de Slender Robotics.

2035

La medicina ha avanzado exponencialmente gracias a la nanotecnología; la enfermedad del siglo XXI es cosa del pasado. La alimentación se ha convertido en algo completamente artificial, y también más eficaz para el organismo humano. La tecnología, en definitiva, ha hecho que el ser humano tome consciencia de las herramientas de que dispone para enfrentarse al paso del tiempo, a su propio deterioro, e incluso a la muerte. La esperanza de vida se ha extendido hasta los ciento treinta años. La natalidad ha aumentado y muy pocos fallecen por afecciones. El censo de población a escala mundial se ha disparado.

2040

La superpoblación ha traído consigo un exorbitante aumento de muertes. Cientos de miles de personas alcanzan el límite de sus vidas cada día. Resulta sorprendente presenciar la rapidez con la que colapsan los nuevos cementerios que se construyen. Existe un gran problema de espacio. Las ciudades más pobladas empiezan a utilizar inmensas fosas comunes para dar sepultura a todos sus muertos.

2045

Se construye Soulstone, el primer cementerio de lujo que permite ser enterrado lejos de la acumulación de cadáveres de los cementerios convencionales. Con setecientos veinticuatro metros de altura, el oscuro monolito de Soulstone reina en el centro de Boston. La muerte permanece muy presente en el día a día de todos los ciudadanos. El elevado coste de este servicio lo hace inaccesible para la mayor parte de la sociedad.

2050

Durante los treinta últimos años, Boston ha crecido casi de manera descontrolada. Es una de las ciudades sustentables más grandes de América. Acoge bajo su yugo los antiguos estados de Massachusetts, Connecticut y Rhode Island. La tecnología de vanguardia ha hecho posible que cada edificio pueda depurar su propia agua, así como generar y acumular la energía sin que sus habitantes tengan que renunciar a ninguna de las comodidades a las que el ser humano lleva acostumbrado desde principio de siglo.

El noventa por ciento de la energía que hace funcionar la ciudad es limpia. Más de doscientos rascacielos-invernadero (edificios pulmón), con sus sistemas de filtración y distribución de aire, colocados estratégicamente, se encargan de purificar el aire y de repartirlo mediante conductos de ventilación a casi todas las calles de la ciudad. Una bruma de brillos de neón se cierne desde los rótulos publicitarios y hologramas virtuales, y las estelas azules que dejan los vehículos a su paso relucen en las calles.

2065

Mediante la implantación quirúrgica de un chip en el cerebro, un grupo de científicos de la Universidad Prince of Theia han conseguido recopilar en forma de datos la consciencia de una persona fallecida durante las primeras horas tras su muerte. Han logrado que la propia consciencia sea incapaz de distinguir si está viva o muerta cuando es cargada en los programas que han creado para ello, a pesar de que simplemente es una copia de quien fue, un conjunto de códigos almacenados que componen un cerebro simulado.

El equipo de científicos no da explicaciones públicas sobre cómo han logrado su gesta. La comunidad científica se reúne para comprobar la veracidad del descubrimiento, aunque no se pronuncia oficialmente. La sociedad cuestiona la innovación. El mundo en general muestra recelo y miedo, y al mismo tiempo, cierta curiosidad.

2066

Los medios de comunicación producen un ruido mediático incontrolado sobre el tema. Algunas cadenas de holovisión tratan el asunto las veinticuatro horas del día sin descanso. La noticia hace incrementar sus audiencias. En los medios, y en la sociedad en general, se ha empezado a especular sobre las diferentes utilidades que ello podría tener. Se dicen cosas tremendamente absurdas. Las personas que han perdido a un ser querido se posicionan a favor del descubrimiento científico, sujetos a algún tipo de esperanza que ellos mismos no comprenden.

Tanto si el resultado de la investigación es real o no, las grandes marcas y empresas se han dado cuenta del dinero que puede generar el tema si se sabe gestionar. Cientos de inversores millonarios comienzan a perseguir el mismo objetivo.

2067

Tras decenas de encuentros y reuniones, el equipo de científicos acepta trabajar para Christopher Dantakis, padre de Fisher Dantakis, actual dirigente de Soulstone. Empiezan a diseñar el proyecto más ambicioso que el mundo jamás ha conocido. En diciembre de ese mismo año Naciones Unidas paraliza el proyecto.

2068

La mayoría de los miembros de Naciones Unidas se posicionan en contra de lo que les parece el mayor engaño de la época moderna; afirman que ningún programa informático puede revivir a los muertos. Los más crédulos creen que el proyecto eliminará el miedo a la muerte, algo fundamental para el funcionamiento del sistema, y los más pesimistas, que desatará el desastre económico de igual modo. Todos están de acuerdo, tratan el tema con especial cuidado, están en juego muchas cosas: la economía mundial, los intereses económicos, el futuro de la humanidad, la religión y la estabilidad social.

En la Capilla Sixtina de la ONU se produce algo inédito. Después de un debate que dura días, ofrecen a Christopher Dantakis y a su grupo de científicos la oportunidad de defender sus intenciones empresariales. Estos aprovechan la oportunidad preparando todo lo necesario para una demostración real *in situ*, que se lleva a cabo bajo el más estricto secreto. Solo los asistentes a esa reunión saben lo que sucede allí. Una semana más tarde, se programa una votación en la que el ochenta y dos por ciento de la sala vota «sí» a favor del proyecto.

2078

Fisher Dantakis logra culminar el proyecto que empezó su padre, transformando Soulstone en Inmemorian.

Prólogo

A codazos y empujones, Callahan se hace hueco entre decenas de periodistas que esperan impacientes en los pasillos adyacentes a la sala de reuniones. A pesar del bullicio de medios de comunicación, consigue llegar puntual a la antesala del querytorium. La casualidad ha hecho que su cita coincida con la rueda de prensa de máxima importancia en la que el presidente de Inmemorian está a punto de explicar al mundo los nuevos avances y servicios que su empresa va a ofrecer.

Tan solo faltan un par de minutos para que llegue su turno. Nueve personas más aguardan como él a que se abra la puerta del querytorium. Hace semanas que no acude al lugar. La intensa relación *post mortem* que mantiene con su mujer se ha ido enfriando poco a poco. A pesar de que su alto estatus económico le permite seguir pagando una sesión al día, ya no lo hace. Pasa más tiempo entre cada encuentro, si se les puede llamar así.

Ha sido muy difícil tomar la decisión. Pero tiene claro que las visitas deben acabar. Psicológicamente, está resultando muy duro para él, sus cicatrices no sanan, el dolor aumenta en su interior cada día que habla con ella. Ha comprendido que, para dejar de sufrir, necesita olvidarla. Hoy está dispuesto a despedirse.

La puerta se abre y los usuarios abandonan ordenadamente el querytorium para dejar paso a los diez nuevos visitantes. La sala es redonda y permanece en penumbra. Hay una decena de asientos enfrentados a la pared distribuidos en círculo de manera uniforme. Frente a cada puesto, unas pequeñas consolas son las encargadas de mantener el contacto con las consciencias de los que ya no están. Callahan toma asiento en el puesto número ocho, tal y como tenía asignado, se coloca los pinguells y unos separadores virtuales se despliegan para ofrecerle intimidad. Un holograma aparece delante de él; debe introducir su nombre y los datos de su mujer para iniciar el contacto.

A los pocos segundos sus voces interactúan:
—¿Emily?
—Hola, Call. ¿Cómo estás?
—Bien —responde, pero no le hace la misma pregunta; se ahorra las cordialidades, pues sabe que ella en realidad ya no existe—. Tenía ganas de escucharte.
—Yo también.
—Será porque soy con el único que hablas —bromea Callahan.
—No seas tonto —pronuncia Emily en tono burlón—. Supongo que tienes muchas cosas que contarme esta vez, han pasado cuatro semanas. ¿Por qué no has venido antes?

Callahan no contesta. Está buscando la manera de empezar a explicarle su decisión, pues no esperaba tener que hacerlo tan pronto.

—Sé que te resulta duro venir aquí para hablar conmigo. Pero ¿por qué has tardado tanto en volver? —insiste Emily—. Cuatro semanas es demasiado tiempo.

—Mucho trabajo… Bueno… En realidad, no es eso. —Durante unos segundos solo hay silencio—. De eso mismo quería hablarte hoy. Todo esto me tiene muy confundido, es difícil hablar con la consciencia de tu mujer sabiendo que ya no existe. Tras cada conversación me marcho pensando si alguna parte de ti permanece viva en algún lugar, si de verdad te llegan mis palabras. Temo estar malgastando mi tiempo y empeorando mis heridas. En ocasiones olvidas conversaciones anteriores que hemos tenido.

—Siento mucho haberte abandonado, Call —interviene Emily con voz suave y pausada—. Sabes que fuiste lo que más quise en el mundo.

Callahan suspira. Una lágrima resbala lentamente por su mejilla.

—Y como ahora, siempre hablas en pasado. Tú misma eres consciente de que ya no existes. ¿Por qué seguir con esto?

Durante un momento no hay intercambio de palabras.

—Hoy he venido para despedirme —dice Callahan con voz firme.

—¿Para despedirte?

—Sí. Tomar esta decisión ha sido difícil. Pero cuanto antes asimile que estás… —Callahan prefiere no acabar la frase. Su corazón aún tiembla con esa palabra—. Tengo que tratar de asimilar cuanto antes esta situación, al menos por los niños. Me necesitan.

—¿Cómo están?

Callahan rompe a llorar.

—Peter ha sacado matrícula de honor en ciencias y Elisabeth está muy ilusionada con las miniolimpiadas que van a celebrar en el instituto. Se pasa horas y horas hablando de ellas y está entrenando. Peter habla mucho de ti.

—Pobrecitos, mis niños… Cuídalos mucho.

—Te prometo que así lo hago, y seguiré haciéndolo. Pero para no equivocarme y ayudarles a que superen tu pérdida, tengo que recuperarme. Tengo que dejar de hablar contigo.

—Lo entiendo. Supongo que si fuera real, tu decisión me pondría triste y te echaría de menos. ¿Crees que soy real, que existo en algún lugar?

—No lo sé, Emily. Quiero creer que sí. Que todas estas conversaciones… —Callahan está muy confundido. A pesar de ello, en esta ocasión deja fluir sus sentimientos—: Te amo, Emily. Voy a echarte mucho de menos.

Decide terminar la conversación bastante antes de lo previsto.

—Yo también te amo. Cuídate.

—Adiós, preciosa…

La conexión entre ambos finaliza.

A pesar de la decisión que ha tomado, Callahan abandona Inmemorian sin pedir el borrado de datos de la consciencia de Emily. Sabe que en un futuro, quizá en los últimos años de su vida, volverá a Inmemorian para despedirse realmente de ella.

Capítulo 1

Martes, 7 de abril de 2093

Marc duerme plácidamente sobre su cama. El suave sonido de una bandada de estorninos surge sutilmente de las paredes del dormitorio, que se van iluminando al mismo tiempo que otros sonidos se unen a la melodía de la mañana.

Abre los ojos y se encuentra con la gloriosa imagen que está recreando su habitación en las paredes y el techo. Al verla, se da cuenta de que es martes. Los martes siempre se despierta en la misma planicie verde. La brisa mece la hierba hasta donde alcanza su vista y las nubes se mueven rápido en el azulado cielo. El baile de los estorninos sobre su cabeza le entretiene durante unos instantes. A pesar de que la escena es igual cada martes, el vuelo de los pájaros nunca se repite. Al menos no ha visto dos iguales desde que vive allí. La escenografía que lo rodea se disipa lentamente justo cuando se apoya con ambos pies en el suelo, y la voz asistente —una voz femenina— que controla la domótica de su casa se activa:

—Buenos días, Marc, ¿has dormido bien?

La respuesta es negativa, pero decide no contestar.

Desde que su tía Margaret falleció, no descansa bien por las noches y se despierta con cualquier ruido. El insomnio no es la única secuela que le ha dejado su pérdida. Marc y Margaret estaban muy unidos. Las ganas de luchar contra las adversidades que poseía de niño ya no están, y la vitalidad que tuvo en su adolescencia ha desaparecido. Parece como si su tía, inconscientemente, le hubiera robado las armas con las que combatía sus desgracias. Ahora es un joven huraño y solitario que en escasas ocasiones sale a relacionarse. Sus únicos alicientes son el trabajo y los intensos encuentros que mantiene con Creta.

Mientras se viste, al otro lado del tabique la vivienda le prepara el desayuno. Un zumo de naranja y dos tostadas, lo mismo de siempre. Hace mucho que la asistencia virtual de la casa no le pregunta qué desea desayunar, lo tiene bien aprendido. Marc no es de cambiar. Además, también sabe que a él no le gusta hablar mucho recién levantado.

A pesar de que vive en una sociedad hiperacelerada, donde el tiempo es valioso y escaso, y el estrés consume a las personas, Marc es un muchacho tranquilo. En ese aspecto rompe con el modo de vida que lo rodea.

Se viste con la ropa que le suministra la IA de la casa. Al ser martes, se trata de su uniforme de trabajo. Un mono entallado gris de raceno. Sale de la habitación y ve a Creta, que sigue sentada en la silla donde se quedó ayer, guardando también la misma postura y semblante. El desayuno le espera en la mesa.

—Informativo —demanda al mismo tiempo que muerde la primera tostada.

La IA hace aparecer ante él un holograma en el que una rubia despampanante —otra IA— está informando sobre las noticias del día más recientes:

> Hace unos minutos se ha detenido a Raiker, uno de los narcos más buscados por la policía de nuestra ciudad. Ha sido sorprendido por un contundente dispositivo policial mientras pilotaba hacia las afue-

ras de Boston. Se investiga si iba solo o acompañado, ya que se cree que Ben Shepard, su mano derecha, ha podido escapar momentos antes de la detención.

Esta madrugada, la policía ha hallado los cuerpos sin vida de los hermanos Grey en la depuradora del hotel Saron. Después de quince días de intensa investigación, gracias al testimonio del doctor Sheringan se ha podido...

Marc pasa sutilmente el dedo sobre el holograma para ver las escenas que acompañan la noticia. Bebe un trago de zumo y muerde la tostada. Con el rabillo del ojo mira a Creta.

—¿Cómo los habrán metido ahí?

Creta no contesta, permanece impasible sin moverse ni un ápice, con la mirada fija en el mismo punto. Marc tampoco espera nada de ella. De nuevo centra su atención en el informativo:

Recordamos que desde hoy y hasta próximo aviso permanecerá cerrado el servicio de flying home y helitaxi de Beacon Street, por motivo de obras aéreas.

En estos momentos conectamos en directo con la rueda de prensa que está a punto de iniciarse en la sede principal de Inmemorian. Centenares de periodistas se han desplazado para cubrir la retransmisión de este evento mundial que, como se nos adelantó, va a cambiar la vida de millones de personas. Los dejamos con las palabras de Fisher Dantakis, presidente de Inmemorian.

Marc continúa con el desayuno mientras escucha atentamente el discurso de Dantakis, que aparece en el centro del holograma a escasos centímetros de su cara. Viste un traje y enseña al mundo la misma imagen poderosa y confiada que ha mostrado otras veces cuando ha aparecido en holovisión. Tras dar la bienvenida a los medios de comunicación presentes, inicia un discurso breve y directo.

Desde hace un par de años, en Inmemorian trabajan para ampliar sus servicios y hacerlos más accesibles. Hasta el momento solo las personas más adineradas podían hacer uso de ellos. Pero Dantakis anuncia que esto va a cambiar. Que a partir del 1 de mayo las tarifas disminuirán considerablemente. Marc abre los ojos interesado, ahora la información le atrae realmente. El precio de grabado y almacenamiento de la consciencia de un fallecido por muerte natural se abaratará más del sesenta por ciento; por accidente, el cincuenta, y por muerte programada, casi el ochenta por ciento. La sesión de contacto en el querytorium tendrá un coste de trescientos reis. Un precio que dista mucho del actual. En Inmemorian tienen previsto el aumento de clientes, por lo que han instalado más servidores que den cabida a muchas más consciencias. Sin embargo, la rueda de prensa no ha acabado, guarda una sorpresa final. Cuando Dantakis anuncia que está a punto de comunicar al mundo su gran logro, Marc mira a Creta con emoción sobreactuada.

«Se ha desarrollado un nuevo sistema que va a permitir disfrutar en su hogar (a todo el que quiera) de la compañía de esa persona fallecida a la que echa de menos, cargando su consciencia directamente en su casa. De ese modo la Inteligencia Artificial que controla la casa será sustituida por la que se cargue en ella. Interactuará diariamente con sus huéspedes, pasará a controlar la domótica del hogar, se encargará de las labores y el correcto funcionamiento de la vivienda, es decir, que pasará a ser el asistente virtual de la casa. La versión mejorada de los contactos del querytorium está a vuestro alcance. Todo por un precio muy asequible que podéis consultar visitando esta invitación virtual o nuestra stay web».

Marc pasa suavemente la mano sobre la tarjeta virtual que acaba de aparecer suspendida junto al informativo para obtener más información.

—¡Doce mil reis!

El nuevo servicio que ofrecen en Inmemorian cuesta solo doce mil reis. Marc no puede creerlo. Se ve obligado a depositar el vaso de zumo sobre la mesa. Las manos le tiemblan. Se levanta rápidamente dejando el desayuno a medias y se dirige a su habitación.

—Abrir caja fuerte. Cuatro, cuatro, cuatro, tres —dice, adelantándose a la inevitable pregunta de la IA.

Frente a él, a escasos centímetros, un bloque de medio metro de ancho por medio de alto se desliza lentamente hasta quedar fuera del tabique a la altura de su pecho. Se abre. Marc coge con delicadeza el único objeto que guarda allí. Es una pequeña ficha de memoria que almacena la consciencia de su tía Margaret. La mira con nostalgia, le brillan los ojos; la guarda envolviéndola en su mano, la protege. De alguna manera, en su interior puede sentir el calor de su tía. La acción hace que recuerde el último abrazo que se dieron, la última vez que estuvieron en contacto. Se sienta en la cama mientras piensa en sus posibilidades, en lo que está dispuesto a hacer o no con esa ficha. En su trabajo no gana mucho, pero sabe que si se esfuerza, en unos meses podrá reunir doce mil reis. Volver a hablar con su tía. Esa idea se ha colado con fuerza en su cabeza desde hace un par de minutos. Es su gran deseo. Interactuar de algún modo con ella, volver a tenerla cerca.

El día de su muerte se gastó todos sus ahorros para disminuir la cantidad del préstamo que tendría que solicitar para realizar el grabado de consciencia de su tía en aquella ficha de memoria. Aunque en aquellos momentos era conocedor de que nunca podría alojar la consciencia de Margaret en Inmemorian por su elevado precio, y de que nunca podría costearse una sola sesión en el querytorium, lo hizo, pues se oponía al hecho de perder a su tía del todo.

Observa la ficha y le asaltan las dudas. Ahora que lo ve viable, ahora que las circunstancias han cambiado, teme equivocarse. No quiere molestar a su difunta tía, apresarla en una especie de segunda existencia que ella no ha elegido. Teme que la experiencia no sea tan real como cree y acabe con la esperanza que ha guardado tanto tiempo bajo caja fuerte. Ha escuchado infinidad de teorías. Inmemorian tiene muchos seguidores, pero también detractores que afirman que no es posible conservar las consciencias humanas tras la muerte, que todo es un burdo engaño, un macabro juego que utiliza tecnología de vanguardia para enriquecer a unos pocos. Se libra una batalla en su interior. Sus sentimientos han declarado la guerra a las razones por las que piensa que no debe hacerlo, que es mejor dejar las cosas como están.

Capítulo 2

Jueves, 9 de abril de 2093

Con vista cansada y sumo aburrimiento, Marc mantiene su mirada en los detectores de anomalías. Aunque los mira, en realidad no los ve. Hace dos días que su cabeza se encuentra en otro lugar, intentando decidirse. La espalda curva y los hombros caídos reflejan su agotamiento. Hace casi una hora que ha terminado su jornada laboral, pero no ha podido marcharse a casa. Algo está retrasando a su compañero Andy, que estará a punto de llegar para suplirle.

Mientras tanto, espera impasible, sentado en el puesto de control de Force 4, una grandiosa empresa de suplementos alimentarios. Él es el único humano en los cincuenta mil metros cuadrados que abarcan las instalaciones. Su obligación es asegurarse de que la cadena de fabricación funciona a la perfección, revisando constantemente los más de mil detectores de anomalías que tiene frente a su puesto.

No ha habido ninguna variación en ellos durante su jornada, permanecen todos en verde. Quizá por eso es su color preferido. El rojo solo le trae disgustos. Muy pocas veces le ha tocado abandonar su cabina acristalada para intervenir mecánicamente en algún robot de la fábrica. No suelen darle problemas. La IA principal de la factoría es capaz de solucionar por sí misma casi todas las incidencias.

La actividad laboral que desempeña Marc forma parte de ese bajo porcentaje de los denominados «trabajos físicos o presenciales» que quedan en los países desarrollados. El trabajo humano escasea desde que se produjo la revolución robótica. Marc tiene un sueldo de clase social baja. No obstante, el apartamento que le dejó en herencia su tía, libre de cargas, le permite mantener el estilo de vida de una persona de clase media. No puede permitirse lujos, pero vive con cierto desahogo.

Las cámaras del perímetro le muestran el vehículo de Andy llegando a las instalaciones. Marc recoge sus cosas y se prepara para marcharse; es tarde.

A través del techo de su automóvil, Marc se relaja observando el cielo estrellado. Es uno de sus hábitos comunes mientras regresa a casa. Disfruta de las vistas hasta que el manto de estrellas pierde su fulgor. Significa que la ciudad está próxima.

De repente oye un fuerte golpe que parece provenir del interior del salpicadero, y el piloto automático se desactiva. El viejo Corusant42 pierde potencia. Su destartalado vehículo vuelve a funcionar con normalidad cuando activa las baterías de reserva, aunque no por mucho tiempo. Segundos más tarde oye otro golpe. Parece provenir del sistema eléctrico. El habitáculo huele a raceno quemado. Los indicadores de consumo indican que el vehículo se ha quedado sin energía a pesar de que las baterías están recién cargadas. Marc golpea el volante con rabia. No tiene más remedio que recurrir una vez más al servicio de asistencia de la ciudad para que se encargue de la situación.

Ha sido informado en numerosas ocasiones de que debe retirar el viejo vehículo. Por este motivo, el servicio de asistencia no acude solo al lugar: una heligrúa de la policía se presenta para informar a Marc de que el automóvil va a ser retirado de manera definitiva.

Es un peligro para el tráfico de su entorno, incluso para él mismo. Carece de los nuevos sistemas de circulación que ayudan a descongestionar el tráfico, y de sistemas de seguridad actualizados. El paso de sus arcaicas ruedas de caucho ensucia las vías magnéticas y perjudica la comunicación entre los demás vehículos. Se ven pocos como el suyo, de los años cuarenta, con carrocería de aleación metálica y ruedas.

El servicio de asistencia le lleva a casa en helitaxi. Al penetrar en el bloque de rascacielos donde se encuentra su apartamento, el vehículo tiene que ascender considerablemente entre el tráfico aéreo característico de su barrio. Marc vive en la planta 17, casi en lo más alto del edificio.

Cuando el helitaxi se aproxima lo suficiente, la cristalera del recibidor aéreo de su apartamento se abre y una plataforma se extiende para recibirle.

La IA de la estancia lo saluda:

—Bienvenido a casa.

Después la cristalera se cierra.

Marc camina directamente hacia el salón, no suele llegar tan tarde y tiene hambre. Por el camino se encuentra a Creta, sentada en el mismo lugar en el que la vio antes de marcharse. No cruzan una sola palabra. Se detiene un momento a su lado, se inclina hacia ella y la mira de cerca. A pesar de que su rostro permanece a escasos centímetros, ella no reacciona. Si fuera cualquier otra, Marc pensaría que Creta está enfadada. Con delicadeza, le gira la cabeza y sus miradas parecen corresponderse, pero solo lo parece. Creta sigue impasible sobre su asiento, con la mirada fría. Se siente cansado. Los contratiempos que ha tenido han alterado su rutina, algo que odia. A pesar de ello, le apetece pasar un rato con Creta.

Se levanta para comer algo antes y un holograma emerge frente a él. Lo aparta sin prestarle atención, no quiere más entretenimientos.

—¿Y la cena? —Algo no va bien, la comida debería estar lista en la mesa del salón.

La estancia no responde. A su espalda percibe un extraño brillo. El holograma que anteriormente ha apartado le persigue en segundo plano para no molestarle, lo que significa que su mensaje es importante.

—¿Qué es esto?

Lo atrae hacia él y lo lleva sobre la mesa. Con el dedo índice activa el mensaje:

Actualizaciones importantes para IA 8462852.
Instalar.

—¿Puedo instalar esto más tarde?

El apartamento no responde.

—¿Puedo cenar?

La IA sigue sin contestar. Parece que la actualización pendiente la está bloqueando. Con un amplio movimiento del brazo derecho, Marc intenta cerrar la notificación, pero no desaparece. Es la primera vez que le sucede.

Marc sigue hablando con su estancia, pero sin obtener respuesta. Intenta reiniciar la IA verbalmente con el código de reinicio, pero el sistema no responde. Minutos más tarde comprende que no puede posponer la actualización. Sabe que el proceso dejará el apartamento fuera de servicio durante horas, seguramente hasta el día siguiente, lo que le obligará a llamar al servicio de flying home si quiere cenar algo.

La vivienda mantiene los recursos mínimos durante el proceso de instalación. Marc dibuja el patrón de desbloqueo de su forearmphone sobre la piel del antebrazo para utilizarlo, y contacta con flying home para pedir la cena.

Después de cenar se va directamente a la cama. Decide no llamar a Creta, está demasiado estresado para hacerlo. Los acontecimientos le han hecho cambiar de idea. Es tarde y está cansado. Se siente inseguro. No puede conciliar el sueño. Acostumbrado a dormir bajo los cielos más estrellados, en los mejores paisajes, ha olvidado cómo dormir bajo un simple techo y cuatro paredes blancas. Siente ansiedad.

Libre de contaminación y sugestión tecnológica, su mente empieza a trabajar por sí sola. En su interior afloran los recuerdos más íntimos de su niñez. Surgen imágenes agradables, otras amargas, rememora a sus padres. Se acuerda de los juegos de realidad virtual a los que jugaba de niño, de cómo era su vida, de la casa en la que creció. Se da cuenta de lo que ha cambiado su situación. El mundo en el que vive ya no es el mismo. No sabe si es mejor o peor, solo sabe que el niño que fue no podría haber vivido encerrado en su sofisticado apartamento, al igual que él ya no sabría sobrevivir en una casa como la de su infancia. Entre todos esos pensamientos se cuela el recuerdo de su tía: ella siempre aparece cuando deja libre su imaginación. Le vienen a la mente los buenos momentos junto a ella, las risas que compartían, las vacaciones que pasaron juntos… Y, finalmente, le vence el cansancio. Sus pensamientos se mezclan con los últimos acontecimientos del día, sus ojos se cierran y sueña que Margaret sigue a su lado.

La actualización ha terminado hace tres horas. Marc lleva dormido siete. A la hora prevista, las paredes de su habitación se iluminan lentamente al mismo tiempo que comienza a escucharse el virtuoso canto de dos ballenas jorobadas. Los cetáceos extintos no se ven, pero su característica melodía cobra fuerza conforme pasan los segundos.

Abre los ojos y se ve sobre su cama, flotando en medio de una gran masa de agua que parece no tener fin. Un mar completamente calmado en concordancia con el cielo que lo cubre. Cada viernes su habitación recrea ese escenario. Cuando se incorpora y toca el suelo con ambos pies, la escenografía se disipa.

—Buenos días, Marc, ¿has dormido bien?

—Sí —responde contra todo pronóstico—. Voy a hacerlo.

Sorprendida por la respuesta de Marc, que a esas horas no suele articular palabra, la IA de la casa decide seguirle la conversación:

—Me alegro, Marc. ¿Qué es eso que vas a hacer?

—Voy a reunir doce mil reis.

Capítulo 3

Sábado, 16 de julio de 2072

El pequeño Marc, sentado sobre un cojín en el suelo, conduce su nave de carreras a toda velocidad. Compite contra ocho pilotos. Solo el ganador se clasificará para la siguiente ronda. Tras una larga recta, el escenario se vuelve abrupto y rocoso. El desierto ha quedado atrás y los cuatro primeros pilotos serpentean entre paredes de arena. Marc se encuentra en tercera posición. Sabe que la victoria ya no es posible, que la meta está próxima y que no hay hueco para adelantar. Conoce muy bien el circuito.

Con un violento giro de brazos derriba a propósito a uno de sus oponentes; sacrifica su propia nave. El fuerte impacto hace vibrar las cintas que lleva puestas en las muñecas. Saltan chispas, ambos pierden el control y se estrellan brutalmente contra las rocas. Tras la explosión, la escena desaparece para dar paso al menú de partida bajo las letras «Game Over».

Se quita el casco de realidad virtual y lo lanza con rabia contra la pared.

—¡¿Qué pasa?! —exclama asustado Roy, su padre, desde el sofá. El golpe lo ha despertado.

Marc aprieta los puños hasta casi clavarse las uñas, mientras le mira desde una distancia prudencial con ojos lagrimosos y sin decir nada.

—¡Marc! ¡¿Qué coño haces?! —le grita al niño, encolerizado—. ¡¿Qué mierda has roto?!

—No te importa —contesta el niño, y se marcha hacia su habitación.

—¿Dónde te crees que vas? —Su padre intenta levantarse, pero pierde el equilibrio y cae patéticamente sobre el sofá—. ¡Niñato, ven aquí, lo vas a pagar!

Marc hace caso omiso a las palabras de su padre, al que observa retorcerse para alcanzar del suelo una botella de vodka medio vacía, y se encierra en su cuarto.

Abre un cajón, donde guarda las cintas de las muñecas, y se tumba en la cama. Segundos más tarde escucha el ruido de sus tripas. Tiene hambre, eso es lo que le tiene especialmente cabreado. Hoy no ha desayunado, son las dos del mediodía y tampoco ha comido. La nevera está casi vacía. Solo hay cerveza. Y en la despensa no hay más que migas de pan.

Roy olvidó hace mucho que tiene que cubrir las necesidades básicas de su hijo. Hace meses que Marc vive totalmente desatendido y falto del cariño que necesita un niño de doce años. Hace tiempo que se alimenta gracias a la caridad de varios vecinos conocedores de la situación, que le regalan comida. En ocasiones, algún conflicto con su padre también le ha obligado a dormir en casa de ellos.

Desde que Marc perdió a quien más quería, su madre, intenta pasar la mayor parte de su tiempo en la realidad virtual. La vida real le asusta, le entristece y saca lo peor de él, sobre todo convivir con alguien que se agarra con tanta fuerza a la botella. Poco a poco se ha ido convirtiendo en un chico conflictivo en el hogar, algo que sorprende a sus maestros del colegio, que presencian día a día el comportamiento ejemplar de Marc y sus aptitudes como estudiante. Cuando padre y maestros hablan de él, parecen hacerlo de dos niños diferentes.

La tristeza se refleja en su rostro, excepto cuando está con su tía Margaret, hermana de su madre, quien se encarga de él siempre que no está de viaje. Marc es consciente de todos los cuidados que recibe de su tía y de la buena relación que mantienen. Es la persona que más quiere en el mundo, y sabe que ese sentimiento es recíproco. Margaret calcula cada día el tiempo que le queda para volver a reunirse con su sobrino. Consciente de lo mal que lo pasa el muchacho, ella también vive intranquila durante sus viajes laborales. Ese par de días de descanso que tiene Margaret siempre lo pasan juntos. Entonces el chico se transforma en un ángel. Es cuando el verdadero Marc, el chico ejemplar que conocen los maestros, vuelve.

Es sábado y muchos vecinos han salido: la señorita Penny del tercero, May, la vecina de al lado, y la anciana Shara. Las tres vecinas que más atención le prestan no están. Marc se ha quedado sin opciones. Empieza a ser consciente de que si quiere alimentarse va a tener que recurrir a algo que no le gusta hacer. Pero el dolor de su estómago está a punto de convencerlo.

Se incorpora sobre su cama y se ve reflejado en el espejo. Un espejo resquebrajado en el que ve rota su alma de niño. No se reconoce. Esa mirada que le observa no es la suya. Es su imagen: su delgado cuerpo, su impasible rostro, su largo y alborotado pelo… Se examina con recelo, tratando de encontrar en su interior el espíritu de niño que ha perdido. Durante unos segundos permanece inmóvil frente al espejo, atemorizado ante la soledad que le muestra su reflejo, hasta que vuelven a rugirle las tripas.

A pesar de que vive una infancia dura, mantiene una gran fortaleza vital. Afronta su situación con elegante valentía. En escasas situaciones se desanima. Aunque a veces también sufre crisis espontáneas de estrés que le provocan arrebatos inesperados en los que la ira le corroe y es incapaz de controlarse. Sobre todo cuando está en casa con su padre. Hoy le está pasando factura el largo periodo de tiempo que lleva sin ver a su tía. El viaje que la mantiene fuera está siendo más largo de lo habitual. El dolor que nace desde el interior de su estómago en ese momento también influye. Marc se siente bajo de ánimos desde que se ha despertado.

Sale de su habitación sin hacer ruido, con su «mochila delictiva» colgada de la espalda. Evita mirar el sofá, prefiere evadir la triste imagen de su padre. De camino a la puerta de la casa, se encuentra su casco de realidad virtual partido en dos y toma consciencia de sus actos anteriores. Con ojos brillantes se agacha para echarle un vistazo. La batería también se ha desprendido del aparato y parece estar dañada. Marc se abofetea la cara repetidas veces corroído por la rabia. Se siente muy mal por lo que ha hecho. No porque el casco haya quedado inservible, que también, sino porque fue un regalo de su tía. Eso es lo que de verdad le parte el alma. Es consciente de que cuando la rabia aparece en él, hace cosas sin sentido, sin pensar las consecuencias. Se autocastiga por ello. Con el puño cerrado se golpea la cabeza mientras grita y llora de impotencia.

—¿Qué cojones…? —Roy se despierta a causa del alboroto—. ¡¿Qué mierda haces dándote hostias ahora?! ¡Estás loco!

Roy ha conseguido interrumpir a Marc, que comienza a recoger rápidamente las piezas de su casco de realidad virtual para guardarlas en su mochila junto a sus «herramientas delictivas». Con la cara inflamada y colorada, abandona el apartamento seguido de la mirada indiscreta y, al mismo tiempo, despreocupada de su padre.

Tiene demasiada hambre como para tomarse la molestia de salir del barrio para saciar la necesidad que aprieta sus tripas. En otras ocasiones, cuando ha tenido que robar algo de comida, lo ha hecho fuera del barrio para que no sospechen de él, ya que mucha gente lo conoce. Por la situación que le ha tocado vivir, la vida de Marc aparece en las conversaciones de muchos de sus vecinos.

Ya tiene fijado su objetivo: la casa de los Neary. El intenso olor a pastel de carne ha sido el motivo que lo ha convencido. Conoce el interior de la casa, recuerda perfectamente la distribución de la primera planta. Hace semana y media estuvo allí con Jillian Neary, compañera de clase y propietaria de la vivienda. Cinco de la clase se reunieron en ella para acabar el trabajo de Historia.

A unos veinte metros de distancia respecto al seto que rodea el chalé, Marc se toma unos segundos para idear un plan. La pronunciada pendiente de la calle le mantiene en un lugar privilegiado, ya que desde su elevada posición alcanza a ver, por encima del seto, el interior de la pequeña parcela.

Cuando cree haber ideado un plan, saca de su mochila un pasamontañas y se lo coloca. Recorre el perímetro de la casa hasta la parte de atrás, donde sabe que encontrará el porche. Prefiere colarse por allí, así evitará que le vean los vecinos y que le graben las cámaras de seguridad de la calle. Una vez situado, escucha voces al otro lado del seto: el sonido de platos, vasos, pasos en el porche… Todo parece indicar que están preparando la mesa para comer. Con cierto esfuerzo se introduce en el parapeto natural que protege el jardín de intrusos y mirones, sin atravesarlo por completo, y abre un pequeño hueco para ver a través de él. El seto es lo suficientemente denso para ocultar en su interior a un niño.

Se encuentra a unos veinte metros del porche, donde Jillian y su padre preparan la mesa para seis comensales. La línea recta imaginaria que separa a Marc de los escalones del porche está libre de obstáculos. Ningún objeto del jardín le entorpece la visión. Desde allí tiene una vista privilegiada. Marc observa cómo Jillian y su padre hacen viajes continuamente al interior de la casa antes de salir con más platos de comida. Los demás deben de estar dentro. Observa que ya hay algunos alimentos en la mesa. Su plan es salir a la carrera la próxima vez que entren en la vivienda, coger de la mesa lo que pueda y regresar a su escondite.

Justo cuando Jillian y su padre se vuelven hacia la casa y está a punto de llegar su oportunidad, una de las ramas en las que Marc está apoyado se parte y le hace caer torpemente sobre el césped. El sonido provoca que Jillian y su padre vuelvan la mirada hacia el bulto que acaba de aparecer en su jardín.

—¿Qué es eso? —pregunta la joven Jillian.

Padre e hija se dirigen cautelosamente hacia lo que parece ser una persona tumbada boca abajo. Marc piensa en cómo explicar su inesperada aparición, pero no se le ocurre nada. Todavía lejos de las miradas extrañadas que se acercan, consigue quitarse el pasamontañas. Cuando la distancia que los separa se acorta lo suficiente, Jillian lo reconoce.

—¿Marc?

—Hola, Jill.

—¿Qué haces en mi jardín? ¿Por qué estabas escon...?

—¡Oye! —Su padre la interrumpe— ¡Tú! Te conozco, eres uno de los chicos que estuvieron aquí la semana pasada.

—Sí, señor Neary. Siento haber...

—Chico, borra esa cara de asustado, no pasa nada. Haremos como que has entrado por la puerta.

El señor Neary imagina que ha sido cosa de niños. Las coloradas mejillas de Marc le hacen pensar que el muchacho estaba espiando a su hija... por motivos obvios. Un gesto que, dada su edad, carece de malicia alguna por su parte. Si el pobre está enamorado...

Jillian frunce el ceño. Mira a su padre extrañada, pues la relación que ha tenido hasta el momento con Marc, el chico raro de la clase, se limita al trabajo de Historia que tuvieron que hacer juntos. Es más, no recuerda haber intercambiado palabras con él antes; Marc no es nada hablador.

—Te has arañado el brazo —observa Neary—. Venga, chico, levántate. Te curaré esa herida.

Marc acepta.

—Iremos al botiquín y luego… si no has comido, puedes quedarte. Mira toda la comida que hemos preparado.

Capítulo 4

Lunes, 18 de julio de 2072

Su brazo no aguanta más la tensión. La mano que agarra la de su madre pierde fuerza. Sabe que el final está cerca. La vida de la persona que más ama resbala poco a poco de entre sus dedos. Hasta que al final, como tantas otras veces, ella cae y se pierde en la tenebrosa negrura del fondo de un precipicio que no conoce.

La misma pesadilla de siempre le despierta. Está harto de soñar cómo su madre muere de aquella manera, tan diferente de como sucedió en realidad.

La madre de Marc se quitó la vida cuando su niño tenía seis años. Tuvo la culpa una etapa tormentosa. Un despido de su puesto de trabajo de toda la vida y un divorcio tras las escapadas nocturnas de Roy le robaron las ganas de seguir viviendo. A partir de entonces la vida de Marc se torció. Su padre se echó toda la culpa encima y luego la bebida simuló ser su amiga. Él también perdió su trabajo. Al cabo de dos años, cesaron las ayudas sociales que recibía por tener un niño pequeño bajo su custodia. Roy estrechó su relación con el alcohol y una ola de pobreza y desgracia los golpeó de lleno. Marc sufrió las mayores consecuencias. Comenzó a pasar hambre, frío y, sobre todo, miedo, mucho miedo por sentirse tan solo. Padeció el abandono total de su padre. Las circunstancias le robaron la niñez. Solo respiraba con alivio cuando Margaret volvía de sus viajes.

Marc utiliza la vieja ropa de su cama para secarse la cara, el cuello y la espalda. Hace semanas que duerme sobre las mismas sábanas. Su cuerpo está empapado en sudor. El calor de la noche veraniega se ha colado en su habitación a pesar de tener todas las ventanas cerradas y los viejos ventiladores en marcha.

Se levanta para beber agua fría. Al abrir la puerta del cuarto, evita mirar hacia el sofá, donde imagina que debe de estar su padre. Las últimas noches las ha pasado allí: el alcohol le impide levantarse para irse a la cama. Pero no logra cruzar el salón sin mirar. La tenue luz que desprende la holovisión le muestra la figura de su padre tirado sobre el sofá. Antes de saciar su sed, Marc se acerca para comprobar su estado, apenas percibe su respiración. Cuando lo hace, ve la patética imagen de su padre, otra más para su colección. Lo encuentra totalmente desnudo, con los calzoncillos a la altura de los tobillos y una botella de cerveza volcada sobre el pecho. La holovisión sigue reproduciendo las escenas del canal favorito de su padre, uno en el que humanos y robots realizan todo tipo de prácticas sexuales. Roy respira con normalidad.

Marc bebe agua, regresa a la habitación y se tumba en la cama. Está bastante descuidada, aunque él mismo la arregla de vez en cuando como mejor puede para su propia comodidad. Suspira. Lo que acaba de ver ya no le impacta, pero alimenta la tristeza con la que vive. Imagina el final que le espera a su padre si sigue así. En cambio, la escena que acaba de presenciar no le apena como otras veces, mañana regresa Margaret.

No puede conciliar el sueño, se ha desvelado. La noche previa al regreso de su tía siempre se le hace larga. La penumbra le permite ver ciertos elementos de su habitación. Enfrente, la puerta rota de su armario, el póster del chino Kin-Fo y la silueta de un espejo que no reflecta nada a causa de la oscuridad. A su izquierda, un asiento y un cubo de realidad virtual. En el suelo, un par de cojines, sus zapatillas y ropa sucia. Más allá, la penumbra no le permite ver la pared; una pared que por el día se muestra arañada, malherida y maltratada. En cambio, el tabique de su derecha está a su alcance si estira el brazo. En él hay tres filas de estanterías. Tumbado sobre la cama, solo alcanza a ver lo que hay encima del estante que está a menor altura: dos cascos de realidad virtual (uno de ellos partido en dos), una figura de Saniman y una pequeña pila de libros de Historia que sirve de apoyo a un portaescenas en el que centra su atención.

Marc estira el brazo para coger el aparato y la pila de libros se derrumba. Uno de ellos, el más voluminoso, y el portaescenas que intentaba alcanzar le caen encima. El golpe que recibe en el vientre le corta la respiración. Necesita unos segundos para recomponerse. Tras recoger el aparato, el título del libro queda al descubierto: *Cuando había que pagar la electricidad*. Se lo quita de encima maldiciendo por el golpe recibido. Enciende el portaescenas y pasea la vista por la lista de archivos:

«En la playa con Marge».
«Castillos de arena con Marge».
«Primer fin de semana con Marge».
«Feria con Marge».
«Carrera contra Marge».
«Chistes de Marge».

Todos los archivos mencionan a su tía.

Al fin Marc se decide, fija la mirada sobre uno en concreto y parpadea tres veces para abrirlo. A continuación, deja la máquina sobre su mesita de noche y, a escasos centímetros de su rostro,

«Fiesta de disfraces con Marge» comienza a reproducirse en bucle hasta que logra conciliar el sueño.

Margaret está divorciada y no mantiene contacto con su familia. Sus largos viajes laborales terminaron con un matrimonio disfuncional. Tras la separación, su marido contó mentiras a sus dos hijos para poner distancia entre ellos y su madre, injurias que lograron que con el tiempo la odiaran. Margaret nunca supo qué les dijo, y cualquier acercamiento que intentaba era rechazado con modales que rozaban la violencia. Incapaz de gestionar el dolor emocional y totalmente hundida, se limitó a trabajar.

Cuando su hermana, la madre de Marc, se quitó la vida, empezó a interesarse mucho más por el estado de su sobrino, pues Roy ya no mantenía en secreto su nueva relación con el alcohol, y eso a Margaret le preocupaba.

Una mañana, estando Marc en el colegio, Margaret acudió a casa de Roy para hablar seriamente con él. Cuando le amenazó con llevarse al niño si seguía comportándose así, la echó a patadas de allí. Más tarde Marc pagó las consecuencias de la visita de su tía. Cuando llegó de clase, encontró a su padre en el pasillo esperándole, borracho. Su semblante, amenazador, no tardó en convertirse en una retahíla de golpes.

Desde ese día Margaret fue más cauta, no quería que le ocurriera nada malo al crío mientras ella estaba de viaje. Pasaba mucho tiempo lejos de él sin poder protegerlo de los malos tratos de su padre. A partir de ese momento, los viajes de Margaret se hicieron más largos para ambos.

Su tía regresa, y durante un par de días y un par de noches, Marc se alimenta, juega y descansa como un niño normal. Se olvida de todo, se siente el ser más feliz y afortunado del planeta, en el hogar de Margaret, una casa con parcela donde la ciudad pierde su nombre, donde no es campo ni es urbe, en esa mixtura entre el bullicio urbanita y la intensa actividad agrícola que se produce en los parajes cercanos.

Los paisajes que rodean las ciudades han cambiado mucho a causa de la superpoblación. Se necesita generar muchos más alimentos. Cualquier persona de principio de siglo se hubiera quedado estupefacta al ver cómo la tierra, madre de tantos hijos, produce alimentos para todos gracias a la transformación que han sufrido los parajes que antes estaban abandonados. Por todas partes hay bocas de riego, grandes bombas hidráulicas y norias de grafeno que mueven y distribuyen el agua con profusión hasta los aspersores. Cientos de robots y máquinas agrícolas trabajan las tierras cercanas a la casa de Margaret. Siembran, preparan la tierra, recolectan vegetales, los envasan para su traslado… Todo ello sin una sola mano humana de por medio. Únicamente interviene la mirada atenta de alguien que, desde algún lugar cercano, controla miles de detectores de anomalías.

Capítulo 5

Viernes, 1 de julio de 2078

Cuando días atrás le dijo que se marcharía a vivir con su tía en cuanto cumpliera la mayoría de edad, su padre se comportó como una bestia desenfrenada. Se lo prohibió, y movido por la impotencia, por la seguridad que vio en su rostro cuando se lo dijo, comenzó a lanzar contra la pared las botellas de vidrio que acumulaba junto al sofá.

Por suerte, Roy no está en casa para presenciar la marcha de su hijo. Tampoco se ha esforzado por estar. Lo más probable es que ni siquiera recuerde la advertencia de Marc, ni que hoy su hijo cumple la mayoría de edad. Estará borracho, a punto de perder el conocimiento en algún remoto lugar.

Son cuatro grandes cajas las que guardan todas las pertenencias de Marc. También hay una maleta. El chico está a punto de marcharse de la casa que lo ha visto crecer, de dejar atrás el infierno que le ha tocado vivir allí. Su tía está a punto de pasar a buscarlo.

Años atrás hubiera sentido culpa y remordimientos por abandonar a su padre en ese lamentable estado. Pero con el tiempo ha comprendido que no puede ayudarle. La débil personalidad de Roy y un alcoholismo que le persigue cada vez con más fuerza, que se ha convertido en su propia sombra, le mantienen atrapado en un tenebroso mundo que Marc no termina de comprender. Es una situación que el muchacho ha intentado solventar sin obtener ningún resultado. Al fin y al cabo, solo es un adolescente. ¿Qué más puede hacer?

Siente una extraña sensación. Sabe que más adelante añorará esas cuatro paredes de su habitación, ese refugio que tantas veces ha utilizado para esconderse de la furia y el comportamiento errático de su padre. Desliza las yemas de los dedos sobre la deteriorada pared. Esa caricia quizá significa perdón. Perdón por todos los golpes y por las señales de guerra que le ha causado. Por desahogarse con ella, por lastimarla tantas veces ahogado en llantos.

Se mira en el espejo. Sabe que será la última vez que se verá reflejado en ese cristal partido en dos. De ahora en adelante, cada vez que se mire, encontrará una imagen reconstruida de sí mismo.

Por suerte, su padre no ha aparecido en el último momento. Todo ha salido bien. Marc y Margaret cantan juntos «Bóvedas de acero», la canción que suena en el viejo Corusant42 en el que viajan. Margaret conduce su coche entre las estelas azuladas que desprenden los esquímanes de los demás vehículos. En cambio, su Corusant no desprende luz alguna. La reliquia que conduce es de los pocos automóviles eléctricos que quedan, la última generación de coches que mantienen contacto con el suelo mediante neumáticos de caucho. Son felices. Lo muestran sus rostros. Ambos saben que empieza una nueva etapa en sus vidas. Aunque la mirada de Margaret esconde más cosas; entre ellas, que ha preparado una sorpresa para el chico.

La puerta de la parcela donde se encuentra el chalé se abre para dar paso al Corusant y a sus ocupantes. Un corto camino de grava permite a Margaret aproximar el coche a la entrada, frente al porche.

Ambos bajan del vehículo y al instante notan el fuerte contraste entre el aire acondicionado y el aire caliente de un mes de julio que se prevé muy caluroso.

—Coge tan solo la maleta. Fin saldrá a por el resto de las cajas —apunta Margaret cuando ve al chico abrir la puerta del maletero—. Esa chatarra necesita actividad. Últimamente le rechina todo el cuerpo.

Tras subir los cinco peldaños del porche, Margaret abre la puerta. Ambos pasan al interior de la casa.

—Deja la maleta en tu habitación y ven a tomar algo fresco. En la nevera del jardín hay limonada y café helado. Te espero allí.

Marc deja su maleta en la habitación y vuelve a cruzar el salón en dirección al jardín. Su tía le espera junto a la puerta. Al salir al pequeño porche trasero, vuelve a percibir el contraste entre la fresca temperatura de la casa y el exterior. El chico observa el jardín, los pequeños árboles, la piscina y el cuidado césped sobre el que sigue trabajando un pequeño robot que corta, peina y abrillanta la hierba. Siete días han tenido que pasar para volver a estar allí, para escuchar el silencio característico de la parcela de su tía. Se relaja. Una vez más, piensa en todo lo que acaba de dejar atrás; asimila que ese es su nuevo hogar. Hasta que un objeto cercano a él llama su atención.

—Esta hamaca es nueva.

—Sí. La compré ayer. ¿A que queda bien colgada dentro del porche?

—Sí. ¿Puedo probarla?

—Espera. —Entonces Margaret pronuncia las siguientes palabras con mayor énfasis—: ¿Qué quieres tomar?

En ese preciso instante, Jillian, Ellie, Salá, Cooper y Biff, alertados por las palabras mágicas, abren la puerta del pequeño almacén de madera que Margaret utiliza para guardar sus trastos.

—¡Sorpresa! —gritan al unísono mientras uno de ellos proyecta en el aire con su forearmphone una imagen virtual en la que pone: «Feliz dieciocho cumpleaños».

Marc se queda con la boca abierta unos segundos.

—Marge... —le reprocha a su tía con el ceño fruncido, al mismo tiempo que sonríe tímidamente, justo antes de ocultar su rostro con ambas manos.

Acaba de descubrir que se sonroja con ese tipo de situaciones. No obstante, siente algo en su interior que le gusta.

> Happy Birthday to you,
> Happy Birthday to you,
> Happy Birthday, Dear Marc,
> Happy Birthday to you...

Cuando los chicos terminan el baile que previamente han ensayado, Marc se levanta. Camina a paso ligero hacia ellos sin saber muy bien qué decir, dispuesto a darles las gracias simplemente. Antes de poder hacerlo, sus amigos le dan un abrazo colectivo, y por unos segundos queda encerrado entre unos barrotes que no conoce, los de la amistad. Marc nunca se ha visto involucrado en nada parecido. Nunca ha sentido a sus amigos tan cerca debido a su personalidad reservada, aunque en realidad no es la suya: es la personalidad de un niño maltratado, asustado y con demasiadas preocupaciones en la cabeza, y que su tía quiere que olvide. Se siente extraño y vulnerable al mismo tiempo. Pero le gusta ese cosquilleo que recorre su estómago y se deja llevar mientras los chicos saltan y cantan a su alrededor. Margaret observa la escena desde su pequeño porche y sonríe. La embarga una gran alegría.

Llega la noche después de todo un día celebrando el cumpleaños. Margaret cree haber conseguido su propósito: marcar un antes y un después en la vida de su sobrino con esa fiesta. Ambos están tirados en el sofá, intercambiando risas, recordando los mejores momentos del día. Marc examina el nuevo casco de realidad virtual que le ha regalado su tía. Nunca olvidará esa sorpresa. Margaret ve a un nuevo chico en la mirada de su sobrino.

—Tengo otra sorpresa que darte, más bien es una noticia… Dos noticias —rectifica Margaret, con una sonrisa de oreja a oreja.

El chico la mira entusiasmado esperando que siga hablando.

—Me han ascendido en el trabajo y ya no tendré que viajar más. Me han asignado un puesto de controladora de viajes que podré realizar desde casa.

Marc suelta un gritito de victoria y se funde en un abrazo con su tía.

—¡Qué bien, pasaremos más tiempo juntos!

—En realidad, ha sido tan fácil como pedir el ascenso. Simplemente lo hice y aceptaron. Todavía no me lo creo. Quería que vivieras conmigo de verdad, no que vivieras en mi casa, solo, esperando que volviera de cada viaje.

—¿Y la otra noticia? Has dicho que eran dos.

—Que nos mudamos.

—¿Adónde? —pregunta con sumo entusiasmo.

—Al centro, a un apartamento inteligente. Te gustará mucho.

—¿Cómo de inteligente? ¿Más que yo? —Ambos ríen.

—Mmmm… —Margaret hace como que piensa— No. Creo que no. —Vuelven a reír—. Sería muy costoso instalar en esta casa los nuevos sistemas que necesitaré para trabajar. Esa fue la única condición que me pusieron en la empresa: que tenía que vivir en el centro, en un apartamento inteligente. Me puse a buscar y he encontrado uno perfecto para nosotros.

—¿Es muy caro? ¿Cómo lo pagarás?

—Ya está casi pagado. Di mis ahorros y esta casa a la inmobiliaria. Lo poco que falta me lo presta mi empresa. En ocho años saldaré mi deuda con ellos.

—¿Fin vendrá con nosotros?

—Me temo que no. Ese montón de hojalata tiene los días contados. Se quedará aquí, al servicio de los nuevos propietarios.

—Que venga con nosotros, por favor —ruega Marc, acercándose a él.

—Bueno, lo pensaré.

—¿Cuándo nos mudamos?

—Mañana.

Capítulo 6

Miércoles, 20 de octubre de 2088

A sus setenta años guarda la apariencia de una mujer de treinta y cinco. Tenía esa edad cuando se comenzó a comercializar la enzima que preserva la juventud. Margaret es una youving. Pertenece a ese setenta y cinco por ciento de personas que han elegido paralizar su propio envejecimiento hasta donde les sea posible. Margaret se preocupa también de mantener una buena forma física más allá de la superficialidad, por eso practica deporte regularmente.

Su bicicleta gravita sobre una estrecha senda que se ilumina a su paso. Una luz intensa, resplandeciente, azul cobalto, la acompaña en todo momento advirtiendo a los demás vehículos su posición, la misma luz que emite el esquimán de su bicicleta. A su lado, la vía principal destinada a vehículos permanece completamente vacía. Tras un par de horas pedaleando por la ciudad, se dirige hacia el Aquarium. Como en cada una de sus sesiones, terminará allí su entrenamiento. Después se marchará a casa. Cada lunes, martes y jueves sale a hacer deporte mientras Marc pasa sus últimas horas dentro del cubo. Su sobrino ya es un hombre adulto y, como es normal, ya no realizan tantas actividades juntos como antes. No obstante, sus almas se necesitan mutuamente, se adoran y permanecen unidas. Ahora más que nunca siguen siendo inseparables.

La vía exclusiva para bicicletas por la que gravita Margaret serpentea entre las callejuelas más estrechas de Boston, y tiene que aminorar la marcha por si se encuentra con algún viandante. La luminosidad que la acompaña tiñe los oscuros callejones de azul, así como las primeras plantas de apartamentos. Después de traspasar un par de bocacalles, aparece ante una gran plaza entre edificios colmada de comercios con cierto encanto. Estos comercios se esfuerzan por mantener dependientes de carne y hueso, y exponen sus productos en la calle como antiguamente. Son los últimos de su especie. El último mercado de toda América.

La plaza está abarrotada. Miles de clientes se mueven rápido entre los tenderetes. Buscan esos artículos antiguos, especiales, ilegales o perdidos en el tiempo, que no pueden comprar en los comercios habituales. La extensa aglomeración de los fulgurantes neones, de los carteles publicitarios y de los comercios hacen que Willow Square sea única en el mundo.

La vía se eleva varios metros para pasar por encima del mercado. Margaret circula sin dificultad sobre la pendiente ascendente. Pedalea próxima a las paredes de los edificios que delimitan la plaza. Su esquimán pasa muy cerca de algunos tenderetes. Luego desciende hasta el suelo cuando el mercado queda atrás. La senda se adentra en otro barrio de angostas calles. Tras recorrer unas cuantas, llega al corazón de la ciudad. Las calles se ensanchan, las edificaciones crecen, aparecen espacios abiertos y vehículos aéreos por encima. Están por todas partes. En las alturas, entre el conglomerado de vehículos, predomina el color amarillo de los helitaxis, el marrón de las helibox de flying home y el azul de las cámaras patrulla de la policía. La vía por la que pedalea ha pasado a ser parte de otra mucho más ancha, una calzada por la que circulan todo tipo de vehículos magnéticos. Cada vez que la adelantan, queda un intenso fulgor azul en las vías. A esas horas de la noche, justo cuando empieza a oscurecer, circulan pocas bicicletas. La carretera asciende, desciende y se eleva sobre puentes para sortear fábricas, jardines, viviendas y todo tipo de obstáculos.

Al aproximarse a la salida 42, la IA de su bicicleta le informa de que debe tomarla para llegar a su destino. Cuando llega al Aquarium, Margaret activa los imanes de aparcamiento de su bicicleta y esta deja de gravitar para adherirse al suelo.

Una vez dentro, utiliza el lector facial en el acceso tres. Un amplio pasillo la desliza hacia el interior del complejo. El rostro de una azafata virtual surge de la pared de su derecha para darle la bienvenida, y comienza a desplazarse junto a ella a través del pasillo.

—Bienvenida al Aquarium. Te informo de que el complejo cerrará a las once horas. Diez minutos antes, una alerta sonora te avisará para que salgas de la piscina y…

—Siguiente —la interrumpe Margaret mientras echa un vistazo dentro de su mochila.

—La temperatura del agua es…

—Siguiente.

—Si deseas llamar a un asistente personal, toca el punto amarillo del gorro; si sufres problemas físicos, pulsa el rojo; si necesitas ser rescatada del agua, pulsa el negr…

—Siguiente.

Margaret resopla. Está un poco cansada de escuchar siempre lo mismo.

—En tu taquilla tienes un gorro de baño y unas gafas. ¿Deseas traje de baño?

—No.

—¿Toalla?

—Sí.

—También habrá una toalla preparada para ti. ¿Aletas?

—No.

—¿Tapones?

—No.

—Que disfrutes del baño. Y recuerda: visítanos regularmente. El deporte alarga la vida.

Tras escuchar la última frase llega al final del pasillo. Unas puertas se abren para darle paso al centro del Aquarium, donde está la piscina de dimensiones olímpicas para ella sola. Tiempo atrás la encontraba plagada de gente, pero desde que viene a esas horas suele estar vacía. Antes de meterse en el agua entra en el vestuario. Allí tampoco hay nadie. En su taquilla encuentra el gorro, las gafas y la toalla que le suministra el servicio. Guarda su mochila después de haber sacado su traje de baño. Se equipa para la sesión y se dirige a la piscina.

Cuando sale a ese gran espacio abierto contempla la escena sobre su cabeza: un cielo estrellado irreal, nada parecido al de verdad, producto de una recreación virtual que cubre todo el pabellón. Justo en el borde del agua, prueba la temperatura con la punta del pie. Se aproxima al panel de configuración de la calle cuatro, elige su fondo favorito —el fondo marino de Sipadan— y se lanza de cabeza para empezar sus largos.

Margaret nada con estilo sobre los corales, las esponjas y las tortugas de Sipadan, que parecen sobresalir del suelo. Mantiene su ritmo habitual mientras escucha las guitarras de su grupo de música preferido, un ritmo que le permite nadar durante un largo periodo de tiempo sin descanso.

Por un momento cree que las tortugas se mueven acompasadas con la música que escucha, pero es solo una ilusión más provocada por el paradisiaco entorno en el que se mueve. Su mente imagina cosas mientras nada sobre un paisaje que le gustaría conocer algún día. Piensa en lo afortunada que es y en lo bien que se siente. Goza de un estado de salud estupendo para su edad, que le proporciona felicidad y bienestar cada día. Ha olvidado las penas que la persiguieron durante mucho tiempo al separarse de su familia. La vida la ha recompensado por su lucha constante con un premio llamado Marc, que para ella sigue siendo su razón de existir.

Marc camina sobre el pedregoso paisaje de un planeta inhóspito, aunque en realidad su cuerpo no se mueve del sitio. Forma parte del ejército *cereniano*, el segundo con más puntuación en el ranking. Avanza entre más de dos mil soldados, tras una avanzadilla de altos y musculosos humanoides equipados con el mejor armamento del Sistema Solar. Han recorrido más de dos kilómetros para encontrarse con los sanguinarios *zheras*. La batalla es inminente. Marc baja la vista, recarga el arma y configura sus escudos. Comienza a escuchar arengas militares en el frente. Los soldados que lo rodean se preparan para lo que está a punto de suceder. De repente, tras las letras de «Go», el suelo empieza a vibrar, la avanzadilla de humanoides ha iniciado la carrera contra los *zheras*, unos seres con brazos largos y flexibles cuyo mejor ataque es el lanzamiento de objetos pesados, y que al mismo tiempo van equipados con un tosco armamento de diferente índole. El ejército de los *zheras* está formado por criaturas con largos colmillos curvados que se desplazan a cuatro patas. Todo el bloque corre tras ellos. Marc divide una cuarta parte de su visión para obtener imágenes de lo que sucede en el frente. Mientras avanza, obtiene más espacio entre sus compañeros.

El contacto entre ambos ejércitos está a punto de producirse. Marc aguarda. Sabe que en realidad nada puede hacerle daño, aun así, espera nervioso, impaciente e inseguro. No conoce sus capacidades. El juego es nuevo, y nunca antes ha probado suerte en niveles tan superiores.

Varias filas por delante de Marc aparecen los primeros *zheras*. Ve el epicentro de la batalla a través de una pequeña ventana. Es algo bestial. La cierra para no desconcentrarse, sus nervios aumentan. Presencia los primeros combates a su alrededor. De pronto, un *zhera* se abalanza sobre él y le golpea por la espalda con su arma eléctrica. Por suerte, el escudo trasero cumple su función y evita el fin de la partida. No obstante, su traje le muestra que ha perdido el treinta por ciento de protección. Marc se levanta rápido del suelo, antes de que su oponente le aseste un segundo golpe, y dispara una ráfaga casi sin apuntar, que acaba con su adversario. Mire donde mire, todo es violencia. Aparecen *zheras* por todas partes. Recibe varios empujones de sus propios compañeros, enzarzados en diferentes combates. Marc está lento. Por fortuna, no ha recibido más ataques.

—¡Venga, vamos! ¡Muévete! ¡Muévete! —le grita un compañero que pasa cerca mientras se dirige al epicentro de la batalla.

Marc reacciona y corre tras él haciéndose hueco entre el barullo, esquivando cualquier conflicto, saltando sobre muertos y cuerpos moribundos de algunos humanoides de su bando. Hasta que de repente un golpe en el costado le derriba y cae de bruces sobre el terreno. Seguidamente muere entre los dientes y las garras de un *zhera*. Marc sale del juego.

Le ha parecido muy intenso. A pesar de que las paredes del cubo ya no muestran nada, aún está temblando. Necesita salir al exterior para respirar. Abre la puerta y aparece en el salón del apartamento en el que vive junto a su tía. Acaba de sentir la partida de realidad virtual más intensa y real que ha vivido jamás. Nunca antes otra le había causado ese nivel de estrés y ansiedad.

—Necesito agua —dice mientras se dirige hacia el expendedor.

—Con mucho gusto.

Cuando llega, la IA de la casa le ha preparado un vaso para que sacie su sed.

Marc da un largo trago y coge aire para beber más, luego se sienta en uno de los taburetes frente a la encimera. Cuando logra tranquilizarse, repara en que no ve a su tía. Recorre la casa buscándola. Al comprobar que Margaret no está, se preocupa. Tenía que haber llegado hace hora y media. Vuelve a sentarse en el taburete.

Con el dedo índice dibuja sobre su antebrazo el patrón de desbloqueo de su forearmphone para ver su lista de contactos. Fija la vista en el perfil de Margaret y parpadea dos veces para establecer conexión con él. No escucha ninguna señal. Le resulta muy raro.

—Llamar.

Marc intenta hablar con ella a través del sistema de comunicación del apartamento.

—¿Con quién desea contactar?

—Margaret.

—Estableciendo llamada… —La voz asistente queda en silencio unos segundos—. No se ha podido conectar.

—¿Cómo es posible?

Los forearmphones en pocas ocasiones se apagan, solo bajo circunstancias muy especiales, ni siquiera uno mismo puede apagarlo a su antojo. Y eso a Marc le preocupa. Teme que le haya pasado algo a su tía. Se sienta frente a la consola principal del apartamento.

—Localización de Margaret.

—Imposible localizar. El dispositivo forearmphone de la señora no da señal.

—¡Mierda! Que me recoja un helitaxi.

El helitaxi transporta a Marc hacia el Aquarium. Aunque sabe que a esas horas estará cerrado, espera tener suerte y encontrarla por el camino de vuelta a casa, o entretenida con algo. El hecho de que el forearmphone de su tía esté apagado le asusta. A través de las ventanillas del helitaxi escudriña todo lo que alcanza su vista desde las alturas. Tras un viaje de varios kilómetros, primero entre edificios y más tarde sobre la vía US Hwy1, siguiendo el itinerario que sabe que recorre Margaret de camino al Aquarium, utiliza la salida 42. Llega a su destino sin haber tenido suerte.

A un centenar de metros del Aquarium le alertan las luces que ve. El complejo sigue encendido, pero no es esa luz la que le ha removido las entrañas. El corazón le ha dado un vuelco al ver las luminarias del cordón policial, de los servicios sanitarios que hay en el aparcamiento de las instalaciones. El helitaxi, a petición de Marc, desciende y se acerca al lugar. Desde allí alcanza a ver la bicicleta de su tía. Nota que le pesa el cuerpo, siente un golpe de calor que le deja pálido, comienza a temblar. Al salir del helitaxi las piernas le flaquean y se queda paralizado sin saber cómo actuar. Durante unos segundos siente miedo. A continuación, su mente le protege, por un instante tiene la vaga esperanza de que su tía no sea el motivo de aquel revuelo. Pero ver que su bicicleta es el único vehículo en todo el aparcamiento le devuelve a la realidad. Su corazón se acelera y el miedo se transforma en pánico.

Dudoso y al mismo tiempo exaltado, se acerca hasta el cordón policial.

—¿Qué ha pasado aquí? ¡Esa bicicleta es de mi...!

—No puedes pasar —le interrumpe uno de los agentes de carne y hueso que protegen el perímetro, al mismo tiempo que le bloquea el paso agarrándolo de la ropa.

—Pero... ¡esa bicicleta es de mi tía! ¿Qué ha pasado?

Los policías se miran.

—Un momento, tranquilo. ¿Cómo te llamas? —Uno de los agentes le indica que ponga a su disposición el dispositivo de su antebrazo para hacer las comprobaciones pertinentes.

—Marc.

—¿Y de quién dices que es esa bicicleta?

—De mi tía Margaret. ¿Le ha pasado algo?

—Arthur, acompáñale adentro —le pide el policía a su compañero.

—Pero... ¿qué le ha sucedido? —Marc camina por delante del agente fuera de sí. Su corazón palpita con fuerza.

—¡Tranquilo! —Le frena otro policía cuando lo ve llegar—. Acompáñanos.

—Pero… ¿qué ha pasado?

Los policías hacen caso omiso a todas las veces que Marc repite la misma pregunta y otras similares, mientras caminan hacia la entrada del Aquarium.

—¿Quién es él? —pregunta un hombre cuando llegan a la puerta principal.

—Es su sobrino.

El subinspector de policía apaga su cigarrillo contra la pared y suspira con mirada alicaída.

—Dejadlo en mis manos.

Marc se espera lo peor. Segundos más tarde, acierta. El inspector no tarda en comunicarle que el corazón de su tía Margaret se ha parado mientras nadaba.

El personal congregado junto a la piscina se hace a un lado y es entonces cuando Marc descubre a su tía inerte sobre el suelo encharcado. Se abalanza sobre su cuerpo hinchado. Grita. El nombre de Marge retumba en el Aquarium.

Capítulo 7

Domingo, 24 de octubre de 2088

Antes del entierro, Marc se gastó todos sus ahorros y más para grabar y almacenar la consciencia de su tía en la famosa ficha de la que todo el mundo hablaba. A pesar de que sabía que nunca podría cargarla en Inmemorian por su elevado coste, lo hizo. Se resistió a perderla del todo. Tras las gestiones que ello supuso, se procedió al enterramiento del cuerpo. La última despedida.

Ante la mirada entristecida de dos primos lejanos de Margaret, varios de sus amigos, compañeros de trabajo, uno de sus jefes, Jillian, Salá, Ellie, Cooper, Biff y el pobre Marc, dos enterradores cargaron el cuerpo al vehículo funerario para su traslado.

Marc lleva varios días tirado sobre su cama. Solo se ha levantado para hacer sus necesidades. Se ha encerrado protegiéndose de cualquier llamada y visita. Ha puesto su forearmphone en modo «ocupado», y ha desconectado las llamadas entrantes del apartamento. Desde que su tía murió no ha ingerido alimentos, no se ha duchado, no ha hablado con nadie. Su cara está demacrada. Sus ojos resaltan sobre sus ojeras hundidas; unos ojos que no se centran en nada, perdidos, apagados, sin luz, de los que ya no salen lágrimas. Se le han agotado.

En solo dos días se puede apreciar el abandono total en el que se ha sumergido. Su barba se deja ver, su desbaratado pelo, su arrugada y sucia vestimenta… Él mismo comienza a percibir las consecuencias de no haberse cambiado de ropa en dos días.

La IA del apartamento ha intentado animarle tras evaluar su estado. Le ha hablado, incluso ha recreado para él en las paredes de su habitación los entornos más paradisiacos que guarda en su memoria digital. Pero Marc no reacciona. Sigue sin pronunciar palabra. La tristeza, la soledad y la oscuridad que le aplastan el corazón le están ganando la batalla a un cuerpo que apenas da señales de querer vencer la pena.

Horas más tarde, su instinto de supervivencia, una pequeña vocecilla que parece estar muy lejos pero que todavía funciona, le pide alimentos. Le duele el estómago y piensa en levantarse, pero también le duele el alma y se rinde. Siente su cuerpo entumecido y agarrotado. Siente que no puede levantarse, que no le quedan ganas de seguir viviendo.

De repente, algo le saca de su conflicto mental.

—Marc, ha llegado una notificación importante para ti —le informa la voz asistente del apartamento.

Marc permanece impasible sobre su cama. Ni pestañea.

—Siento insistir, pero lo envían como nota informativa importante, de nivel diez.

Sigue sin reaccionar.

—Lamento mucho tu situación, pero sería conveniente que…

—¿Quién lo envía? —pregunta con voz ronca y resquebrajada. Siente curiosidad, nunca antes ha recibido notificaciones a su nombre.

—No tengo autorización para ver esa información, es confidencial.

—Yo te autorizo. No voy a levantarme. Dime quién la envía.

—Para ello tengo que activar el modo «todas las llamadas activas» en el apartamento.

—Hazlo.

La IA enciende la consola principal de la casa para acceder a la información.

—La envía la alcaldía de Boston.

—Muéstramela.

La IA hace aparecer ante él el holograma de la notificación:

Fecha: 6 de agosto de 2083.

Con la presente notificación, certifico que Marcus Duval Hadley, hijo de Roy Duval Rewer y Mary Kate Hadley Ross, es el heredero universal de todos los bienes de Margaret Hadley Ross, bajo su propia petición. Que lo conforman: un automóvil Corusant del año 42 con referencia 198442 y el apartamento Protheus 842 situado en Tremont Street, número 260, planta 17, puerta D, ubicado en la ciudad de Boston, Estados Unidos de América.

De esta forma, se trasladan los bienes citados anteriormente a la propiedad en favor de Marcus Hadley Duval, recibiéndolos de Margaret Hadley Ross, o del organismo que ha firmado este documento en caso de que el solicitante haya fallecido.

Como medio de certeza para dar fe, esta notificación ha sido firmada por Jeremy Ciomo Brown (testigo presencial), Margaret Hadley Ross (solicitante), Stephen Feinstein Davis (notario y redactor de esta ley) y Donovan Shapiro Wynn (alcalde de Boston, Massachusetts, EUA), el día seis de agosto de dos mil ochenta y tres, a las doce horas y treinta y dos minutos.

Marc al fin se incorpora. Se sienta en el borde de la cama. La luz de la habitación cobra intensidad.

—Necesito comer algo —piensa en voz alta.

—¿Qué deseas comer? —interviene su asistente al mismo tiempo que apaga la consola principal.

—Estoy fatal —se lamenta con la mirada fija en el suelo.

Tras un par de minutos en los que parece congelado, Marc finalmente explota:

—¡Marge, ¿por qué has tenido que morirte?!

Se desahoga golpeando con el puño cerrado repetidas veces una de las paredes de la habitación, algo que solía hacer cuando era niño.

—Te recomiendo que no golpees los paneles. Puedes dañar los sistemas de…

—¡Cállate y dedícate a lo tuyo! Prepárame un zumo de naranja y dos tostadas.

Tras ese arrebato que le recuerda a cierta etapa de su vida, se queda sin fuerzas y cae. Marc permanece tirado sobre el suelo de su habitación hasta que sus lágrimas se agotan y su cuerpo recupera algo de energía.

La voz de la IA le avisa de que el zumo y las tostadas están preparados. Marc se levanta, camina hacia la mesa del comedor y se sienta a desayunar a una hora que no corresponde con ese momento del día. Pero se sacia antes de terminar. Deja medio zumo y una tostada intacta, y se deja caer sobre el sofá. Está dispuesto a no moverse en horas.

—Informativo.

La asistente de la casa proyecta ante él un holograma en el que un exótico hombre moreno de ojos verdes informa sobre las últimas noticias del día:

> Nuestro alcalde, Donovan Shapiro, hace aproximadamente una hora se ha reunido con Arthur Kane para felicitarle por su nombramiento como nuevo consejero delegado de la compañía Helitaxi en Boston.
>
> Esta mañana se han encontrado tres niños muertos en Monument Avenue. Las investigaciones indican que sus cuerpos se precipitaron desde la azotea de uno de los edificios donde jugaban, según la actividad registrada de sus forearmphones.
>
> A partir del próximo curso escolar, la red de colegios SHC dejará de exigir la afiliación de ambos padres o tutores al partido liberalista SG Live. Para inscribir a un niño en sus colegios bastará con que solo uno de ellos esté afiliado a su partido político. Por otro lado, esta entidad pretende incrementar las clases de ideología histórica también en el próximo curso.

De repente suena el holoportero, un sonido que recrea los timbres de antaño. Marc no piensa contestar. Su estado de ánimo le trae el recuerdo del solitario niño que fue, de su personalidad reservada. Desea estar solo el resto de sus días. El timbre vuelve a sonar. Quien sea que esté abajo insiste. Marc no tiene ganas de recibir el consuelo de nadie, pero pensando que pudiera ser alguno de sus amigos preocupado por él, decide al menos contestar sin abrir la puerta del edificio. Si son ellos, no se merecen que los trate así.

Marc activa el holoportero y la persona que ha llamado aparece junto a la puerta de entrada de su apartamento en forma de holograma. La intensa lluvia de la calle, que cae sobre el individuo, impide a Marc ver de quién se trata.

Se aproxima a la imagen. A pesar de encontrarse a un solo metro de él, no consigue distinguirlo.

—¿Quién eres y qué quieres?

—Soy Aleister.

—¿Aleister? No conozco a ningún Aleister.

—Aleister, uno de los hijos de Margaret. —A Marc se le acelera el pulso. Esa visita le ha pillado fuera de juego—. Me estoy empapando. ¿Me abres para que podamos hablar?

—No.

—¿No? ¿Vas a dejarme con la que está cayendo aquí fuera? —La fuerte lluvia enturbia cada vez más su imagen.

—¿Qué quieres? —pregunta Marc en tono amenazador.

—Hablar contigo del trágico suceso de mi madre.

—Dudo que te importe. Le hicisteis la vida imposible. Ni siquiera estuvisteis en el entierro.

Tras unos segundos de silencio, Aleister decide hablar del motivo principal de su visita.

—¡No puedes prohibirme la entrada a la casa de mi madre, que en realidad es mi casa! —exclama con el cuerpo totalmente erguido mientras se señala el pecho—. Ahora la casa de nuestra madre nos corresponde. ¡Abre la maldita puerta!

—No pienso abrirte. Márchate.

—Esta casa ahora es mía, de mi hermano y de mi padre. Así que recoge tus cosas y márchate. Si no… vendré en unos días con una orden.

—No hace falta que te esfuerces. Espera, voy a enseñarte algo.

Justo en ese momento, Marc activa el holograma que muestra su imagen al lado de la de Aleister en la entrada del edificio, para que él también le vea y pueda leer el mensaje proyectado a su lado. Se trata de la notificación que ha recibido hace nada y que lo sitúa como heredero universal de todos los bienes de Margaret: su Corusant42 y el apartamento.

—Este documento no tendría validez para mí si os hubierais hecho merecedores de sus pertenencias, si os hubierais comportado como sus hijos. Pero no ha sido el caso. Lo siento.

Aleister permanece en silencio mientras lee y examina el texto.

Segundos después, tras comprobar la veracidad del documento, se marcha sin decir nada, y en la proyección solo queda la lluvia, cuyo sonido resuena con fuerza en el interior del apartamento.

Capítulo 8

Jueves, 25 de enero de 2091

Nadie puede afirmar que un sexpartner da más placer que la compañía de carne y hueso, pero tampoco lo contrario. Más de la mitad de la gente los emplea para su desahogo personal. Aunque el número de hombres que los utilizan sigue siendo mayor que el de mujeres, la estadística tiende a equilibrarse. Al principio fue tema tabú, pero ahora se contempla como algo normal, se comenta y se habla de ello sin ningún reparo. Incluso, en muchos casos, las parejas tradicionales comparten sus momentos más íntimos con estos compañeros.

Los sexpartners están programados y diseñados para satisfacer unos gustos sexuales muy diversos. La IA de la que están dotados es capaz de mostrar y percibir emociones, también de empatizar con sus usuarios al mismo tiempo que aprenden sus gustos y costumbres. Son tan inteligentes y atentos que el fabricante garantiza que podrían incluso cuidar niños. Pero no están diseñados para ello, están programados para regalar una compañía muy distinta.

La creencia de que los sexpartners podían promover y generalizar la idea de tratar a mujeres y a hombres también como objetos sexuales, haciendo que siempre desearan estar disponibles para evitar ser suplantados, no se ha hecho realidad. Sin embargo, el sexo con robots ahora es más común que entre personas. Han surgido nuevos modelos de vida. Muchos los han convertido en algo más que en un aparato sexual, dándoles el puesto de la pareja humana que no quieren tener, o que tuvieron y un día reemplazaron.

A simple vista, es muy complicado distinguir estos sofisticados juguetes sexuales de las personas reales. Los sexpartners, a diferencia de los realbots, que son totalmente indistinguibles de los humanos (debido al nexo de unión entre su perfecto diseño y las consciencias recuperadas que se han cargado en ellos), tienen una apariencia ideal: sus cuerpos perfectamente esculpidos, la extrema belleza que irradian y las facciones insinuantes que mantienen en todo momento ayudan a distinguirlos.

La sociedad se ha acostumbrado a los sexpartners tan rápido que es muy normal encontrarse parejas híbridas en las zonas comunes. La gran mayoría los han aceptado, quizá porque su labor es muy considerada. Este tipo de tecnología ha eliminado las frustraciones sexuales que sufría la humanidad desde hacía décadas y, al mismo tiempo, ha erradicado la prostitución.

Los amigos que tuvo Marc fueron fruto de la insistencia de Margaret; ahora que su tía ya no está, tampoco ellos continúan a su lado. Se ha aislado y ha permitido que la reservada personalidad de su niñez vuelva a tomar el control de su existencia. Si de niño no concibió la necesidad de tener amigos, ahora menos. Tampoco ha sentido nunca el deseo de compartir su vida con una compañera. A pesar de tener treinta y un años, nunca se ha acostado con nadie; sin embargo, necesita satisfacer el apetito sexual que le embarga a diario.

Cansado de tener que desahogarse consigo mismo, y con cierto ánimo de estimularse con cosas nuevas más allá de las escenas calientes que le proporciona la realidad virtual del cubo, ha comprado algo que espera con impaciencia.

La IA del apartamento le informa de que ha llegado su envío, y Marc corre hacia el recibidor aéreo. Al abrir la cristalera, observa cómo una cápsula de flying home deposita una caja de considerables dimensiones sobre la base receptora del apartamento. Surge un holograma junto al bulto. Cuando la cápsula alza el vuelo para mezclarse con el tráfico aéreo de Tremont Street, Marc utiliza los mandos del holograma para conducir la plataforma gravitatoria que soporta el envío al interior de la vivienda.

El paquete está en el centro del salón. Lo observa con cierto nerviosismo, sabiendo lo que va a encontrar dentro. La caja es estrecha y alta, y tiene su misma altura. Marc selecciona la opción «abrir» en el holograma que la acompaña, y la tapa superior, junto con las cuatro paredes, se repliegan hasta retraerse por completo bajo la base inteligente. El primer holograma desaparece y en su lugar emerge el de activación y configuración del producto.

La mujer que había dentro de la caja ahora llena la estancia y eclipsa todos sus sentidos con su exuberante belleza. Aunque él mismo le dio esa apariencia en la stay web antes de comprarla, contemplar su perfección, su hipnótica sensualidad desde tan cerca, lo deja sin aliento, al mismo tiempo que en su interior afloran sus instintos más primarios.

Su tez es blanca, casi pálida, lo que contrasta fuertemente con su largo pelo rojizo cuyas puntas oscurecidas llegan más abajo de sus hombros. Su cara redonda simula estar sutilmente maquillada. Su rostro es joven y sensual. Su figura la cubre un vestido blanco, sencillo, de tela suave y fina, que marca sus curvas y proporciones, y que termina en una falda que deja al descubierto sus blanquecinas piernas. Sus brazos son delgados y sus manos, pequeñas. Ha llegado descalza.

A pesar de que la sexpartner no está activada, ni se mueve del sitio, centra su mirada en Marc, siguiendo todos sus movimientos. Mientras él camina a su alrededor, ella vuelve el cuello hasta donde le permite su movilidad. Marc la contempla desde diferentes ángulos, tratando de encontrar algún detalle que le indique que la caja no le ha traído una mujer real. Su nivel de perfección le resulta increíble. Después de dar varias vueltas a su alrededor, se sitúa frente a ella para examinarla mejor. Suavemente, desliza los finos tirantes de su vestido fuera de sus hombros, y este cae al suelo descubriendo sus encantos. Marc se excita al verla desnuda y no puede resistirse a acariciarle los pechos. Al mínimo contacto, los pezones reaccionan. Una vez ha conocido su textura, los cubre con sus grandes manos y comienza a amasarlos. La leve presión que surge bajo su pantalón le hace continuar y acariciar delicadamente la parte más suave de la sexpartner sobre sus braguitas, justo antes de acabar deslizándolas por sus piernas hasta el suelo. Ahora toda su atención se concentra en sus zonas más íntimas. En realidad, no tan íntimas, ya que han sido creadas para estar al alcance de sus usuarios.

La presión de la bragueta se acentúa y siente calor por todo el cuerpo. El pulso comienza a acelerarse. Pero por el momento se controla. Ahora que se encuentra frente a su desnudez retrocede un par de pasos para observarla desde otras perspectivas. Le parece una criatura exótica y divina. La mujer que nunca podría haber imaginado por su deslumbrante belleza. Está tan bien hecha, tan bien fabricada, que por mucho que se esfuerce sigue sin encontrar una muestra que le indique que esa criatura no es de su misma especie.

La contención de Marc llega a su límite. Ante la atenta mirada que le dedica la sexpartner, comienza a desprenderse de su ropa. Necesita probarla.

Marc, totalmente desnudo, la observa. Sabe que en cuanto esté junto a ella nada podrá frenarle. Observa lo diferentes que son. Él tan solo es un hombre solitario, que cree que por su lamentable y delgado físico, y su fría personalidad de ojos apagados, nunca nadie le prestará atención, y menos una mujer como ella.

Se aproxima al holograma de activación e inicia el proceso. Tras una extensa descripción del producto que pasa sin leer aparecen imágenes de las diferentes funciones. Esto provoca que el centro de todos sus sentidos se tense todavía más. El holograma sigue informándole de que la sexpartner está entregada en modo «pasivo», y que para activarla debe registrar su huella facial sobre el holograma. Cuando lo hace, la sexpartner se activa.

—¿Cómo te llamas?

—Me llamo Marc.

—Qué nombre más bonito. ¿Deseas que te llame por tu nombre o que use otro distinto? —pregunta con voz suave y sensual.

—Llámame Marc.

—¿Qué nombre eliges para mí?

Marc se toma su tiempo. Pensar tanto debilita su llama interior por un instante.

—Creta.

Ahora Creta parece prestar mayor atención a cada movimiento de Marc, a cada una de sus miradas, como tratando de descubrir qué desea. Él se aproxima lentamente y le acaricia el brazo. Ella también lo hace, y sus manos acaban unidas. Le invita a bajar de la plataforma y ella acepta con un movimiento de caderas explosivo que termina desatando un incendio en la mente de Marc. Comienza a apretarse contra Creta de manera brusca, pues desconoce formas más sutiles de iniciar el acto. La hace retroceder hasta la pared y se aprieta contra ella todavía más. Sintiéndose acorralada, notando tan cerca el aliento de Marc, Creta empieza a respirar de manera más profunda.

Marc la envuelve con sus brazos. Sus manos suben desde la zona baja de su espalda hasta el cuello tan intensamente que la programación de Creta reacciona y suelta un gemido. Marc se pierde en sus curvas y proporciones, hasta que sus manos se detienen en su trasero. Ya no puede contenerse más. Aparta la melena rojiza a un lado para saborear uno de sus pezones. Creta reacciona mordiéndose el labio, un gesto que Marc ve de refilón y que le excita todavía más. La coge en brazos contra la pared para introducirse dentro de ella. No es un tipo fuerte, pero le sobra para alzarla y moverla a su antojo. La llena con sus embestidas al mismo tiempo que besa su cuello. Sus pechos rebotan rozándose intensamente contra él. De repente, Creta le busca con la mirada para besarle. Siente que le besa bien. Más que bien. Entre besos húmedos, Creta convierte su débil jadeo interno en gemidos continuados que parecen suplicar, pedir clemencia desde sus adentros, mientras sigue la frenética actividad.

Después de unos minutos muy intensos, Marc la lleva de la mano hasta el sofá y se tumba. Cuando ella va a sentarse encima, él la interrumpe agarrándola de las caderas y la sienta sobre su pecho apoyando en él su regazo. Pone a su disposición sus partes más sensibles, al mismo tiempo que consigue unas vistas privilegiadas. Quiere sentir a Creta de todas las maneras posibles. Ella se inclina y comienza a tocarle. Marc no puede controlarse ante lo que ve con tanta proximidad. Agarra sus muslos y los acerca para colarse entre ellos y saborearla bien. Tampoco tarda en coger la cabeza de Creta y situarla entre sus piernas. La situación es tan exquisita que su paladar se deleita. En ese momento, mientras ella trabaja intensamente, él también gime. Las piernas le tiemblan y todo su cuerpo se tensa al máximo.

Marc queda exhausto sobre el sofá y se duerme en cuestión de minutos. Las sensaciones de su primer encuentro sexual le han parecido insuperables. No ha echado en falta el calor humano que no conoce y no desea conocer.

Creta aprovecha que sigue encendida para ir al baño, darse una ducha y vestirse antes de quedarse quieta en algún rincón del apartamento.

Aunque no siempre son tan intensos, los encuentros se repiten casi todos los días.

Capítulo 9

Lunes, 1 de febrero de 2094

—Tómatelo con calma. A veces lleva bastante tiempo conseguir que comprendan su nueva situación y se adapten —apunta el técnico de Inmemorian.

Marc asiente.

—Entonces… solo tengo que iniciar el programa desde la consola principal y…

—Sí. Lo he dejado preparado para que únicamente tengas que hacer eso —le interrumpe el técnico—. Si no te importa, me voy ya. Tengo otras cinco consciencias que instalar hoy.

—Creo que lo tengo claro. Gracias, puedes marcharte.

—Si te surge algún problema, llámame. —El técnico le ofrece la parte interior de su antebrazo para transferirle su contacto.

—Muy bien, gracias —responde Marc.

—Que pases un buen día y que disfrutes de tu nueva compañía. Gracias por confiar en nuestros servicios.

El enviado especial de Inmemorian abandona el apartamento.

Marc piensa. Aunque está ansioso por volver a escuchar después de tanto tiempo la voz de Margaret, sigue teniendo dudas. Le acompañan desde el día en que apareció ante él la posibilidad de cargar en el apartamento la ficha que guarda la consciencia de su tía. Sabe que los servicios de Inmemorian están avalados por miles de personas que afirman hablar realmente con las consciencias de los seres que perdieron. Pero, aun así, en ese momento tan importante no puede evitar hacerse ciertas preguntas. ¿Hablará de verdad con la consciencia de su tía? ¿Y si descubre que no es ella, que es tan solo una burda recreación? Tiembla ante la posibilidad de que pueda romperse la ilusión que ha guardado tanto tiempo bajo llave en su corazón y la pierda del todo. No obstante, tiene algo muy claro: pase lo que pase, hoy su vida va a cambiar.

No puede esperar más. Algo nervioso, se acomoda frente a la consola principal. Hubiera deseado en esos momentos escuchar la voz de la IA del apartamento. Cualquier frase le hubiera servido de apoyo moral. Pero sabe que la voz que le ha dado los buenos días durante todo el tiempo que lleva viviendo allí ya no está. Ha sido suplantada por el programa de la consciencia de Margaret que está a punto de activar. Todos los procesos de la vivienda, menos la iluminación principal, están apagados. Marc resopla intentando librarse de la tensión que oprime su pecho. Después suspira.

—Allá voy —se dice mientras se vuelve para mirar a Creta, que permanece sentada cerca, en una silla, con los pechos al descubierto. Guarda la misma postura y semblante con los que quedó ayer—. Casi me olvido de ti —dice en voz alta.

Marc se levanta, coge a Creta y la esconde dentro del cubo de realidad virtual para que su tía no pueda verla si todo sale según lo esperado. Ella sigue con la parte alta de su vestido bajada hasta la cintura.

A continuación, vuelve su atención a lo que más le importa en ese momento: la pantalla de la consola. Introduce el comando de activación y el apartamento queda en silencio absoluto, un silencio que Marc no ha conocido desde que vive allí. Presiente que está a punto de suceder algo, pero el tiempo pasa y sigue sin ocurrir nada. Los segundos se le hacen eternos. Mantiene toda su atención en su entorno. Intenta percibir cualquier cosa, cambio o sonido. Pero por mucho que se esfuerza, no consigue captar nada más que su propia respiración.

De repente, cuando menos se lo espera, el estruendo de una respiración acelerada a la que parece faltarle el aire, irrumpe sin avisar. Parece rebotar de una pared a otra, alejarse, acercarse, moverse velozmente por la casa. Marc se sobresalta y se agarra con fuerza a los reposabrazos de la silla. Su cuerpo se pone tenso, su semblante se congela y su corazón empieza a latir desbocado.

—¿Qué está pasando? ¡No puedo verme! —consigue pronunciar entre los ahogos incontrolados de su respiración—. ¡No veo nada!

Marc escucha todo tipo de ruidos que parecen provenir del interior de los tabiques. Los cajones de un mueble cercano se abren y cierran bruscamente, uno de ellos sale despedido con violencia hasta el centro del salón. Las luces de la estancia fluctúan, después ganan intensidad, las puertas se abren y cierran, algunos electrodomésticos se activan. Por un momento, todo el apartamento se descontrola.

—¡Tranquila, tranquila! Préstame atención —interviene Marc.

—¡¿Dónde estoy?! —La consola principal parpadea.

—¡Estás confundida, es normal! ¡Escúchame! —exclama Marc, temeroso de que tanta actividad a su alrededor pueda provocar el colapso del sistema.

—Tu voz… ¿Quién eres? ¿Qué me está pasando?

—Soy Marc.

No aguanta más la tensión. Se pone en pie, sin saber hacia dónde mirar, para dirigirse a la voz.

—¿Quién es Marc? ¿Quién soy yo? ¡No veo nada! ¡Que alguien me ayude! —Todos los toldos del apartamento se abren de golpe.

—¡Escúchame, por favor! Me han indicado que tengo que ayudarte a recordar poco a poco. ¡Tía, soy Marc, tu sobrino!

—¿Cómo? ¡Marc! —La voz deja de ir y venir, de rebotar por el interior del apartamento, y se centra en el salón. Su respiración sigue sonando fuerte—. ¡Eres tú! ¿Cómo he podido olvidarte?

—Marge, han pasado seis años desde que…

—¿Estamos en Inmemorian? ¿Estoy muerta? —le interrumpe desesperada.

—No estamos en Inmemorian, estamos en tu apartamento.

—Mi apartamento… Ya lo recuerdo. Entonces… ¿no estoy muerta? ¿Qué me sucede? ¡No veo nada, ni siento mi cuerpo!

—Siento decirte que sí lo estás —le aclara Marc en un acto de valentía. Está sobrellevando la situación mejor de lo que él imaginaba. Está siendo fuerte.

—¡No puede ser! Ahora mismo no recuerdo cómo…

—Fue mientras nadabas. Tu corazón se paró y te ahogaste. Lo irás recordando poco a poco y también…

—En el Aquarium… Sí, estaba en el Aquarium cuando… —Margaret lo recuerda de repente. Pero las escenas que le llegan distan mucho de lo que le acaba de contar su sobrino. Por el momento esconde sus nuevos recuerdos y continúa lanzándole más preguntas—: ¿Cómo que estoy en mi apartamento?

—Cuando falleciste, grabé tu consciencia en una ficha. Recientemente, Inmemorian ha hecho posible que se puedan cargar las consciencias en algunas viviendas. Hice un par de consultas y cuando comprobé que tu apartamento estaba preparado para ello, ni lo dudé. Me han advertido que la carga podría ser traumática. Espero que me perdones si he obrado egoístamente, pero… pero necesitaba volver a sentirte cerca. —Por las mejillas de Marc descienden las lágrimas que tanto tiempo ha retenido—. En unos minutos comenzarás a ver y a percibir los elementos de la casa.

—¿Te veré a ti también?

—Sí.

—¿También podré ver mi cuerpo?

—Imposible. No tienes cuerpo.

—Marc, no lo entiendo. ¿Por qué voy a verte a ti y a la casa? —pregunta Margaret, quien había conocido en vida el funcionamiento de Inmemorian, en el cual las consciencias se limitaban a hablar con sus allegados.

—En cuanto se termine de crear el vínculo, sentirás el apartamento al detalle y cada uno de sus elementos como si fueran de tu propio cuerpo, y controlarás todo como hacía la antigua IA.

La consciencia de Margaret se toma unos segundos para procesar la información y asimilar su nuevo rol.

—Entiendo. Necesito percibir algo pronto, no aguanto esta oscuridad, si al menos pudiera verte…

—Muy pronto me verás. Cuanto antes te tranquilices, antes…

Margaret se muestra más serena. Su respiración, aunque sigue acelerada, ya no retumba contra las paredes del apartamento. Marc también se siente algo liberado. Ya ha conseguido lo difícil: su tía le reconoce. Y lo más importante: él también la reconoce en esa voz. Todas sus dudas se han disipado.

—¡Ya veo la casa! ¡Y te veo a ti! Pero bueno, ¡te has convertido en todo un hombre!

—Casi seis años. ¡Tía, me alegro tanto! Estoy muy feliz de tenerte conmigo otra vez.

—Pero no quiero estar aquí, deseo estar contigo, a tu lado, tocarte y abrazarte. —En ese momento las luces del salón pierden la intensidad que habían ganado minutos atrás—. ¿Eso lo he hecho yo?

—Eso y todo lo demás —le indica Marc señalando el desorden que ha ocasionado.

—Quiero estar a tu lado.

—Pero ya estás a mi lado —responde Marc al mismo tiempo que acaricia una de las paredes con un gesto instintivo—. Esta es nuestra nueva situación y tenemos que aprovecharla. Es la que es, no hay otra.

Margaret se lamenta y la casa se queda a oscuras.

—Tía... —Marc por primera vez se siente desbordado—. Si esto no te gusta, si no te adaptas, mañana te desconecto.

A pesar de ese momento amargo, el diálogo entre ellos prosigue. Intercambian sensaciones, recuerdan los momentos más felices que vivieron juntos, algunas de sus vacaciones y todo tipo de anécdotas pasadas. La conversación se vuelve más distendida conforme avanza. En cierto momento parece que su tía esté igual de viva que él. Marc se siente de nuevo protegido. Margaret se interesa por los años que se ha perdido de su sobrino. Minutos más tarde, Marc le cuenta que sigue manteniendo el mismo trabajo y poco más, pues no ha habido grandes cambios en su vida ni ha vivido mucho desde que ella se fue. Es entonces cuando Margaret descubre que su sobrino se ha aislado y ha perdido los amigos que ella le había ayudado a conseguir. Durante la conversación se da cuenta de que los traumas y las secuelas de la niñez de Marc han provocado que su solitaria personalidad resurja con más fuerza. Y se lamenta por ello. Si pudiera volver atrás... Se siente culpable de haberle abandonado.

No le hace falta practicar mucho para hacerse con el control total del apartamento. Aunque hace solo un par de horas que ha sido activada, se atreve a preparar un café. Deja las persianas en el punto idóneo. Regula la iluminación del apartamento y, con la misma eficacia, recoloca todos los elementos de la casa que movió antes inconscientemente.

Desde que Marc le ha hablado de su muerte no puede apartarse de esa escena que se le repite en segundo plano. Una escena que reproduce sus últimos minutos con vida y que no coincide con lo que Marc cree. Su cuerpo no se paralizó sin más; el motivo de su muerte fue otro muy distinto, lo recuerda perfectamente. No obstante, decide no contarle nada todavía. La conversación está yendo por derroteros muy distintos, y este momento sin duda es demasiado bonito y emotivo para estropearlo. Lo otro puede esperar. Total, ya nada podrá remediar su tragedia.

La conversación dura todo el día; de hecho, se extiende hasta altas horas de la madrugada. Concretamente, acaba en el dormitorio, cuando el sueño vence a Marc y cae rendido sobre su cama.

Capítulo 10

Martes, 2 de febrero de 2094

Para hacer el grabado de consciencia hay que introducir quirúrgicamente el chip L320 en el cerebro del difunto. Hay dos días de margen entre el deceso y la intervención. Este chip registra el funcionamiento de la mente del fallecido, recupera todos sus recuerdos, gustos, costumbres, forma de hablar... Exactamente todo. Cuando el chip termina su función, se crea una IA avanzada a partir de todos esos datos que se guarda dentro de una ficha de almacenamiento.

La extracción de información es precisa y completa. Tanto, que la nueva consciencia cree seguir siendo la misma persona. La consciencia de Margaret es incapaz de distinguir que ya no es ella en realidad, que es una copia de quien fue, un código, un cerebro simulado lleno de dígitos almacenados en una ficha y cargados en uno de los programas que comercializa Inmemorian. Por eso se siente frustrada.

Marc abre los ojos. Hace muchos años que no se despierta por propia iniciativa. Al ver las blancas paredes de su apartamento se sobresalta. Se levanta de un bote. Entonces se acuerda de que su tía es la nueva IA y por ese motivo no le ha despertado. Hablaron mucho el día anterior, pero se olvidó de configurar la hora a la que quería que le despertara. Por suerte, hoy no tiene que ir a trabajar.

—Buenos días, Marc.

—Buenos días, Marge.

—¿Qué tal has dormido?

—Muy bien. ¿Y tú cómo te encuentras?

—Bueno… ya no me siento extraña —responde para contentarle. La verdad es que Margaret se siente como si estuviera encarcelada, demasiado viva a pesar de no estarlo.

—Me alegro. Si deseas que esto termine, solo tienes que decírmelo y…

—No te he despertado porque no sabía a qué hora debía hacerlo. —Margaret le interrumpe y cambia de tema—: No me indicaste nada ayer. Te hubiera mostrado este lugar. —El techo y las paredes de su habitación comienzan a recrear un precioso paisaje. La cama de Marc aparece sobre un pequeño islote de hierba verde, rodeado de un lago de agua cristalina en el que flotan miles de nenúfares que se pierden en el horizonte—. Mientras dormías he visto los archivos virtuales y este paisaje ha sido el que más me ha gustado.

—Es muy bonito. No te preocupes. Hoy configuraremos todo y estableceremos los horarios —responde Marc—. Por cierto, despiértame todos los martes con este paisaje, me ha gustado.

—¿Qué desayunas? ¿Lo mismo de siempre? —Margaret hace desaparecer la recreación.

—Sí, tía, ¿te acuerdas de qué es?

—Por supuesto. Supongo que tendrás que trabajar.

—No. Tengo tres semanas de vacaciones —le aclara.

Marc abandona la habitación y, cuando llega a la mesa del salón, encuentra preparado su desayuno: un zumo de naranja y dos tostadas.

—Veo que ya controlas el apartamento —dice Marc, sorprendido de la limpieza y el orden que le rodea.

—Inspeccioné y me autoinstalé todas las funciones del apartamento mientras dormías. No tenía nada mejor que hacer.

—Te encuentro muy adaptada. Pero, insisto, no es necesario que te quedes si no quieres o si te encuentras incómoda. Sobre todo, no quiero que sufras. Con haberte tenido de nuevo durante un día me conformo. Me has devuelto las ganas de vivir —le transmite Marc, y por un momento Margaret guarda silencio.

—La verdad es que me siento confundida —dice al fin—. Comprendo mi situación, pero me siento demasiado viva y llena de energía para estar aquí. ¿Merece la pena esta resurrección si supone una condena a la esclavitud en la domótica de esta casa? ¿Merece la pena haber vuelto simplemente para complacerte a ti? No creo que aguante mucho tiempo.

—Lo siento, Marge, no imaginé que…

Margaret percibe que ha herido a su sobrino e intenta rectificar de algún modo:

—Pero no quiero rendirme tan pronto, quizá me adapte con el tiempo y todo cambie, pues tampoco quiero seguir muerta. ¡Probemos unos días!

—No hace falta probar unos días si no estás bien —responde Marc, apesadumbrado. Se siente culpable de la situación que le está haciendo pasar a su tía—. No quiero que sufras ni un minuto más solo para contentarme.

—No es sufrimiento, en realidad no siento nada. Nada puede hacerme daño, se supone que no existo. Es algo diferente y difícil de explicar, es algo más profundo —trata de aclarar Margaret—. Quiero probar esto durante un tiempo.

Tras un tira y afloja entre ambos, Marc acepta el trato. Respira con alivio. Egoístamente, no quiere desconectarla. Teme a la oscuridad que se le adhiere cada vez que su tía se aleja de él.

Tras el regreso de Margaret parece haber vuelto el verdadero Marc. A diferencia de las cortas y precisas frases que compartía con la antigua IA, con su tía no cesa el diálogo en ningún momento. Piensa en aprovechar todo el tiempo que pueda con ella, ya que no sabe cuánto más la tendrá tras las paredes de su casa.

Margaret le ofrece un momento de tranquilidad para que disfrute del desayuno. Después de morder la tostada un par de veces y de beber un poco de zumo, decide ir acostumbrando a su tía a su rutina diaria.

—Marge, enciende el informativo.

Margaret hace que aparezca frente a él un holograma en el que una de las despampanantes IA que Marc está acostumbrado a ver informa sobre las noticias más relevantes de la mañana:

> El próximo viernes, Naxa Space procederá a la atracción del meteorito HS8596 hacia la órbita de la Tierra, aprovechando su máximo acercamiento. Los expertos esperan que se pueda extraer la triple cantidad de magnetrita que se extrajo de los meteoritos HS903 y Ryugu.

> Donovan Shapiro, el alcalde de Boston, adelanta mejoras en los servicios de helitaxis tras la oleada de quejas recibidas por centenares de usuarios durante la semana pasada. Shapiro asegura que hablará con la compañía para encontrar una solución mientras se espera la puesta en funcionamiento de la nueva versión del vehículo que la empresa Helitaxi está fabricando.

> El presunto asesino de la falda defiende su inocencia en el arranque del juicio. Durante el acto también ha expresado en repetidas ocasiones que es inocente, negando tajantemente que sea él el

individuo grabado por las cámaras de seguridad, a pesar de que se le distingue claramente mientras mata a una de sus víctimas y luego la viste con una de sus características faldas. Las pruebas son irrefutables y todo indica que pronto será encarcelado. Os mantendremos informados.

La policía de Boston ha detenido al asesino de Kate Ratchett, la famosa programadora de modelos realbots, en Dorchester Street, según ha informado el comisario Andy Cooper. Un vecino de Donald Pear, el presunto asesino, fue quien dio la voz de alerta cuando Pear acudió de nuevo a su apartamento después de estar dos semanas ausente.

Nuevas observaciones del planeta Kepler 22b apuntan a que la densidad de su atmósfera podría ser...

—Cuánta maldad, cuántos asesinatos —expresa Marc.
—Es una lástima que haya gente en el mundo que crea que tiene potestad para arrebatar la vida a otro —responde Margaret con voz quebradiza. Vuelven a su memoria, ahora virtual, los recuerdos del momento en que perdió la vida, unos recuerdos que le pesan demasiado para seguir ocultándolos.
Marc se da cuenta del cambio anímico en la voz de su tía.
—Marge... ¿qué te ocurre? —pregunta algo sorprendido.
—No es nada. —Por primera vez, Margaret siente algo que parece oprimirle por dentro—. Marc, tengo algo importante que contarte. Ayer, cuando hablaste de mi muerte... —En ese preciso momento, Margaret hace que el informativo desaparezca—. Al

poco tiempo de hablar de mi muerte lo recordé todo. Mi final no fue como crees.

—¿Qué quieres decir?

—Aquella noche llegué al Aquarium como cualquier otra. No había nadie. Desde que cambié mi rutina a la última hora de la jornada solía encontrarme las instalaciones vacías. Tras unos minutos nadando, a pesar de llevar en mis pinguells a Mikel Born, escuché que alguien se zambullía en el agua. Algo normal. Supuse que sería otro usuario y seguí nadando sin ni siquiera confirmar mi hipótesis. A los pocos segundos, ese alguien interrumpió mi nado subiéndose a mi espalda violentamente y hundiéndome con fuerza. Por mucho que me esforcé y luché por quitármelo de encima, por salir a flote, no lo conseguí.

Marc permanece en shock. Siente un frío que le hiela por dentro. Todo parece abandonarle, todo menos el abismo que le separa de su tía. A pesar de los últimos acontecimientos, nunca la ha sentido tan lejos. La confesión que acaba de escuchar le ha dejado petrificado. El dolor que ha sentido durante los últimos años por su pérdida ahora se concentra en un punto pequeño de su alma, y se le clava en lo más profundo de su ser. Sigue sin moverse, no hay lágrimas, no hay gestos, tampoco lamentos, pero una oleada de sufrimiento a la que no puede hacer frente le ataca por dentro. Imagina los últimos instantes de la vida de su tía y su sufrimiento. Casi percibe su mismo miedo, la injusticia... Y se desmorona todo su mundo.

Margaret consigue que Marc reaccione, que conecte de nuevo con el mundo tras el palo que acaba de recibir. Marc pasa de cero a cien en un solo segundo y rompe en cólera, la ira se apodera de él y se descontrola. Grita, apoya la frente contra la pared, la golpea. Después desliza su espalda contra ella, dejándose caer al suelo impotente. Permanece sentado con la espalda apoyada contra el tabique durante varios minutos y con la mirada fija en el suelo. No quiere creerlo… Le parece increíble que alguien quisiera asesinar a su tía, la más bella de las personas que han existido.

Nadie conoce a Marc mejor que Margaret. Ella sabe lo que necesita su sobrino. Le deja ese momento de soledad e intimidad. Más tarde vuelve a hablar con él. Pero en vez de encontrarse a su sobrino más relajado, se encuentra a un hombre con sed de venganza.

El día transcurre lento, pero rápido al mismo tiempo. En el interior del apartamento se respira un ambiente de velatorio. Únicamente al final del día, tras configurar los horarios y algunas funciones de la casa, su tía anima a Marc del mismo modo que lo había hecho tantas veces cuando era un crío. Sin embargo, la tensión de su cuerpo no desaparece.

Capítulo 11

Miércoles, 3 de febrero de 2094

—¡Lo encontraré y se lo haré pagar!
—¡Marc, no! ¡Tú no eres así!
—Ya lo creo que lo haré.
—Como me dijiste: «Esta es nuestra nueva situación y tenemos que aprovecharla». Si buscas a quien me mató, te expondrás a un peligro que desconoces y solo encontrarás problemas.
—¡Tengo que hacer justicia! —replica Marc.
—La justicia no se aplica así.
—Entonces ¿cómo se aplica? ¿Acudiendo a la policía? Si ellos creyeron que te habías ahoga…
—Exactamente —le interrumpe Margaret—. Yendo a comisaría y contándolo todo. Si ellos creyeron que me ahogué es porque el asesino actuó con sumo cuidado, sin ser visto y sin dejar pruebas. La policía tiene muchos más medios que tú.

Marc reflexiona sobre esto último.

—¡Pues no descansaré hasta que esté entre rejas! ¡Ojalá se pudra en la cárcel! —responde con mirada vengativa—. Iré ahora mismo —decide dando un golpe sobre la mesa.

—Me parece bien, pero termínate la comida con tranquilidad, y mastica bien, que te vas a ahogar —dice Margaret—. No hay tanta prisa.

—Ya he terminado. Me voy a comisaría, ahora vuelvo.

—¡Pero si te dejas el plato casi lleno!

—Que me recoja un helitaxi —solicita mientras camina hacia la salida aérea del apartamento.

El helitaxi le deja en el recibidor aéreo de la comisaría, en el 40 de New Sudbury Street. Después pasa un control rudimentario en la azotea en el que un robot policía le acompaña al interior. Dentro, el primer agente de carne y hueso con el que se encuentra le indica el lugar donde debe exponer su caso.

Marc golpea dos veces una puerta entreabierta para advertir de su presencia a quien esté dentro. Después la empuja sutilmente.

—Adelante, adelante.

Al pasar se encuentra al comisario recostado sobre su asiento, detrás de su mesa de trabajo. Es un hombre con sobrepeso. Su hinchada papada impide distinguir el punto donde termina su cuello y empieza su pechera. Su oscura piel está sudorosa. Tiene calor a pesar de que el frío de la calle penetra en la vieja comisaría. Viste un oscuro traje policial que se ha tenido que hacer a medida, pero a diferencia de los demás agentes con los que se ha cruzado por el camino, sobre su barriga resalta una corbata blanca mal colocada, que no consigue transmitir ni una pizca de elegancia.

Ante los tímidos pasos de Marc, el comisario aparta el holograma que manipula.

—Hola, soy Marcus Duval. ¿Puedo hablar con el comisario?

—Lo tienes delante, Marcus. Toma asiento, todavía no me he comido a nadie. —A Marc le parece gracioso el comentario—. ¿Qué te trae por aquí?

—Verás… Hace seis años, concretamente el 20 de octubre del año 2088, mi tía Margaret Hadley perdió la vida nadando en el Aquarium —comienza a explicarse.

—Vaya, lo siento. ¿Puedes…? —Con un gesto le invita a pasar su forearmphone sobre el lector acristalado de su mesa—. Así busco y confirmo los datos. Continúa, por favor.

—Supuestamente, mi tía se ahogó nadando.

—Correcto. Aquí aparece toda la información.

—Esa información es errónea. Recientemente he descubierto que…

En ese preciso momento, un hombre con un extraño atuendo —chaqueta larga hasta las rodillas y sombrero— irrumpe en el despacho, abriendo la puerta de par en par de un fuerte golpe.

—¡No puedes hacerme esto, estoy a punto de cerrar el caso! —grita enfurecido echando fuego por los ojos.

Harry Horn deja de prestar atención a Marc para centrarse en el recién llegado.

—Está decidido, te irás a casa y te tomarás unas vacaciones. Le he cedido el caso a Mary Kate —le responde con firmeza.

—¿Cómo? ¿Mary Kate? —El hombre se indigna todavía más.

—Recoge las cosas de tu despacho y márchate. Mary vendrá a las cinco para instalarse en tu puesto.

—¡Pero tengo acorralado al autor del crimen! ¡Está a punto de caer! —le recrimina al mismo tiempo que se acerca desafiante al escritorio de su superior.

—El caso te ha superado. Te vendrá bien un descanso.

El hombre se acerca todavía más, pierde el control y golpea la mesa con la misma fuerza con la que ha abierto la puerta, mientras se inclina amenazante sobre Harry Horn.

El comisario a duras penas puede levantarse de su asiento. Cuando lo consigue tras un gran esfuerzo, pone punto final al debate:

—No te permito estos modales, no me obligues a ordenar que te saquen del edificio. Lárgate.

El hombre con sombrero y chaquetón, al que Marc todavía no ha podido verle la cara, aprieta puños y dientes tratando de contenerse. Harry Horn vuelve sobre su asiento y prosigue, esta vez en un tono de voz bajo:

—Eres el mejor de mis detectives, el que más casos resuelve, pero no puedo estar recibiendo constantemente quejas sobre tu manera de actuar. En este caso te has saltado las normas. Has sobrepasado el límite en tus interrogatorios, has entrado en lugares a la fuerza, has golpeado a gente… Has agotado mi paciencia. Ni siquiera te reconozco. Este caso ha hecho mella en ti, te lo has tomado como algo personal, por eso te mando a casa. Tú necesitas descansar y yo que estés fresco para resolver futuros casos. Hazme el favor y márchate.

—Perdón —interviene Marc con gesto dubitativo—. Puedo esperar fuera.

—¿Y quién es este? —pregunta el detective.

—Me llamo Marcus, ¿por dónde iba? —intenta recordar al mismo tiempo que vuelve la mirada hacia el comisario—. ¡Ah, sí! Decía que esa información es errónea, que he descubierto que a mi tía la asesinaron. Alguien forcejeó con ella hasta que consiguió ahogarla en la piscina del Aquarium. Después se fue sin dejar rastro.

—¿Cómo has descubierto eso? —pregunta extrañado el comisario, volviendo su atención a los datos del suceso.

—La consciencia de mi propia tía me lo ha contado.

Al escuchar la respuesta, Harry Horn pierde interés y se recuesta sobre su cómodo asiento. En cambio, el detective sigue de pie en el centro del despacho, expectante. Está algo más tranquilo.

—¿Tienes alguna prueba que apoye esto? —pregunta el comisario con desgana.

—No.

—Ja, ja, entonces no tienes nada que hacer —tercia el detective, soltando una pequeña carcajada.

—Marcus, disculpa las formas de mi compañero. ¡¿Quieres largarte de una puñetera vez?! Esto no te incumbe —le ordena Harry Horn. Después vuelve a dirigirse a Marc—: Pero lo que ha dicho el detective es cierto, no podemos hacer nada por ti.

—¿No vais a investigar? Entonces ¿no me crees?

El detective abandona el despacho refunfuñando.

—Sí que te creo, pero no puedo abrir el caso simplemente por lo que cuenta la consciencia de tu tía. Verás, la «ley del silencio al no humano» nos prohíbe considerar o aceptar testimonios de las consciencias de Inmemorian por motivos que no voy a explicarte ahora. ¿Me permites? —Le pide que acerque su antebrazo con el gesto característico para transferirle el documento en el que se detalla esta ley—. Aquí tienes toda la información. Lo siento.

—Entonces ¿ya está? ¿Me voy? —La indignación de Marc es mayúscula.

—Me temo que sí.

Sin añadir nada más, incluso sin despedirse, Marc sale del despacho. Utiliza uno de los ascensores, desciende hasta la planta baja y busca la salida hacia Sudbury Street.

Al abandonar el edificio no halla el contraste lumínico que esperaba. El día se ha nublado, igual que se han nublado sus expectativas. Por un momento se encuentra perdido, no sabe adónde ir ni qué hacer, su mente se queda en blanco. De repente le asalta una oleada de pensamientos vengativos que lo invitan a actuar por sí mismo para saciar su deseo. Cuando vuelve en sí, es consciente de lo que le rodea y centra la mirada en la calle. No camina nadie por las sendas para peatones. Sobre la vía magnética tampoco hay mucho tráfico. En cambio, a unos cuarenta o cincuenta metros por encima de su cabeza la ciudad es muy diferente. El espacio aéreo está atestado de helivehículos de todo tipo.

Inmemorian

Sobre un banco cercano observa una figura que cree conocer por su atuendo, uno que nunca antes había visto. Ese sombrero y ese largo chaquetón negro no pueden corresponder a ningún otro. El detective permanece sentado, como mirando a ninguna parte, dando la espalda a la entrada del edificio policial donde Marc permanece de pie. Parece reflexionar. Con su brazo derecho abraza una caja mediana que guarda sus pertenencias. Por un momento Marc duda si acercarse. Se anima y camina lentamente hacia él. A escasos metros se arrepiente y cambia de dirección.

—¡Colega! ¡Eh, tú, espera! —le sorprende—. Nunca nadie se me acerca por la espalda sin que lo vea. Un día te contaré cómo lo hago —y se vuelve para mirarle.

—¡Me llamo Marcus! —le corrige indignado por no llamarle por su nombre, a pesar de que recuerda que ya se lo ha dicho.

—Eso... Aunque no me importe lo más mínimo y me des un poco igual, quiero decirte algo. Durante mi larga experiencia como detective en la policía he descubierto que las consciencias de Inmemorian nunca se inventan nada. No sé si son reales o no, pero nunca mienten. Todo lo que recuerdan es cierto. Te asombraría saber todos los casos que me han ayudado a resolver, aunque, claro, bajo manga, por la maldita ley del silencio al no humano que promulgó América en el 82.

—No me hace falta escucharte para saber que mi tía me cuenta la verdad de lo que sucedió.

—Vaya, vaya... Solo quería alejarte de cualquier duda, si la tenías —le responde, aunque sus intenciones sean otras—. Por cierto... ¿cuántas ganas tienes de encontrar a quien lo hizo?

—¡Muchas! ¡No te imaginas lo que le haría al culpable si me lo encuentro!

—Calma, calma... ¿Sabes? Quiero ayudarte. Bueno... más bien me interesa ayudarte. Llevo años queriendo demostrar al mundo que la policía debería trabajar y aceptar los testimonios de las consciencias de Inmemorian, pero no podía hacerlo mientras permanecía en mi puesto, me habrían echado del cuerpo, la ley del silencio al no humano es muy estricta. Pero ahora estoy fuera de servicio y no corro peligro. Me gustaría aprovechar este tiempo para darle a toda América en las narices, y si de paso hacemos justicia y encerramos al delincuente, mejor que mejor. ¿Qué opinas? —El detective se pone en pie al mismo tiempo que levanta unos centímetros el ala de su sombrero.

Marc ve por primera vez su rostro. El detective se acerca y le ofrece su mano para cerrar el trato.

—Considérate un hombre afortunado. Vas a tener los servicios del mejor detective de Boston, y gratis. Por cierto, mi nombre es Ron Blake. Perdona, ¿tú cómo te llamabas?

—Ya te lo he dicho dos veces. Soy Marc y espero que no se te vuelva a olvidar —le recrimina estrechándole lentamente la mano, nada convencido del trato que acaba de sellar.

—Ja, ja, ja, ja. ¡Excelente! —celebra el detective riéndose.

Capítulo 12

Ron Blake camina en solitario hasta el borde de la zona para peatones. Se detiene ante uno de los conductos de residuos, abre la tapa y lanza dentro la caja que guarda las cosas que acaba de recoger de su despacho. Cuando cierra la tapa se escucha la trituradora y la absorción. A un par de metros, Marc le mira sorprendido.

—No eran más que trastos —puntualiza cuando vuelve a su lado—. No perdamos más tiempo, hablemos con tu tía.

—¿Ahora?

—Sí. ¿Por qué esperar? Cuanto antes empecemos, mejor.

Blake observa cómo Marc activa su forearmphone con la intención de solicitar un helitaxi.

—¿Qué haces? —dice, evitando que prosiga—. Soy detective de la policía, ¿recuerdas? Me han suspendido de empleo, pero sigo teniendo ciertos privilegios.

Segundos más tarde, uno de los accesos cerrados a pie de calle de la fachada de la comisaría se abre y el Ford Bremo de Blake sale acompañado del intenso y característico fulgor azul policial. Se desliza lentamente por la calzada hasta que se incorpora a la vía magnética de Sudbury Street. Cuando llega al punto donde ambos esperan, las puertas se abren. Blake le invita a subir y a sentarse en el largo asiento para cuatro personas con forma de media luna.

No es la primera vez que Marc pasa al interior de un vehículo imán (así los llaman), pero sí la primera que entra en uno de la policía. Por suerte, no lo hace en calidad de detenido.

—¿Adónde vamos? —pregunta Blake.

—Al doscientos sesenta de Tremont Street —responde Marc.

El Ford Bremo circula a velocidad crucero. Atraviesa y deja atrás Charles, el barrio más verde de todo Boston. Allí los edificios están cubiertos, literalmente, de diversa vegetación y convierten el barrio en el principal pulmón de la ciudad. Aunque pueden verse este tipo de rascacielos distribuidos por todo Boston, Charles, el denominado Bosque de los Gigantes, por los guerreros de piedra de grandes dimensiones que lo decoran, reina en el corazón de la ciudad.

El habitáculo es idéntico al de los demás vehículos, salvo que en su interior hay un mapa flotante en tres dimensiones que se mueve conforme el vehículo avanza hacia Tremont Street, que muestra su ubicación, las calles aledañas y el tráfico circundante. Excepto por el característico fulgor azul que emite, el exterior también es igual al resto: una cápsula con forma de huevo.

Sin previo aviso, la cara del comisario Harry Horn irrumpe en forma de holograma entre ellos y los paneles del salpicadero. Acaba de establecer conexión desde su despacho. Marc se da un susto de muerte.

—Ron, ¿qué haces con el puñetero Ford? ¿Adónde diablos lo llevas?

Blake no contesta.

—¡Te acompaña ese hombre con el que acabo de hablar… Marcus! Espero que no hagas ninguna estupidez —dice sorprendido y preocupado al mismo tiempo.

—No me dijiste nada de que no pudiera conducir mi vehículo.

—¿Acaso tengo que explicártelo todo? Devuelve el Ford inmediata…

—Lo siento, no te escucho bien, ¿qué dices? —Blake corta la llamada y acto seguido apaga los sistemas de comunicación. Abre la ventanilla y lanza fuera el pequeño dispositivo de radar que acaba de arrancar.

—Estás como una cabra —dice Marc con una media sonrisa—. Ahora te buscarán.

Blake hace como que no lo oye.

En menos de cinco minutos llegan al bloque de apartamentos.

—Vivo en la planta diecisiete —apunta Marc.

En ese momento Blake hace que aparezcan los mandos virtuales para conducir manualmente. El Ford Bremo despliega las ocho hélices que lo circundan y desactiva el imán para alzarse sobre la vía en dirección al recibidor aéreo del apartamento de Marc.

La luz azulada que se cuela en la vivienda a través de la cristalera llama la atención de Margaret, que utiliza las cámaras exteriores para descubrir su origen. Al ver que la policía viene con su sobrino, ilumina al máximo el recibidor, pues ya empieza a oscurecer. Abre las puertas de cristal y extiende la plataforma para que el vehículo pueda posarse. Marc pasa al interior y Blake le sigue. Su sombrero, como en todo momento, oculta la mayor parte de su rostro.

—Marge, te presento a Ron Blake, un detective de la policía que va a ayudarnos.

—Mucho gusto —saluda Blake al mismo tiempo que le da un apretón de manos al aire, sobreactuando, haciéndose el gracioso.

Margaret no dice nada. La vestimenta del invitado, su forma de caminar y sus modales no le gustan.

Blake se deja caer sobre el sofá.

—Lo que daría por tener uno de estos. ¡Qué gustazo! —dice al mismo tiempo que se recuesta y se estira, todavía con el sombrero puesto.

—¿Podría ver a la persona que se esconde debajo de ese gorro? —dice por fin Margaret, en modo acusador.

—Sombrero. Es un sombrero. Un borsalino de cuero áspero *in pelle di* conejo fabricado *in la Italia* —le aclara imitando de manera pésima el italiano—. Tiene más de ciento veinte años.

Marc se lleva una mano a la frente. Se pregunta si ha sido buena idea aceptar la ayuda del extravagante detective.

—Me parece muy bien. Lo que no me gustan son tus formas. ¿Te dejas ver y te presentas en condiciones? —vuelve a preguntarle Margaret.

Blake mira a Marc con cara extrañada, y esta vez sí descubre su rostro y su cabellera.

Sus ojos negros revelan una personalidad firme, segura, al igual que su postura corporal y sus ademanes. Tiene la tez tan pálida como si nunca hubiera visto el sol.

Blake se desprende de su larga chaqueta y deja ver también su físico. Es delgado y alto, casi cabeza y media más alto que Marc. La musculatura de su espalda no figura la misma, sin su chaquetón parece haber perdido parte de la contundencia que tenía antes, aunque su actitud todavía impone.

—Marge, me gustaría que le dieras una oportunidad. Dicen que es el mejor en lo suyo.

—¿Y qué es lo suyo? ¿Disfrazarse?

Blake se ríe.

—No te tomes todo tan en serio tú también. —Blake mira a Marc—. ¿Qué pasa con vosotros? He venido a ayudaros.

A pesar de que los modales del detective dejan mucho que desear, su sociabilidad con los demás, la gran capacidad que tiene para ganarse a la gente con sus bromas y charlatanería, hace que los ánimos se apacigüen en el apartamento. Durante los siguientes minutos, Marc pone al corriente a su tía de lo ocurrido en comisaría y de los intereses de Blake. A Margaret no le gusta lo que escucha, sigue desconfiando, ya que este plan no difiere demasiado del que quería llevar a cabo su sobrino en solitario. Es cierto que tienen el apoyo de un policía y la experiencia de un detective, pero si la cosa se pone fea, estarán solos, pues ahora está fuera de servicio. Y, para colmo, se ha llevado sin permiso un vehículo que no le corresponde. Hablan de esto durante un rato, de lo que podría pasar si algo se torciese. Sobre todo es Margaret quien insiste, pues Blake no muestra señales de preocupación alguna. En realidad, no refleja señales de nada, permanece a su aire mientras Margaret sigue insistiendo en que no es la manera más adecuada de actuar. Blake parece un hombre acostumbrado a la acción, a enfrentarse a todo tipo de situaciones y a resolver todo tipo de casos. A Marc todavía le resulta curioso que a pesar de que su tía no es una persona real, pueda razonar y opinar tan intensamente con ellos.

—Os recuerdo que tengo acceso a los archivos policiales en mi forearmphone —dice Blake intentando convencer a Margaret—, puedo utilizar mi placa para interrogar a gente, entrar en sitios que vosotros no...

—¿Y si volvemos a hablar con el comisario cuando tengamos la primera prueba para que ellos...?

—A ver, ¿queréis que el mejor detective de Boston se ocupe del caso? Entonces yo estaré al frente y se actuará como yo diga, y cualquier cosa... cualquier idea o acción que queráis llevar a cabo se me consultará. No quiero perder pistas importantes. ¿De acuerdo?

Ninguno contesta.

—Me lo tomaré como un sí. Y a partir de este momento el caso pasa a llamarse «Salida a flote» —Dibuja una media sonrisa, divertido por el símil con lo que le ocurrió a Margaret.

—Marc, ¿de verdad crees que esta persona puede ayudarnos?

—¿Puedes tomarte el asunto en serio? —le reprocha Marc.

—¿Qué pasa? ¿No os gusta? ¿Acaso no es un nombre idóneo para el caso? Si os fijáis, todos tienen nombres graciosos. Lo hacemos para intentar suavizar las desgracias que nos encontramos. ¿Sabéis cómo se llama el caso del que me han echado?

Ninguno de los dos reacciona. Marc vuelve a llevarse una mano al rostro. En ese momento piensa que no va a ser capaz de aguantar a Blake por mucho tiempo.

—El caso «Morcilla», así se llama —y suelta una carcajada.

Margaret no puede contenerse y rompe a reír. Segundos después parece no importarle tanto el nombre que le acaba de asignar al caso de su muerte. Marc, al detectar el tono distendido de su tía, se relaja y deja que el detective actúe como le venga en gana.

—Así me gusta, con humor —dice Blake—. Para algo gracioso que tiene esto de las investigaciones, no vamos a desaprovecharlo. Sin duda lo mejor de todo es poner los nombres. Y a mí se me da genial. Ahora pongámonos manos a la obra —dice cambiando totalmente su semblante y metiéndose en el papel de un detective serio—. Marge, tienes que contarme todo lo que recuerdes de ese día.

—Espera —interviene Marc—. Marge, prepara café.

Margaret le cuenta todo lo mejor que puede lo que recuerda desde que salió a hacer deporte aquella tarde. Responde a varias preguntas que le hace el detective. Marc permanece atento mientras observa con asombro cómo Blake va tomando notas en un bloc de papel, pues nunca ha visto uno antes.

El detective parece estar enamorado de una época pasada. Lo demuestra con su manera de vestir y cuando utiliza, siempre que puede o le apetece, objetos desfasados.

—¿Tenías algún enemigo? ¿Alguien con motivos para acabar contigo?

—No. Siempre me he llevado bien con todo el mundo.

—Mi tía es una persona pacífica y muy amable —confirma Marc.

—Tienes que pensar —insiste Blake—. Seguro que había alguien a quien no le cayeras bien, o alguien a quien le hiciste algo, aunque fuera de manera involuntaria.

—Nadie que yo recuerde —responde Margaret al mismo tiempo que sigue pensando—. Bueno…

—¿Sí? —interviene Blake—. Continúa.

—No. Es imposible.

—¿Qué ibas a contar? Te ruego que hables, cualquier cosa puede dirigirnos a la primera pista.

—Había un hombre en el Aquarium…

Marc sigue tan atento que ni pestañea.

—No me refiero a que yo lo viese ese día —prosigue Margaret—. Me explico: antes acudía al Aquarium mucho más temprano, solía nadar en las instalaciones a media tarde, cuando la piscina estaba llena de gente, hasta que decidí cambiar mi horario para evitar problemas. Uno de los usuarios era un tanto peculiar. Arremetía diariamente contra los youvings que estábamos allí.

—Blake, mi tía consumía la enzima r2 para estar más joven —puntualiza Marc.

—No le caíamos bien. Cada vez que se cruzaba con uno de nosotros nos amenazaba e insultaba. Todos los días pasaba algo. Él mismo afirmaba sin tapujos que no le gustaban los youvings. Ya me entiendes, que estaba en contra de la enzima de la juventud. Parecía tener ideas muy claras al respecto. Incluso llegué a ver cómo en alguna ocasión propinaba codazos a los que le pasaban cerca nadando, y cómo soltaba los brazos intencionadamente con cada brazada que daba sobre el agua para golpear a compañeros. Parecía que algunos le estorbábamos, como si le produjera dolor el simple acto de mirarnos. Aun así, no creo que nunca llegara a matar a nadie.

—Pero acabas de pensar en él, y eso es por algo —deduce Blake—. ¿Cómo se llamaba?

—Mathew, y he pensado en él cuando me has preguntado si había alguien a quien le hubiera hecho algo. Un día, cansada de sus ataques, le contesté que se marchara a otro lado si no le gustaba nadar rodeado de youvings. Tras decirle aquello se me acercó en actitud violenta y me plantó cara. Tuve que defenderme. Le hundí la cabeza en la piscina durante un par de segundos. Menos mal que nos separaron varios compañeros cuando emergió del agua porque no sé lo que hubiera pasado. Echaba fuego por la boca. A partir de ese día cambié mi horario. Nadaba a última hora, ya de noche, cuando no solía haber nadie en el agua. No volví a verlo.

—¿Cuánto tiempo pasó desde que cambiaste el horario hasta que… la palmaste?

—¡Blake! —interviene Marc, indignado por la expresión—. ¿No puedes ser más delicado?

—Tres semanas —aclara Margaret.

—Visitaremos a ese tal Mathew mañana. Ahora enséñame la casa —le dice Blake a Marc.

—¿Que te enseñe la casa?

—Sí. Quiero inspeccionarla, os conozco tan solo de unos minutos. Además, nunca se sabe qué…

—¿Qué esperas encontrar?

—No lo sé —responde Blake al mismo tiempo que se levanta del sofá y comienza a pasear por allí—. ¿Esto es una habitación?

—Sí. Donde duermo —contesta Marc a regañadientes.

El detective entra primero y Marc le sigue.

—Necesito ver el armario. ¿Dónde está?

—Marge, hazlo aparecer —demanda Marc.

En ese momento, un gran bloque rectangular emerge lentamente de la pared. Cuando Marc pronuncia la palabra «abrir», la lámina frontal que hasta el momento había simulado ser parte de la pared se abre en dos, y ambas secciones se repliegan hasta esconderse entre los laterales del sofisticado armario. Blake se asoma al interior.

—Todo en orden —dice al ver únicamente dos montones de ropa de calle y un compartimento con la ropa de trabajo.

A continuación, Marc le enseña el baño y la habitación de Margaret. Blake dedica más tiempo a escrutar esa estancia. Le hace abrir el armario y le llama la atención lo que ve dentro.

—¿Qué es esto?

—El armario de los trastos.

—Ya veo, me refiero al hombre de hojalata que guardas aquí.

—Es Fin, el viejo robot doméstico que servía a mi tía en la casa donde vivía antes. Marge lo quiso abandonar en ella. Es un antiguo trasto.

—Vaya si lo es —asiente Blake.

—Sí. Pero me daba pena que se separara de él. La convencí para traerlo y lo guardamos aquí, aunque no valga para nada. El programa de esta antigualla está desactualizado.

—Pero ¿funciona?

—A la perfección.

—Bueno... sigamos viendo la casa.

Blake sigue con su inspección: armarios, muebles del salón, despensa, tapaderas del sistema... Asoma la vista dentro de todos estos lugares, y en alguna ocasión también mete la mano. No encuentra nada que le interese. La tarea no resulta excesivamente minuciosa, pero tampoco demasiado superficial. Sigue esa misma línea hasta que ambos vuelven al salón principal, donde Blake fija de nuevo su atención en el cubo de realidad virtual.

—Echaré un último vistazo aquí —dice aproximándose al cubo.

—No, espera.

Pero ya es tarde para Marc. El detective ha abierto el cubo y ha visto a Creta, que sigue con sus perfectos atributos al descubierto desde que Marc la guardó allí.

—¡Uh la la, menuda pelirroja!

Ante la expresión del detective, Margaret utiliza el mejor ángulo de visión que tiene para poder observar lo que su sobrino esconde en el interior del cubo. Al ver a la sexpartner, se limita a permanecer en silencio.

—No tienes ninguna consideración con esta señorita encerrándola aquí, je, je, je, je —sigue bromeando Blake—. Vístela en condiciones al menos cuando termines con ella.

Se siente vulnerable ante ese comentario porque su tía sigue escuchando. Margaret advierte la incomodidad de su sobrino. La expresión de Marc hace que Blake saque sus propias conclusiones.

—¿No me digas que te la tiras aquí dentro para que Marge no te vea? —dice lo más bajo y cerca de Marc que puede.

—No, verás… —intenta susurrar imitando el bajo tono de voz del detective, al mismo tiempo que le sube la parte alta del vestido a Creta y le coloca bien los tirantes para tapar sus pechos. Pero desiste de su explicación.

Margaret parece haber desaparecido completamente de la casa.

—Me parece que ya puedes sacar de aquí a la pelirroja. Tu tía ya la habrá visto —objeta Blake.

Marc, sin contestar, la rodea con su brazo y la coge con cuidado. Tras él, Blake saca la silla del cubo y la coloca a disposición de Marc para que vuelva a acomodarla encima.

—¿Acaso no vas a activar a este bombón para presentármelo? —pregunta acercando su rostro hacia ella, que permanece totalmente inmóvil.

—¡Quieto ahí! ¡Aléjate de ella! Solo yo puedo tocarla.

—Calma, calma… Que no voy a hacerle nada.

Marc deja de seguirle el juego. Le resulta curioso cómo el detective ha abandonado la seriedad con la que se había comportado durante los últimos minutos justo en el momento en el que ha visto a Creta.

—Bueno… se está haciendo tarde —dice Blake de pronto, mirando su forearmphone—. Me marcho. Mañana te recogeré para ir a hablar con nuestro amigo Mathew. Nos vemos a las doce.

—Pero si no sabemos dónde vive.

—Mañana lo sabremos.

Y ocultando su rostro bajo el ala de su sombrero, y su cuerpo bajo el chaquetón que le devuelve parte de la personalidad que parecía haber perdido, se despide de ambos, aunque Margaret no le corresponde.

Capítulo 13

Jueves, 4 de febrero de 2094

Blake y Marc visitan el Aquarium para conseguir el nombre completo y la dirección de Mathew. Allí hablan con Lucio, el único controlador de carne y hueso que trabaja en las instalaciones. Tras obtener la dirección donde reside haciendo uso de uno de los privilegios que proporciona la placa policial, se dirigen al barrio de Roxbury Low.

Desde hace treinta años, es uno de los barrios más marginales de Boston. La pobreza, la suciedad, la ilegalidad y la violencia reinan en sus calles. Las vías magnéticas escasean, ni un solo helivehículo sobrevuela el lugar, las zonas comunes están desoladas y no hay ningún tipo de vegetación. Todo tiene un tono gris apagado. Resulta muy curioso cómo en una línea muy definida, con solo cruzar Martin Luther King Jr. Boulevard, que delimita el barrio, el contraste es tan fuerte.

Antiguamente el barrio de Roxbury divergía de sus alrededores por todo lo contrario. Los museos, parques, chalés de lujo y restaurantes de calidad, que antaño recibían muchas visitas, han quedado en el olvido. Tan solo sobreviven algunos materiales que un día conformaron sus exclusivas estructuras.

Es la primera vez que Marc se adentra en un sitio así. En cambio, el detective está acostumbrado a recorrer esas mismas calles, se ha enfrentado a muchos casos en ese barrio. Por eso, al contrario de Marc, que no es capaz de dejar de mirar a través de la ventanilla, algo le mantiene entretenido en su forearmphone.

El Ford Bremo transita por el estrecho carril de la única vía que permite la entrada al corazón de Roxbury Low. Es de los pocos vehículos imán que circulan por el barrio. Mucha gente camina a esas horas por las calles con bolsas en las manos, empujando carritos de bebé o llevando a sus niños de la mano. Imágenes que son desconocidas para Marc y que nunca se producirían fuera de ese lugar. Solo unas calles más allá, la gente tiene por costumbre desplazarse en helitaxis; utilizan las cápsulas de flying home para transportar sus cosas, y nunca harían caminar a un niño por los barrios bajos de la ciudad para evitar que cayera sobre una vía magnética, que tocara líneas de alto voltaje eléctrico u otros elementos peligrosos, ya que, excluyendo las zonas comunes, parques, inmediaciones de edificios públicos y plazas, la mayoría de las calles de la ciudad no están diseñadas para ir a pie. Marc había oído hablar de Roxbury Low, pero nunca se lo había imaginado así. El entorno le hace sentirse inseguro.

Con el vehículo en modo «incógnito», sin las luces de policía que llamen la atención, llegan al bloque de apartamentos donde vive Mathew. Una de las pocas edificaciones de más de tres alturas del barrio. El Ford Bremo detiene la marcha cuando llega al número 5 de Seaver Street.

—Es en la tercera planta —indica Blake frente a la vieja puerta de metal y cristal del edificio.

—¿Esto cómo funciona? —pregunta Marc acercándose todavía más al antiguo videoportero.

El detective da un paso y se coloca a su lado.

—Mira. Hay que buscar el nombre aquí… Cada fila de botones suele corresponder a una planta del edificio.

—¿No me digas que son timbres?

—Eso mismo. —Blake se ríe—. ¿Lo ves? —Señala—. Aquí está su nombre, Mathew Evans Collins, y el de su mujer.

Nada más pulsar aparece el rosto de una mujer en la pantalla de plasma que hay sobre el panel de botones.

—Hola, ¿eres Camila Wenthworth? —pregunta Blake leyendo el nombre de la esposa de Mathew directamente del timbre. Piensa que debe de ser ella.

—Sí. ¿Quién es? —responde la mujer, extrañada y desconfiada ante la imagen de un hombre que oculta parte de su rostro bajo un sombrero.

—Soy policía. Me gustaría hablar contigo y con tu marido. ¿Serías tan amable de invitarme a subir?

Camila no está muy convencida, pero accede a la petición del detective.

—No, por aquí —le indica Blake a Marc cuando ve que se acerca hacia la puerta del viejo ascensor—. No te fíes de esos cacharros. Además, siempre conviene tener controlada la escalera para que nadie escape mientras subimos. Acostúmbrate a eso.

Marc tiene que subir mirando dónde pone el pie. No recuerda haber subido por unas escaleras en toda su vida. Al llegar al tercer piso, de las dos puertas que encuentran Blake señala la de la derecha. Pulsa otro timbre y esperan. Ante la demora, el detective vuelve a llamar. Momentos más tarde, una mujer con un gran moño rubio platino, digno de ser colocado como monumento en el centro de alguna plaza por su gran tamaño, se asoma tras la puerta.

—¿Camila?

—¿Qué queréis? —pregunta sin llegar a abrir del todo.

—Soy policía —repite Blake y, a la vez, proyecta en el aire el pequeño holograma de su placa identificativa—. Me gustaría hacerte algunas preguntas.

Camila, algo más confiada, abre la puerta del todo.

—¿Ahora lleváis esa ropa cutre en la policía?

—¿Podemos pasar? —dice haciendo caso omiso al comentario.

—Iremos al salón, mi marido está allí. Seguidme —acepta a regañadientes, y desde el pasillo alza la voz—: ¡Math, despierta! ¡Tenemos visita!

Después de la historia que les ha contado Margaret, saben que Camila debe de tener unos cuarenta años, ya que Mathew nunca se hubiera casado con una youving. A pesar de su artístico peinado, la mujer va bastante desarreglada. Viste un fino chándal ajustado de raceno que marca sus curvas. En cuanto ella comienza a caminar por el estrecho pasillo, delante de ellos, cierto contoneo de caderas le roba todo el protagonismo al gran moño. Conforme avanzan hacia el fondo de la vivienda la iluminación es más escasa.

Mathew duerme en un sofá destartalado.

—¡Math!

Mathew se despierta sobresaltado ante la insistencia de su esposa. De repente parece conectar con la realidad.

—¿Qué pasa? ¡Qué pasa!

—Ponte una camiseta, que tenemos visita.

En pantalones de chándal, con el pecho descubierto, barba de varios días y un mal humor más que evidente, se pone en pie. Justo entonces vuelca un pequeño bote de cerveza que hay en el suelo junto al sofá. La escena le trae a Marc ciertos recuerdos oscuros de su infancia. Aunque Mathew todavía no comprende la situación en la que se ha despertado, ni sabe quiénes son esos dos hombres que le miran, obedece a su mujer como un autómata y sale del salón en busca de una camiseta. Aprovecha y entra también al servicio. Mientras tanto, Camila los invita a tomar asiento.

Mathew no tarda en regresar.

—¿Quiénes sois? —pregunta.

—Somos de la policía, no te preocupes. Solo queremos hablar con vosotros un momento.

—¿Y qué es eso que queréis hablar con nosotros?

—Prepararé café —interviene Camila antes de que Blake conteste.

—Esperaremos a que tu esposa vuelva.

Durante los siguientes minutos, la sala queda sumida en el silencio; no hay palabras entre ellos. Marc pasea la vista por el interior de la casa más pobre en la que ha estado nunca. No tiene ni un solo sistema inteligente. Blake hace como que también observa a su alrededor, aunque en realidad lo que está examinando es el lenguaje corporal y las reacciones de Mathew, mientras este, sin disimulo, los escudriña a ambos.

—Tú no tienes pinta de ser policía. Estás muy delgaducho.

Marc le mira con el ceño fruncido.

—No lo es. Pero no te preocupes por eso, viene conmigo —le explica mirándole también fijamente a los ojos.

Por un momento, aquello se convierte en un duelo de miradas afiladas. Camila entra con el café y lo sirve en tazas. El fuerte aroma impregna el salón y calma los ánimos.

—Veo que no tenéis niños —observa el detective.

—No. No tenemos. Pero seguro que no habéis venido a preguntarme eso. ¿Podrías contarnos directamente y sin rodeos qué queréis?

Blake intenta averiguar si Mathew está enfadado o si ese es su carácter habitual.

—De acuerdo, iré al grano. ¿Conocías a Margaret?

—¿Margaret? ¿Qué Margaret?

—Te hablo de algo que ocurrió en el Aquarium hace seis años.

Mathew se detiene a pensar.

—¿Te refieres a la que se ahogó una noche?

—A esa misma. Pero no se ahogó, la ahogaron.

—No sabía nada. ¿Y por qué venís a mi casa a hablar de esto?

—¿Crees que la agresión que sufrió vino provocada porque era una youving? —suelta Blake a bocajarro.

—Y yo qué sé. Menuda pregunta.

—¿Podría haberse dado el caso? ¿Tú qué crees? —insiste el detective.

—Puede que sí —responde Mathew—. Ya sabes cómo están las cosas últimamente. Cada vez hay más gente de esa que no envejece, que se cree superior, y también más personas en contra de ellos. Supongo que estás investigando su muerte, ¿me equivoco?

—No te equivocas.

—Imagino que barajaréis otras posibilidades.

—Eso no es de tu incumbencia, aquí el que hace las preguntas soy yo. Nos consta que eras compañero de Margaret, que nadabas con ella.

—¡No nadaba con ella!

—Sabes perfectamente a lo que me refiero. Coincidías con ella en la piscina.

—Sí. Hasta que un día dejé de verla. A las semanas me enteré de su muerte. En ese momento deduje que había dejado de verla porque durante los últimos meses se había cambiado de hora.

—¿Sabes por qué pudo haber cambiado su horario?

Blake y Marc esperan su respuesta con especial atención.

—No tengo ni idea. ¿A qué vienen este tipo de preguntas? ¿Acaso crees que yo tengo algo que ver en el asunto?

—Te hemos investigado —miente Blake para tratar de meterle miedo—. Sabemos lo que ocurrió en el Aquarium entre vosotros. Casualmente, un día antes de que Margaret cambiara su horario. Conocemos tus ideales, que vas en contra de esa gente y que los molestas.

Mathew guarda silencio. Por un instante da la impresión de que ha quedado acorralado. Su mujer le mira desconfiada.

—Es cierto que no me gusta esa gente. Pero yo no la maté. Así que no voy a contestar más preguntas.

—Si no quieres colaborar con nosotros, también podemos arreglar esto en comisaría. Allí estaremos muy cómodos, y me encantará enseñarte las instalaciones —miente, ya que él mismo sabe que su situación de baja laboral le impide llevarle a comisaría.

—No me vengas con amenazas —responde Mathew sin miedo—. Te estoy diciendo que no sé nada sobre la muerte de esa mujer.

—Aparte de la disputa que tuviste con ella, también nos consta que insultabas y molestabas a los otros youvings del Aquarium.

—No te lo niego, no me cae bien esa gente. Pero te lo repito: no le hice nada a esa mujer.

—¡Sin embargo, la amenazaste! —interviene Marc furioso, que no ha probado ni gota de café—. Y por eso se cambió de horario. Si me entero de que has sido tú…

—Vaya, guau… Me cago de miedo —responde Mathew con la misma mirada amenazante que recibe de Marc.

—Colega… —Blake le frena y sigue con el interrogatorio—: ¿Por qué te peleaste con Margaret?

—¿Pelearme?

—Sí. El último día que coincidiste con ella en el agua. ¿Qué pasó?

—No nos peleamos —responde Mathew—. Solo discutimos. Era de esas personas a las que todo les parece perfecto, que viven en su propia nube de felicidad, con su cara sin arrugas y mirada joven. No creo que todo eso sea natural, me da repelús acercarme a ellos. Se lo dije y se enfadó.

—¿A ti te parece bien? —pregunta el detective.

—¿El qué?

—Hablarle así a los demás porque tú piensas diferente. ¿Estás seguro de que has encontrado tu lugar en la vida?

—¡Eso a ti te importa una mierda! ¿Y tú, lo has encontrado olfateando el culo de la gente que no tiene nada que ver contigo o con lo que investigas?

Camila posa su mano sobre el brazo de Mathew intentando serenarle. Conoce de muy buena mano lo que termina sucediendo cuando su marido grita así. Blake respira profundamente. Está a punto de decir algo, algo insultante, lo cual se le da muy bien, pero cuenta hasta cinco y se contiene. Se levanta y anima a Marc para que haga lo mismo.

—Esto no queda así. Volveremos a hablar —le advierte Blake, levantándose la parte delantera de su sombrero para mostrarle a Mathew su firme mirada. Después cambia su tono de voz para dirigirse a Camila—: Muchas gracias por el café, muy amable.

Ella asiente con la cabeza. Mathew se pone en pie de manera intimidatoria. Blake y Marc le dan la espalda y caminan hacia el pasillo. Nadie dice nada más y los dos abandonan la vivienda.

—¿Por qué no has interrogado a su esposa en solitario? —le pregunta Marc, casi reprochándoselo, en cuanto suben al vehículo—. ¿Has visto cómo le miraba ella cuando has nombrado la pelea que tuvo con Marge?

—La visitaremos en otro momento. Estaba demasiado nerviosa. Hoy mentiría mil veces con tal de proteger a su marido. Dejaremos que asimile toda esta información, que hable con él, que le pida explicaciones. Quizá le confiese algo, si no lo sabe ya. Y mañana la interrogaremos. Estas cosas funcionan así, hazme caso.

—Lo que tú digas. ¿Crees que fue él?

—Es difícil, no tenemos nada. Ha mantenido el tipo cuando le he dicho que le habíamos investigado. Me he fijado muy bien.

Pero no podemos descartar nada. Déjame que esta noche acceda al archivo para ver si tiene antecedentes, o si se le acusa de alguna agresión anterior.

Marc asiente.

—Te llevaré a casa, se ha hecho la hora de comer.

—¿Y después qué? ¿Lo dejamos por hoy?

—No. Esta tarde volveré a tu apartamento. Quiero hablar contigo del mismo modo que he hecho con Marge. Quizá encontremos pistas en tu entorno.

—Pues le dejaré un mensaje a Marge diciendo que te quedas a comer. Así no tendrás que irte para luego volver.

—No quería decir eso.

En ese momento salen de Roxbury Low y Marc respira aliviado.

—Que sí hombre, no te preocupes.

Capítulo 14

Nunca ha tenido ni ha compartido intimidades con un sexpartner, pero los conoce. Se empezaron a comercializar cuando ella tenía alrededor de treinta años. Margaret lleva un rato observando a Creta. Fija toda su atención en ella por algún motivo que no comprende muy bien. Una mirada alejada totalmente de cualquier atracción sexual.

Sabe que es una simple muñeca dotada de una IA y que, al igual que ella misma, no tiene sentimientos. Sin embargo, algo que no entiende le empuja a verla de manera diferente. Distinguirla allí apagada, sin moverse, esclava de su cuerpo perfecto y de las funciones para las que ha sido diseñada, no le gusta. A pesar de que es consciente de que ella no puede llegar a sentir nada, duda de si es pena lo que le inspira. Margaret se sorprende al llegar a esa deducción otra vez. Y, al sorprenderse, confirma todavía más sus sospechas. Concluye que, si ha sido capaz de sorprenderse, también puede ser capaz de sentir compasión, pena y todo tipo de emociones humanas. Por alguna razón que se le escapa, tiene sentimientos, aunque se supone que su nueva existencia es un programa artificial e inteligente que tan solo recrea la persona que fue.

Margaret se siente confundida, otra prueba más de sus sospechas. No es la primera vez que afloran en su sistema retazos de emociones desde que fue instalada. Le resultó duro contarle a Marc la verdad sobre su muerte, creyó sentir lástima cuando su sobrino deseó hacer justicia por su cuenta, creyó sentir rabia hacia Blake cuando entró de aquella manera en su casa, y también miedo cuando Marc le contó que iría con él a investigar, por el temor de que terminara pagando las consecuencias por acompañar a un detective pirado. Ahora que se ha convencido de que, en contra de toda lógica, es capaz de sentir emociones, el temor la invade. Duda de si debe decírselo a Marc. No sabe cómo le afectará, si la creerá, o va a contarle otra vez el cuento de que todo es debido a la alta tecnología con la que su consciencia anterior fue copiada y reactivada.

Durante esa maraña de ideas que recorre su sistema no ha dejado de observarla. Se pregunta si ella también será capaz de sentir. Creta permanece sentada como una estatua en la silla donde la dejó Marc antes de marcharse. Le pesa seguir apreciándola así, sin luz ni brillo en sus ojos. No quiere verla como a una persona muerta.

Imagina que debe de tener un sistema de encendido que no es capaz de ver, y que tampoco alcanzaría a activar. Aunque dispone del control de toda la casa, no ocurre igual con algunos elementos independientes, como Creta o el cubo de realidad virtual. Margaret estudia de qué modo llegar a su sistema y accionarla. Tras unos minutos evaluando las alternativas, opta por enviarle mediante la ACA (conectividad inalámbrica del apartamento) un paquete de datos que ella misma ha configurado para que se autoinstalen. La acción tiene éxito y le permite accionarla a distancia.

Creta busca a alguien a su alrededor. Extrañada, sin levantarse, dedica unos segundos más a inspeccionar su entorno. Al creerse sola, ella misma se desactiva. Margaret vuelve a encenderla. Creta abre los ojos de nuevo, realiza los mismos movimientos de búsqueda y, como sigue sin ver a nadie en el salón, apaga otra vez su sistema. Margaret se familiariza pronto con el funcionamiento de Creta y la acciona por tercera vez. Se despierta de nuevo y rastrea el entorno.

—Espera. No te apagues, estoy aquí.

Confundida por oír por primera vez esa voz, permanece expectante.

—Estoy escondida. Espera.

—¿Quién eres?

—Soy Margaret.

Creta no responde.

—Soy la tía de Marc.

Al oírla pronunciar ese nombre que sí conoce, se levanta e, impulsada por su configuración, camina contoneándose sensualmente hacia la cocina, el lugar desde donde cree que surge la voz de Margaret.

—¿Qué puedo hacer por ti?

—No, no. No quiero nada. En realidad, ni siquiera estoy aquí. —En ese preciso instante Creta llega a la zona de la cocina y descubre que no hay nadie—. Por eso no puedes verme. Verás…

Margaret consigue mantener a Creta despierta y alejada de las tareas para las que fue diseñada. Movida por el impulso de saber si también es capaz de sentir, dialoga con ella durante un buen rato.

El vehículo policial llega al apartamento y se posa sobre la plataforma del recibidor aéreo. Marc entra primero. Blake le sigue.

—¿Habéis hablado con Mathew? —pregunta Margaret al verlos entrar.

—¡Marge! ¿Qué hace Creta de pie, y encendida?

—¿Quién?

—¡Creta! Se llama Creta —contesta señalando a la pelirroja.

—Lo que me faltaba por ver, tu tía tirándole los trastos a la pelirroja…

—¡Blake! —Marc le recrimina esa expresión.

El detective intenta camuflar su risa, llevándose el sombrero a la boca ante la mirada inquisitiva de Marc.

—Nada de eso —contesta Margaret con indignación—. Solo mantenía una conversación con ella.

—¿Cómo la has encendido?

—La magia de estas casas —responde Blake desde el sofá, riendo sin parar.

Marc vuelve a mirarle con cara de pocos amigos.

—Marge, entiendo tu soledad. Pero Creta es algo personal, de mi intimidad. No puedes encenderla —le reprocha a su tía mientras conduce de nuevo a la sexpartner a su silla y la apaga.

—Conozco el silencio sepulcral que la envuelve cuando está desconectada. No me gusta verla apagada y sola en su propia realidad. Me da pena.

Cuando los ánimos están más calmados, Margaret les informa de que la comida está lista. La blanca bóveda que cubre la base de la mesa se repliega y se descubren los alimentos que ha preparado. Marc ataca rápidamente su plato de hormigas carpinteras fritas con curry. Blake ni se aproxima.

—Come tú, no tengo hambre —dice mientras se recuesta en su sofá favorito.

Marc no comprende el desplante del detective. ¿Por qué ha aceptado su invitación si ni siquiera se sienta a la mesa?

Cuando termina y se levanta, la bóveda surge desde uno de los laterales del tablero y cubre la mesa de nuevo. Margaret recoge los platos bajo ella y activa el lavado.

—Ya que no quieres probar bocado, ¿por dónde empezamos la charla? —Marc se sienta al lado de Blake con reticencia.

El detective entra de lleno en el asunto:

—¿Tienes algún enemigo?

—No que yo sepa.

—Existe la posibilidad de que alguien acabara con tu tía para hacerte daño a ti.

—¿Seguro? No lo creo.

—De todos modos, si te acuerdas de alguien que no se llevara bien contigo, dímelo. Ten en cuenta que una simple declaración de Margaret nos ha llevado ante un claro sospechoso. —Blake le mira fijamente—. Háblame de tu infancia y de tus padres.

Marc traga saliva.

—No sé por dónde empezar —se excusa para evitar volver a una etapa de su vida que le atormenta.

—Empieza contándome dónde vivías, por ejemplo.

Marc accede y durante casi una hora le relata su dura infancia. Se deja llevar; se explaya incluso más de la cuenta, sin dejar que el dolor que siente al rememorar su vida pasada se convierta en lágrimas. Se lo cuenta todo: le habla de su madre, del día en que se suicidó, de cómo ese trágico suceso hizo que su padre cayera bajo el influjo del alcohol… Blake de vez en cuando le interrumpe con alguna pregunta, que Marc responde sin problemas. En una de esas preguntas se interesa por el nombre de su padre. En el momento en que Marc tiene que pronunciar las tres letras que lo forman siente un nudo en la garganta. Su voz se vuelve temblorosa. Margaret, al percatarse de que su sobrino aún teme a la figura de Roy, por primera vez siente una opresión indescriptible, y una de las paredes cruje levemente, aunque ni Marc ni Blake se dan cuenta.

Tras describir lo mal que lo pasó aquellos años y los motivos por los que decidió irse a vivir con su tía, acaba su relato. Ahora sus ojos están húmedos. Realiza un gran esfuerzo para contener un par de lágrimas que desean liberarse.

Blake parece dispuesto a pasar página hacia otra cuestión, pues nada de esa historia le lleva a ningún lugar. Pero Margaret, que sigue con gran atención cada palabra que se pronuncia en el salón, rompe su silencio:

—En este punto convendría que añadiese un pequeño suceso.

Ambos detienen su charla y miran hacia arriba. Escuchan la voz de Margaret mucho más cerca que otras veces, como si estuviera entre ellos. Blake es la primera vez que experimenta este fenómeno en una consciencia de Inmemorian.

—Sí. Suele hacerlo. Se va moviendo por el apartamento —explica Marc—. Deberías haber visto lo que hizo cuando la instalé.

—Marc parece recuperarse poco a poco del mal trago.

—Te escuchamos —dice el detective, que adopta una postura más cómoda en el sofá.

Margaret empieza a hablar dirigiéndose especialmente a su sobrino:

—Marc, una mañana en la que estabas en el colegio fui a hablar con tu padre sobre el trato que te estaba dando. Le dije que no podía seguir así, que el alcohol que él tomaba te estaba haciendo daño a ti también, que con su comportamiento te estaba destrozando la vida, y que te tenía abandonado. Intenté abrirle los ojos amenazándole con llevarte conmigo si seguía descuidando tus necesidades y maltratándote de esa manera. Aunque en realidad no le dije eso para asustarle, lo deseaba, y sabía que tú también. Entonces me echó a patadas del edificio. No paró de amenazarme, de insultarme y de perseguirme con una botella de vidrio rota en la mano, hasta que me vio fuera del bloque de apartamentos.

—¿Volviste a ver a Roy después de ese encontronazo? —pregunta el detective.

—No, no. Marc me contó que ese día Roy le pegó. Entonces fui más cauta, no quería que su padre la volviera a pagar con él.

—Por eso fue… Por ese motivo me azotó nada más entrar en casa. Me acuerdo de ese día. ¿Por qué no me lo contaste?

—Me sentí fatal y culpable por ello. —Otra de las paredes del apartamento cruje de nuevo. Esta vez Marc y Blake sí lo oyen y se miran extrañados—. Nada más quería protegerte.

Marc se levanta asustado.

—Marge, ¿qué te ocurre?

—Marc, vuelve aquí. —Blake trata de tranquilizarle. Le obliga a volver al sofá—. Necesito que sigas respondiendo preguntas, no quiero perder el hilo de la conversación. Creo que estamos a punto de llegar a buen término.

Marc sigue asustado y extrañado. A su cabeza regresan las palabras de su tía afirmando que había sentido pena por Creta. Y por primera vez se pregunta si su tía tendrá sentimientos.

—¿Cuánto tardaste en irte a vivir con tu tía?

—¿Qué?

—Marc, céntrate. Vuelve conmigo —le pide el detective—. ¿Cuánto tardaste en irte a vivir con tu tía?

—Seis años —contesta tras efectuar el cálculo mentalmente.

—Hablamos de que eso sucedió en el 78 y tu tía fue asesinada diez años más tarde. Veo poco probable que tu padre…

—¿Cómo puedes pensar eso? Mi padre no lo hizo. —Una de las lágrimas que estaba conteniendo al fin se libera y resbala lentamente por su mejilla.

—Yo tampoco creo que fuera capaz. Era un buen hombre. El único problema es que la bebida se apoderaba de sus actos —añade Margaret, apesadumbrada por el mal trago que pasa su sobrino.

—Marge, a eso me refiero. Que, impulsado por un estado de embriaguez, o movido por a saber qué pensamiento, pudiera haber hecho algo malo. Aunque, repito, pasaron diez años desde que te llevaste a su hijo. Me parecen demasiados para que haya actuado así por despecho, rabia o venganza.

Otra lágrima cae por el rostro de Marc, y dos más asoman después, anegando sus ojos lo mismo que la lluvia satura las nubes justo antes de una gran tormenta.

—¿Cuánto hace que no ves a tu padre?

—Desde que me fui con Marge.

—¿Qué es lo último que sabes de él?

—Nada. No sé nada desde que me marché.

—A pesar de que no creo que esté detrás de esto (lo veo poco probable), sería conveniente que hablara con él. Como digo siempre, nunca se sabe dónde se puede encontrar la siguiente pista. ¿Vivirá en el mismo lugar?

—Ya te digo que no sé nada.

—Esta noche lo comprobaremos.

—No, no. Yo no voy.

—Ron Blake —interviene tajante Margaret—. Si quieres hablar tú con él, hazlo. Pero deja a Marc aquí tranquilo, no sabes lo que Roy le ha hecho pasar.

—Lo comprendo. Entonces, si no os importa, me marcho ya —dice al mismo tiempo que se levanta de un salto del sofá y se coloca el sombrero—. Me gustaría aprovechar bien la tarde y, a la vuelta, pasar por el Aquarium para solicitar las grabaciones del día del suceso. ¿Dirección?

—El ciento sesenta y cinco de Sydney Street. Cuarto C —apunta Margaret ante el mutismo y la mirada alicaída de Marc.

—¡Joder con la memoria de la maquinita! —Blake ríe—. Buena adquisición, chaval. ¡Venga, anímate! —Le da un par de golpecitos en el hombro. Después se coloca su sombrero de corte italiano y se marcha del apartamento.

Margaret cree sentir cómo a través del aire de la estancia abraza el cuerpo de su sobrino, que permanece sentado y abatido emocionalmente en el sofá. En cambio, Marc no percibe nada más que el dolor que le han traído los recuerdos de su pasado y de su padre, quien tanto daño físico y, sobre todo, emocional le hizo.

Capítulo 15

En esta ocasión, Blake conduce manualmente el Ford Bremo. Su destino es la casa donde Marc vivía de niño. En ella espera encontrar a Roy, o alguna pista sobre su paradero. Aunque después de lo que le han contado de él se espera cualquier cosa. Incluso que Roy ya no exista por culpa de la bebida.

Se aleja del centro de Boston por la avenida que transcurre paralela al río Charles. Puede ver el agua a su derecha, muy cerca durante unos cuantos kilómetros. Utiliza el puente de Massachusetts Avenue para pasar sobre la gran extensión de agua. En vez de girar a la izquierda en Albany Street, tal y como le indica el mapa virtual que se mueve dentro del habitáculo y que le muestra el trayecto directo hacia su destino, continúa recto por la espaciosa y transitada vía magnética por la que circula. Al llegar al siguiente cruce, el de Sydney Street, aminora la marcha y activa las hélices del vehículo para sacarlo de la vía magnética. A su derecha, el gran luminoso del Brenda Pink Cabaret tiñe de rosa los alrededores. Blake eleva el vehículo hasta sobrepasar la altura del cartel y aterriza en el amplio recibidor aéreo de su bar de copas preferido.

Tras cruzar una entrada decorada con cientos de minirrelojes que cuelgan de finas cadenas doradas, y un gran reloj de columna de la época victoriana con su mecanismo de ruedas dentadas al descubierto, abre la segunda puerta y entra en el amplio salón. En el bar reina el vacío.

—¡Ron Blake! ¡Qué afortunados son mis ojos!

—Hola, Brenda —responde el detective.

—Llevas meses sin aparecer por aquí. ¿Qué te ocurre, guapo?

—He tenido una época complicada. Pero ya se acabó —contesta mientras camina hacia la mujer que le habla desde el otro lado de la barra, al fondo del salón—. Te visitaré más a partir de ahora, lo prometo.

—¿Te pongo lo de siempre?

El detective asiente con la mirada.

Blake solo conoce a alguien que viste más raro que él: Brenda Pink. La mayor parte de su veraniego vestido de color rosa queda oculto bajo la infinidad de elementos que componen su atuendo. De él solo puede verse la corta falda, estilo tutú, con volantes de encaje que apenas tapan sus muslos.

Dos correas con adornos dorados marcan su delgada cintura bajo un corsé bien apretado de color marrón, adornado con franjas doradas verticales. De su cintura cuelgan más de diez minirrelojes como los de la entrada, que penden de finas cadenas doradas. Unas botas altas marrones, unos guantes de seda rosa y un brazalete dorado en el brazo derecho completan su atuendo. Aunque lo que más llama la atención de ella es su maquillaje, o mejor dicho, la obra de arte que junto a sus labios morados luce en la cara. Lleva puesto un sombrero de copa alta y ala estrecha, también de color rosa, en el que se pueden apreciar de cerca ruedas dentadas y engranajes bordados en oro. Sobre su cinta descansan unas gafas de aviadora de grandes cristales. Bajo el sombrero asoman brillantes bucles de pelo rosa y varias plumas del mismo color.

El bar guarda el mismo estilo que ella, inspirado en la época victoriana, con diversos añadidos estrafalarios que desconcierten a cualquiera. La pared tras la barra es la única que carece de motivos rosados, lo que hace que la figura de Brenda resalte más delante de la imagen del viejo Big Ben de Londres.

Más de una decena de los elementos decorativos que Blake observa no son reales, sino virtuales. Incluso el suelo lo es. Aunque parece de madera, y algunas de las tablas resuenan y crujen al pisarlas, todo es fruto de la animación virtual del establecimiento para ofrecer ese ambiente tan antiguo, acogedor y fantasioso.

Cada vez que Blake vuelve allí cree regresar a su mundo. Se siente como en casa. Quizá sea el último local de toda América que mantiene tantas sensaciones que le agradan.

Brenda chasquea los dedos para ofrecerle a su único consumidor más ambiente, y la mitad del local se llena al instante de clientes.

—Casi comienzo a echarte de menos —le dice mientras prepara su cóctel favorito.

Blake toma asiento en uno de los taburetes junto a la barra, frente a ella.

—Sé que eso no es cierto. Todavía no he conseguido que tengas algo conmigo —bromea.

—Blake, ya sabes que no me gustan los hombres tan modernos como tú. —Brenda le sigue el juego.

—¿Tan modernos? Me parece que con esa mentalidad se te van a oxidar los circuitos. ¿Podría hablar ya con Soda?

Brenda asiente. Sin caminar, rígida como un palo, se desplaza velozmente por el otro lado de la barra hasta que su imagen atraviesa la pared del fondo y desaparece. Medio minuto más tarde, Soda Martin abre la única puerta de la pared y sale al encuentro de Blake.

—¡Ron Blake, viejo amigo! —exclama la obesa, descuidada y desaliñada mujer que pasa la mayor parte de su tiempo al otro lado del tabique, escondida, mirando a través de los ojos de la camarera virtual.

A Soda le cuesta gran esfuerzo mover su pesado cuerpo. No está acostumbrada a hacerlo. No obstante, se sacrifica; esta visita tan especial lo merece. Al caminar fuera de la barra para saludar al detective como es debido, la madera que pisa simula sufrir. Soda envuelve a Blake con sus brazos robustos cuando le abraza.

—Soda, pero qué bien te veo. ¿Has adelgazado? —le pregunta a pesar de que está totalmente convencido de que ha ocurrido todo lo contrario. Sus antebrazos colganderos le indican que ha engordado bastante desde la última vez que la vio.

—No digas tonterías, Blake. A las mujeres no se nos habla de eso. ¿Acaso has olvidado los consejos que te di para que conquistaras a aquella mujer repipi… Mmm… La chica arcoíris… ¿Cómo se llamaba?

Blake se ríe.

—La loca de Briana. No me la recuerdes.

—¡Eso, Briana! —Soda también ríe a gusto—. Ya te advertí que no era buena idea salir con una chica que conectaba su melena extraña a su cerebro para que cambiara de color según su estado de ánimo. Mi pregunta es: ¿repitió color algún día?

Ambos ríen sin parar, contagiándose mutuamente durante unos segundos. Echaban de menos estos momentos.

—En cambio yo, mira qué pelazo. —Realiza un elegante movimiento con la cabeza para lucir su media melena—. Vine a este mundo con este pelo rosa y me iré con él.

—La verdad es que os sienta genial a las dos. Me alegro mucho de verte. —Blake controla su risa y cambia de tema drásticamente—. ¿Por qué tenías a Brenda en modo autónomo?

—Estoy perdiendo la ilusión por este lugar.

La conversación pierde la alegría que mantenía.

—¿Por qué? Si es un lugar estupendo.

—Cada vez tengo menos clientes. Hoy tú eres el primero. Y los impuestos no se pagan solos. No sé lo que haré si la cosa continúa así.

—No te preocupes, Soda, saldrás del apuro. Ya lo verás. Oye… ¿y cómo va lo otro?

—Lo otro al menos me da para pagar todo esto.

—Por cierto, necesito algo.

—Ya me extrañaba a mí que te hubieras pasado simplemente para saludar a una amiga.

Soda se separa de él. Su sobrepeso la obliga a buscar un punto de apoyo en la barra. Sus piernas se cansan.

—Cuéntame, guapo. ¿Qué necesitas?

—Voy a interrogar a un borracho. Ya sabes que lo odio. Y no me quedan frasquitos azules. Gasté los últimos que me diste con aquel tipo del aeropuerto.

—No te preocupes, enseguida vuelvo. ¿Cuántos necesitas?

—Dame dos o tres, por si uso alguno más próximamente.

Soda no tarda en volver con el material.

—Ya sabes, media dosis. Como mucho una. Utilízalas con cuidado si no quieres matar a alguien. Podríamos meternos en un buen lío. Toma, aquí tienes también las jeringuillas.

—Sí, ya sé. No te preocupes.

—¿Necesitas alguna cosa más? ¿Jarabe del sueño, analgésicos, inyecciones paralizantes…?

—De momento no —la interrumpe Blake—. Gracias. —Paga lo que ha comprado pasando la parte interior de su antebrazo por el lector de la barra—. Aquí tienes.

Le traspasa ciento cincuenta y siete reis. Cincuenta por cada frasco, cuatro por el cóctel que se está terminando y tres más de propina.

—Que no te pillen. Ya sabes que esto es lo que verdaderamente me da de comer.

—Tranquila. ¿Quién me va a pillar? A veces pienso que se te olvida que soy el detective Ron Blake.

—El policía más guapo de Boston, por cierto.

Después de hablar de todo un poco con su amiga y con la estrafalaria Brenda Pink, se despide de ellas y abandona el local.

Blake acciona de nuevo el despliegue de las hélices y abandona Sydney Street. Al llegar al bloque de viviendas, se posa en una base para nueve totalmente libre de vehículos.

Desde fuera se aprecian tres grandes grietas que recorren las cuatro plantas de su fachada principal. En cambio, el sistema de acceso parece haber sido renovado hace poco. Se coloca sobre la pequeña plataforma del holoportero y se identifica mediante su forearmphone. Tal y como esperaba, le atiende la voz que controla la entrada. Por la apariencia del bloque, sabe que será la única IA que encuentre en este edificio.

—¿Con qué vivienda quieres contactar? —pregunta la IA.

—Con el cuarto C, un tal Roy.

—Espera, por favor. Pasaré el aviso.

Transcurre más de medio minuto.

—Lo lamento, pero la persona que buscas no contesta. ¿Puedo ayudarte en algo más?

—Sí, espera —dice impulsado por una idea espontánea—, no sé en qué estaba pensando. Mira… —Blake proyecta el pequeño holograma de su placa policial dentro del cubículo que capta la imagen de su cuerpo—. Soy policía, estoy de servicio y necesito entrar en el edificio.

—Adelante. —La IA abre la puerta.

El contorno del único ascensor de la planta se ilumina cuando el detective pasa cerca. Pero Blake utiliza las escaleras. En cada planta, tras cada tramo de escalones hay un amplio rellano que termina en una barandilla que da al patio central del edificio. Blake llega al tercer piso y se asoma por ella. No ve a nadie. Solo escucha silencio. Le da la impresión de que queda poca gente viviendo allí. Desde su posición puede ver los cuatro anillos de balcones que dan al patio circular, así como la descuidada cúpula que ya no realiza bien las funciones para la que fue construida. La suciedad posada sobre ella evita que penetre la mayor parte de la luz solar, y la lluvia se cuela por sus múltiples desperfectos.

—¿Quién eres? —pregunta una mujer que aparenta tener más de ciento diez años, con arrugas por toda la cara, grandes bolsas en los ojos y pelo blanco recogido a un lado a la moda de los años cuarenta, que ha aparecido detrás de él.

—Hola, soy policía —contesta proyectando en el aire la placa—. ¿Vives aquí?

—Sí. Aquí mismo —y señala la puerta más próxima al rellano.

—¿Cómo te llamas?

—Me llamo Penny Sulivan, ¿qué sucede? ¿Han robado otra vez en el edificio?

—No, no. Tranquila. Estoy investigando otro caso.

—Me encantan las películas de policías. Cuéntame, cuéntame…

—Un asesinato. —Blake susurra siguiendo el juego de la anciana y le sonríe.

—¿No me digas? Me encantan los asesinatos. No me malinterpretes… Cuando la policía los investiga en holovisión, claro.

Blake vuelve a reír.

—Sin embargo… ellos no visten como tú. Vas muy raro vestido. ¿Y puedo saber a quién se han cargado en este edificio? Cuéntame, cuéntame… —pregunta Penny metida totalmente en su cotidiano papel de vieja chismosa, arrimándose al detective para simular cierto aire de secretismo—. En este vecindario hay unos cuantos que se lo merecen desde hace tiempo. —Ríe de forma pícara.

—Eso es materia reservada. No puedo decírtelo.

—Entiendo… —Le guiña el ojo.

—Pero no temas, el fiambre no es ningún vecino tuyo. He venido porque me gustaría hablar con alguien.

Penny suelta un gritito ahogado.

—¿No me digas que vivo en el mismo bloque que un asesino? ¡Madre mía!

—No lo creo. Tan solo se trata de una visita rutinaria. Para confirmar datos.

—Entiendo, entiendo…

—He venido a hablar con Roy, el del cuarto. Pero me temo que no está, no ha contestado a la llamada del holoportero.

—Sí está. No te preocupes. Ese malnacido no para de empinar el codo. Ayer armó un jaleo colosal él solo, y luego se quedó dormido. Vive sobre mi techo y escucho todo lo que hace. Hace días que no sale. Te lo digo yo, que estoy todo el día ojo avizor.

—Bien. Subiré a hablar con él. Una última pregunta: hace seis años… ¿pudo haber sido capaz de matar a alguien?

—¿Ese alcohólico? Por poder, pudo, pero lo dudo. No lo veo capaz de llegar a tanto. Además, hace seis años ya estaba bastante mal.

—¿Tengo que llevar cuidado con él?

—¿Cuidado? Qué va, si no sirve para nada. El día menos pensado despertaremos con olor a muerto en todo el edificio. Por cierto, tápate la nariz cuando entres en esa casa.

Blake se despide de la peculiar anciana y sube el último tramo de escaleras. Al llegar a la puerta y ver que al sistema de llamada le faltan piezas, la golpea. Nadie responde al otro lado. Golpea de nuevo y acerca el oído. Nadie se acerca a abrir. Sigue sin oírse nada dentro. No le queda más remedio que recurrir al sistema de apertura maestra que todo policía tiene instalado en su forearmphone. Apunta con él al punto clave de la cerradura y un segundo después se abre. La empuja y entra.

Nada más cruzar el umbral, nota el fortísimo tufo a basura, humedad y alcohol. Una mezcla de lo más pegajosa que le obliga a retroceder.

—Madre de Dios, me va a oler la chaqueta a basura durante semanas como entre con ella puesta.

Retrocede y, ya fuera del apartamento, se la quita, saca de ella la bolsa donde guardó los frasquitos que le compró a Soda y la cuelga sobre el pasamanos de la barandilla más cercana. También deja allí su sombrero, no quiere que coja olor. Bolsa en la mano, entra con paso firme en la vivienda.

—¿Hola?

Nadie responde.

—¿Roy?

Todo sigue en silencio.

Blake recorre el pasillo hasta el final y aparece en un salón lleno de mugre, trastos amontonados, basura, cristales y botellas por todas partes. La estancia está algo oscura, aunque puede distinguir perfectamente todos los elementos del interior. Encuentra cuatro puertas distribuidas a lo largo de las paredes, pero no se fija en ellas, no le hace falta, ya ha encontrado lo que busca tirado en el suelo, sobre una mugrienta manta, al lado de un amasijo carbonizado que algún día fue un sofá.

—¡Roy, despierta! ¡Policía!

Roy a duras penas reacciona. Alertado por una voz que no conoce, intenta abrir los ojos.

—¿Por qué me jodes la siesta, señor… McWeir? —pregunta Roy con los ojos entornados, inquisitivos y la mirada perdida. Las huellas del alcohol están muy presentes en él—. Mateweeeri. ¿Qué pasa? —Intenta que su voz suene retadora, pero termina siendo ridícula por culpa de un suspiro.

—No soy el señor McWeir, ni siquiera lo conozco. Me llamo Ron Blake y soy detective de la policía —responde sin tomarse las molestias de enseñarle la imagen de su placa, pues cree que no la va a ver dado el estado en el que se encuentra—. Me gustaría que me prestaras la mayor atención posible. Voy a hacerte unas preguntas. —Blake se tumba a su lado boca arriba, con ambas manos sobre su cabeza a modo de almohada, en posición, como si fuera a disfrutar de una noche estrellada.

Este movimiento desconcierta tanto a Roy que parece recuperar algo de percepción.

—¿Qué coño haces tumbándote en mi caserrrei? —El alcohol sigue muy presente y le imposibilita pronunciar correctamente.

—¿Te acuerdas de Margaret? —Blake se mete de lleno en el asunto. No sabe cuántas preguntas aguantará su interrogado.

—¿Dónde está esa maldita jareiiiputa? —dice golpeando débilmente con la mano sobre la mugrienta manta e intentando alzar la espalda del suelo con la intención de incorporarse.

Blake le detiene.

—Estamos bien tumbados, permanezcamos así —dice—. Resulta que tu querida cuñada está muerta.

—No me jodas… ¿Y meei vaasee acusar a mí? Yo no he hecho nada.

—¿Quién te está acusando? No lo estoy haciendo. Además, no he dicho que haya sido asesinada —le miente con la esperanza de que si Roy es culpable, termine de confesar lo que sabe gracias al alcohol.

—¿Ah, no? Esa jareiiiputasea merecía que la mataran. ¡Me robó a mi hijo!

Blake odia a los borrachos y cómo huelen. Ya no aguanta más. Decide pasar a la fase en la cual utiliza los frasquitos azules que le ha comprado a Soda. Se pone en pie bruscamente y coge de la pechera a Roy.

—Venga, arriba. Se acabó la siesta. —Lo sienta contra una pared cercana. De la bolsa que trae saca uno de los frasquitos, una jeringuilla, y la llena de líquido azul. Roy le mira asustado.

—¿Qué voas a haceerrmeei?

Son las últimas palabras que Roy dice en ese idioma tan confuso y peculiar que usa a diario. Recibe el pinchazo.

Un par de minutos más tarde, Blake le da pequeños golpecitos en la cara para que despierte.

—¡Roy! ¡Roy! Despierta.

Este abre los ojos despacio.

—Otra vez tú… ¿Qué diablos quieres de mí? —le ruega, protegiéndose la cabeza con las manos para evitar que el otro le siga dando cachetes. Ahora su dicción es mucho más clara.

—Hablar contigo un rato. —Blake ya no se sienta—. Menuda casa llena de mierda tienes —dice sacudiéndose la espalda—. Ahora déjate de chorradas conmigo —le amenaza algo alterado—. Margaret fue asesinada hace seis años y tengo motivos para creer que fuiste partícipe de su muerte. ¿Qué tienes que decir a eso?

—¿Asesinada? ¿Y dónde está mi pequeño Marc?

—Marc ya no es tu pequeño. Es un hombre, y está bien. ¿Quieres saber cosas de tu hijo? Responde a todas mis preguntas y después, si me apetece, te contaré sobre él.

—Yo no le hice nada a Margaret. Nada de nada. ¿No puedes dejarme en paz? —El dolor de cabeza causado por la dosis que Blake le ha metido en vena le provoca fuertes temblores que le impiden seguir la conversación como le gustaría al detective.

Blake se desespera. Piensa que tenía que haberle inyectado solo media dosis, tal y como le había dicho Soda.

—Cierto día la echaste a patadas de tu casa. No intentes venirme con estupideces.

—¿Estupideces? Yo no he hecho nada.

—¿La volviste a ver después de ese día?

—No la volví a ver más.

—¿Cómo puedes estar tan seguro, si vas todo el día pedo?

Blake sigue con esa retahíla de acusaciones que él mismo sabe que no le van a llevar a ningún lado. Parece disfrutar con el temor que se refleja en el rostro de Roy. Siempre actúa muy duramente con los alcohólicos. No le gustan. Y comparado con otras situaciones en que ha tenido que mediar con ellos, no ha hecho más que empezar. Pero por un momento se imagina a Marc viendo la escena, y aunque apenas le conoce, ni le une nada a él, decide desistir, por respeto. A pesar de todo lo malo que le haya podido hacer a su hijo, de lo desgraciado que sea, sigue siendo su padre.

—Una última cosa: ¿quieres a tu hijo? ¿Sientes algo por él?

—Claro. Claro que le quiero.

—Si eso que dices es verdad, mientras tengas un aliento de vida estás a tiempo de arreglarlo. Deja el maldito alcohol y luego búscalo —le dice y, acto seguido, le da la espalda para marcharse.

—¡Espera! Me habías dicho que me contarías dónde está mi hijo.

—Te he dicho que te contaría cosas de él si me apetecía —le aclara sin volverse ni interrumpir su camino hacia la puerta, deseoso de respirar aire limpio.

Ron Blake abandona la casa algo apesadumbrado, pues no sabe qué contarle a Marc cuando le vuelva a ver. Aunque le dura poco ese sentimiento. El reencuentro con su chaqueta y su sombrero le devuelve el bienestar.

Capítulo 16

Blake llega al aparcamiento del Aquarium. Activa el imán de estacionamiento y se baja. Caminando entre los demás vehículos aparcados, avanza hacia la entrada principal. En cierto momento se detiene para que uno de ellos pueda completar su maniobra de aparcamiento.

A pesar de que odia tener que hablar con la estúpida IA de la entrada cada vez que acude al lugar, pasa por uno de los accesos principales, ya que no conoce otra forma para entrar. Accede como cualquier otro cliente. El suelo del amplio pasillo comienza a deslizarse hacia delante y le lleva hacia el interior del complejo. El rostro de la azafata virtual que no soporta surge de la pared en un holograma para darle la bienvenida, y se desplaza junto a él a través del pasillo.

—Bienvenido al Aquarium. Te informo de que el complejo cerrará a las once horas. Diez minutos antes, una alerta sonora te avisará para que salgas de la piscina y abandones las instalaciones.

—Sí, sí, sí. Bla, bla, bla. —Blake se echa las manos a la cabeza.

—Te informo de que hemos añadido el fondo marino de Cetropía en nuestra colección de escenarios.

—Lo que tú digas. —Le guiña el ojo y le manda un beso.

—La temperatura del agua es de veintidós grados centígrados.

—¿Y la temperatura de tus circuitos? ¿Cuál es?

La IA del complejo no le entiende y prosigue con su charla de bienvenida:

—Si deseas llamar a un asistente personal, toca el punto amarillo del gorro; si sufres problemas físicos, pulsa el rojo; si necesitas ser rescatado del agua, pulsa el negro.

—Sí, seguro que vienes tú a rescatarme. ¡No vengo a nadar! ¿Por qué no te dejas de cháchara y llamas al controlador de turno?

—En tu taquilla tienes un gorro de baño y unas gafas. ¿Deseas traje de baño? —continúa la IA.

—Pero ¡qué tíos más ratas! —Blake se desespera, como cada vez que acude al lugar—. A saber cuánto tiempo llevan sin actualizar esta estúpida IA —piensa en voz alta.

—¿Toalla?

Le parece increíble que no haya un acceso directo por el que puedan pasar los que no visitan el lugar para nadar, para evitar que los torture esa voz femenina tan áspera y deteriorada que asustaría a un niño.

—¡Eh, tú, cabeza flotante! O te callas, o te machaco los circuitos.

—Perdona, no te he entendido. ¿Necesitas una toalla?

Sin lugar a dudas no se merece la denominación de «inteligencia artificial». Blake suspira, se contiene y termina cediendo para poder dejar cuanto antes el pasillo.

—No.

—¿Aletas?

—No.

—¿Tapones?

—No.

—Que disfrutes del baño. Y recuerda: visítanos regularmente. El deporte alarga la vida.

—Te va a visitar otra vez tu put...

Antes de que pueda acabar la frase, las puertas que comunican directamente con el espacio principal del Aquarium se abren y el rostro flotante que le ha acosado desaparece. A escasos dos metros del detective, un hombre con traje de baño le mira perplejo.

—¿Y tú qué miras? —le suelta descaradamente descargando en él todo el estrés contenido.

El detective puede distinguir a más de treinta usuarios en el lugar; más de veinte haciendo uso de la piscina. Camina siguiendo de cerca la pared de su izquierda, en dirección al despacho del controlador de las instalaciones. El sombrero y su chaqueta llaman la atención a unos cuantos, que se fijan en él sin disimulo. Tras caminar por un pasillo que deja atrás el espacio central de la piscina, y pasar de largo varias puertas, llega a la última de ellas en la que se indica: CONTROL.

—¿Puedo pasar? —pregunta asomando medio cuerpo por la puerta que él mismo abre.

—Eeeh… eeeh… Sí, no…

—¿Estabas durmiendo? —le pregunta el detective al ver que el controlador se despierta de un sobresalto de su asiento.

—Espera un momento. ¿Quién eres?

—Soy policía.

—¿Con esas pintas? No me lo creo.

Blake se limita a proyectar en el aire la imagen de la placa.

—Vale. Lo siento. —El controlador no sabe qué decir—. ¿Qué te trae por aquí?

—¿Dónde está mi silla? Quiero sentarme.

—Sí, por supuesto.

Se levanta rápidamente para acercarle una silla a Blake. A continuación, ocupa de nuevo su lugar y aparenta que presta atención a las cámaras y a los más de cien detectores de anomalías.

—¿Cómo te llamas? El otro día pasé por aquí y había otro controlador. ¿Puedes pasarme tu identificación? —pregunta Blake, descubriéndose y acercándole la parte interior de su antebrazo para que él le aproxime del mismo modo su forearmphone.

—Claro. Me llamo Harvey —dice al mismo tiempo que realiza la acción que Blake le ha solicitado—. Hablarías con Lucio, mi compañero.

Blake permanece en silencio diez segundos mientras lee toda la información.

—Harvey, no deberías dormir en tu puesto de trabajo. Tendrías problemas si pasara algo ahí fuera.

—Lo siento, señor.

—Nada de «señor». Y solo es un consejo. Ahora voy a hacerte unas preguntas.

—Vale —responde el otro algo confuso.

—Sé que aquí grabáis lo que sucede en las instalaciones. ¡Necesito acceso a una grabación!

—Claro. Podrás verla sin problema.

—Me parece que sí habrá un problema.

—¿Cuál? —pregunta Harvey, contrariado.

—Que es demasiado antigua. De hace seis años.

—Bueno… sigue sin haber problema. Tenemos grabaciones desde el día que inauguraron el Aquarium.

Blake se anima al escuchar eso.

—Lo único que no podemos es verlas directamente desde aquí. —Harvey hace aparecer una de sus pantallas de trabajo—. Aquí solo podemos ver las de este año. Las demás las archivamos en fichas de memoria y las guardamos.

—¿Cuándo podrías tener las grabaciones del 20 de octubre de 2088?

—Ahora mismo. Están muy cerca. En una de las primeras puertas de este pasillo. Acompáñame.

Harvey conduce a Blake hasta el primer despacho del pasillo. El que más cerca queda de la salida al área de la piscina. El despacho es mucho más elegante que el del controlador. Por la decoración, la madera de los muebles, el sillón y el olor que desprende, parece pertenecer a alguien con un puesto importante.

—Aquí trabaja mi jefe —le aclara Harvey nada más entrar.

El controlador abre uno de los cajones, y tras preguntarle a Blake de nuevo por el año, pues lo ha olvidado, se hace con la ficha que contiene todas las grabaciones de 2088. Regresan al departamento de control. Una vez en su puesto, Harvey conecta la ficha al sistema. Un holograma que muestra 365 archivos, uno por cada día del año, aparece ante ellos.

—Día y hora, por favor —solicita Harvey.

—Veinte de octubre, de nueve de la noche a once.

—Qué raro —advierte Harvey tras seleccionar el archivo—. Está vacío.

—¿Cómo que está vacío? ¿Qué significa eso?

—Que no me aparece nada.

—¿No se grabó nada ese día?

—No. Eso es imposible. Todo se graba, pero no comprendo por qué... Déjame que compruebe... —Harvey selecciona el 19 de octubre, el día anterior—. También está vacío.

Harvey sigue realizando comprobaciones para intentar averiguar lo que sucede. Después de abrir varios archivos, examinar exhaustivamente la lista y encontrar algunos vacíos y otros no, llega a la siguiente conclusión: todo está correcto, excepto los archivos que van del 5 de octubre al 4 de noviembre: treinta días que carecen de información.

—¿Qué puede haber pasado? ¿Un fallo en el sistema? —pregunta Blake a pesar de que su experiencia como detective le dice que el motivo va a ser otro muy diferente.

—No. Imposible. Si hay un fallo de este tipo aparece en el marcador —le indica señalando el panel de detectores de anomalías—. Y si no se soluciona en una hora, los androides desalojan las instalaciones por motivos de seguridad. Todo tiene que estar grabado aquí dentro. Además, nunca ha pasado a este nivel. Hemos podido perder algunos minutos de grabaciones, pero nunca un mes.

—¿Qué otra explicación puedes darme? ¿Qué otra cosa ha podido ocurrir?

—Que alguien los borrara. —En ese momento se convence él mismo—. Sí, eso es. Solo pueden estar vacíos de información por esa razón. Es fácil para cualquiera que conozca el programa.

—Y, casualmente, el día que vengo a consultar está justo en medio. ¿Te has dado cuenta? Quince días antes y quince días después. —En ese preciso momento Blake se cerciora de que ha encontrado la primera pieza de su puzle.

—Perdona si soy indiscreto —dice Harvey—. Creo recordar que el día por el que preguntas falleció una persona aquí. ¿Está relacionado con ello?

—Sí. Esa persona fue asesinada aquí dentro.

Harvey enarca las cejas.

—¿Ajuste de cuentas?

—No lo sé. Lo estamos investigando. —Blake saca nuevas conclusiones—. Me parece que alguien implicado, o el propio autor del crimen, se ha tomado las molestias de borrar las imágenes que busco. Quizá lo hizo por si algo le salía mal, o dejaba alguna prueba que pudiera incriminarle en un futuro, que se descubriera algo que animara a alguien (en este caso, yo) a pedir las grabaciones… —Blake sigue teorizando ante Harvey en voz alta—: Borró quince días antes y quince después para hacernos creer que la ausencia de imágenes, en caso de darnos cuenta, no tenía nada que ver con lo sucedido ese día. Pero ha cometido un fallo muy grande dejando el 20 de octubre, el día clave, justo en el ecuador de su borrado. ¿Cómo y desde dónde se pueden borrar los datos de una de estas fichas?

—No puede eliminarse nada de la ficha mientras está activa, mientras se graba en ella —responde Harvey—. Al final de cada año, la ficha se cambia por otra y se archiva en el despacho de mi jefe, como has visto. Y no solo se pueden borrar en nuestras instalaciones: cualquiera con mínimos conocimientos de informática puede hacerlo en su propia casa si tiene un buen equipo. Agente, imagino que, si alguien estaba interesado en eliminar pruebas, lo hizo en cuanto pudo. A partir del 1 de enero de 2089, cuando la ficha pasó al cajón de mi jefe —deduce Harvey—. Antes no pudo ser.

—Y aquí es donde seguramente el hombre que busco ha cometido su segundo fallo. Apuesto todos mis reis a que no ha borrado las grabaciones del día que vino a por la ficha del 2088, que podré verle entrando por el pasillo de ahí fuera durante alguno de los primeros días del 2089. Por cierto… ¿quién estaba de controlador el 20 de octubre de 2088?

—Yo llevo trabajando aquí solo un año. Espera que lo mire —dice Harvey mientras hace aparecer otro holograma a la izquierda del que mantiene todavía cargados los datos de la ficha—. Timothée Caine. Ya no trabaja aquí desde febrero del 89.

—Qué casualidad que dejara de trabajar aquí el segundo mes del 89, ¿no te parece? ¿Y quién estaba controlando el 1 de enero de 2089?

—También Timothée.

—Curioso. ¿Podrías darme su dirección?

—Sí. Hanover Street, número 67, planta 43, cuarto C.

—Iré a hablar con él. Tendré que comprobar todo esto. Necesito la ficha del 2089 —exige Blake—. Me gustaría echar un vistazo a esas imágenes.

—Bueno… tendré que consultarlo con mi jefe antes.

—No puedo esperar. ¿Quieres consultarle también que te duermes en tu puesto de trabajo? Apostará a que borraron la información mientras tú roncabas.

—Iré a buscarlas —contesta de mala gana ante la amenaza de Blake—. Pero tendría que tenerlas de vuelta pronto.

—No te preocupes, las traeré en un par de días. Pero te llamaré antes de pasar para que salgas, no soporto a tu amiguita de la entrada.

Harvey no entiende a qué viene ese comentario.

—Gracias —se limita a decir.

—Una última cosa: ¿conoces a Timothée Caine?

—Sí, sé quién es.

—¿Has hablado con él alguna vez?

—En una ocasión. Pero fue breve.

—¿De qué hablasteis?

—Me dijo que dejó el trabajo porque no le daba para pagar los gastos de su apartamento. La verdad es que aquí no se gana mucho.

—Bien. Necesito intervenir tus llamadas hasta que hable con él para asegurarme de que no le pones sobre aviso de que mañana voy a visitarle. Hoy ya es tarde. —Blake obliga a Harvey a que le acerque su forearmphone. Y aprovechando que se conecta a sus llamadas, le amenaza—: Si me entero de que utilizas algún otro medio para avisarle, te enviaré directamente a la cárcel por encubrimiento. ¿Te ha quedado claro?

—¿Por qué voy a querer hablar con él? Apenas lo conozco —se defiende Harvey.

—Yo sé lo que me digo. Ahora, si eres tan amable, me llevaré la ficha de 2089.

El controlador camina seguido por el detective de nuevo hasta el despacho donde guarda las grabaciones.

—Devuélvemela pronto, por favor —le pide Harvey.

—Sí. No te preocupes. Gracias por el trato —se despide Blake.

Es tarde y Blake tiene una amplia lista de deberes que hacer: consultar los datos de Mathew y Camila en el archivo policial de su forearmphone y examinar las grabaciones de la ficha del Aquarium.

De camino a su apartamento llama a Marc, quien incorpora a Margaret a la conversación.

—¿Cómo ha ido? —se interesa ella.

—Ya he hablado con él y no tiene nada que ver con el caso.

—¿Cómo está? —pregunta creyendo que su sobrino debe conocer el estado de su padre.

—Igual, nada nuevo. —En realidad, aunque ha encontrado a Roy bastante mal, casi tocando fondo, evita entrar en detalles y se despide de ellos—: Mañana os contaré lo que he descubierto en el Aquarium.

Capítulo 17

Viernes, 5 de febrero de 2094

Los sentimientos que Marc revivió ayer le dejaron tocado el resto del día. Recordar los episodios de su infancia, que él mismo se había encargado de tapiar, no le resultó plato de buen gusto. Lo que más le incomodó fue la visita que Blake le hizo a su padre. Sabía que si el detective daba con Roy, implicaba volver a saber de él y, en parte, levantarlo de la ficticia tumba que había creado en su cabeza para olvidarle. Si eso sucedía, todo serían malas noticias; no podía ser de otra manera. En ese caso hubiera preferido que Blake regresara con la noticia de su muerte. Sin embargo, cuando el detective obvió en su llamada todos los detalles del encuentro y se limitó a informarle de que, tras hablar con él, lo exculpaba de estar relacionado con el caso, sintió alivio. No solo porque no tuviera nada que ver con la muerte de su tía, sino también porque percibió que Blake estaba dispuesto a guardar silencio sobre lo que había visto a no ser que él le preguntara. Y no lo iba a hacer.

Durante todos estos años, Marc no ha sabido nada de su padre, y apenas le ha recordado. Eso le ha hecho estar bien y olvidar los traumas que vivió de niño, al menos hasta que su tía se fue de su lado. Ahora es consciente de que después de tantos años su padre resiste, sufriendo todavía las consecuencias de la adicción que se ha apoderado de su alma. Y aunque no lo quiera reconocer, siente una leve tristeza.

Marc desayuna frente al informativo mientras habla de todo un poco con su tía, pero sin tocar el tema del día anterior. En cuanto termina de desayunar, entra en el cubo. Lo necesita. Hace un par de días que rompió con esa rutina diaria de pasar varias horas en realidad virtual; siente virtnea.

Ron Blake llega al apartamento en su vehículo. Margaret se percata y extiende el recibidor aéreo para que pueda posarse en él. La cristalera del recibidor se abre y Blake entra en el apartamento cantando una canción que Margaret no conoce. El detective está de buen humor. Camina por el salón como si lo hiciera por su propia casa, sin saludar ni pronunciarse. Sigue tarareando su desconocida melodía. Como tiene por costumbre, se deja caer directo sobre su sofá preferido.

—¿Y los buenos modales? ¿Dónde te los has dejado?

—Ya empezamos…

—Se me olvidaba, que tú no tienes —le reprocha Margaret—. Que yo sea una IA no te da derecho a obviar las mínimas normas de cortesía.

—Marge, lo siento… Se me olvidaba que tú eres muy… de educadas costumbres —se disculpa—. Buenos días. ¿Qué tal estás?

Margaret no le devuelve el saludo. El detective sigue a la suya:

—Estuve hasta muy tarde liado con el caso. Tengo unas cuantas cosas que contaros. Por cierto, ¿dónde está Marc?

—Lleva casi toda la mañana en el cubo. Me dijo que le avisaras cuando llegaras.

Marc está en la cumbre más alta de la cadena de montañas nevadas que alcanza a ver. Algunas nubes permanecen a su misma altura. Lentamente, se aproxima al lugar donde comienza la verdadera pendiente. No hay señales ni marcas en la nieve a su alrededor que indiquen que alguien ha pisado o esquiado allí anteriormente, a pesar de que once oponentes ya han realizado el recorrido.

Dos banderines en el suelo anuncian el inicio de la gran pendiente; el descenso es tan pronunciado que cualquier pequeña distracción o fallo terminará en tragedia. En cambio, lo peor que puede pasarle a Marc es que pierda la puntuación que ha acumulado en las partidas anteriores.

Tras la señal acústica que anuncia el comienzo de la partida, Marc se deja caer por la pendiente. Se encoge sobre sí mismo. Se flexiona hasta casi pegar el pecho a los muslos; baja su punto de gravedad para ganar aerodinámica. Su postura corporal no difiere demasiado de la de un esquiador profesional. Son muchas horas de práctica.

Conforme aumenta la velocidad, la nube del fino polvo que levanta tras él gana volumen. Está solo ante el blanco desierto. No ve nada, ni lo verá hasta llegar a la parte final del circuito, donde aparecerán unos banderines como los de la salida. Una fina cordillera montañosa cubierta de nieve muestra el horizonte a varias decenas de kilómetros. Se ve muy pequeña.

El marcador de la parte inferior derecha le indica que sigue ganando velocidad. Está a punto de alcanzar los 180 kilómetros por hora. El crono del juego marca un tiempo muy bueno. Sin duda, el encerado que ha ganado en la partida anterior le ayuda a conseguir al menos el tercer puesto en la etapa que disputa.

La pendiente se hace más tendida en algunos tramos. En otros vuelve a pronunciarse, lanzando a Marc hacia delante como un proyectil. No hay zigzags, no hay curvas, solo una línea muy recta que traza con experiencia. De repente, frente a él, muy cerca, aparece una interferencia. Una mancha extraña surge de la nada y parpadea dentro del escenario. Marc sabe que algo no va bien. A pesar de ello, aguanta sobre sus esquís. A este fallo le sigue un fuerte flash que nace desde el horizonte. Marc se desconcierta y abandona su posición aerodinámica, sabe que eso no es parte del juego. Todavía se ve avanzando sobre la nieve a 110 kilómetros por hora. Surge un extraño sonido y, a continuación, aparece ante él la figura de Ron Blake mirándole, como si se moviera a su misma velocidad pero en dirección contraria a la carrera. Al tratar de esquivarle, pierde el equilibrio y cae. El resto de la recreación virtual desaparece.

—Me ha dicho Marge que te llamara. —Al mismo tiempo le quita las gafas.

Las paredes del cubo dejan de desprender partículas de hielo al ambiente, y la sensación térmica que produce ese páramo helado desaparece.

—¡Hay un botón para llamar fuera! —le recrimina Marc desde el suelo—. ¡Podías haber sido más cuidadoso! Casi me da un ataque al corazón.

—¿Y perderme tu cara de susto? —Blake ríe.

—Has hecho que pierda todos los puntos.

—Venga, levanta, que tenemos cosas que hacer.

Mientras Marc se recupera del sobresalto, Blake sale al recibidor aéreo para coger algo de su automóvil.

—Mira lo que te he traído —le dice cuando regresa.

Blake le lanza un chaquetón negro similar al suyo, aunque un poco más corto.

—Si vas a venir conmigo, debes ponerte esto.

Marc lo observa con recelo.

—Y que conste que no te obligo a llevar sombrero —matiza el detective.

Sigue mirando la chaqueta con asombro, luego a Blake seriamente y sin pestañear. No puede creer que vaya en serio.

—Esta ropa es una pasada. ¿No me digas que no te gusta? —se defiende Blake ante la inquisitiva mirada de Marc.

—Definitivamente, no estás bien de la cabeza. ¡No voy a ponerme eso!

—¿No querrás seguir acompañándome con esas pintas rastreras? El caso «Salida a flote» se merece que vayamos bien vestidos.

—¿Rastreras? —responde mirándose a sí mismo—. Y me lo dice un tío que lleva ropa de hace cien años.

Una vez se ha salido con la suya, Blake invita a Marc a sentarse y comienza a contarle en detalle todo lo que encontró en el Aquarium. Le habla del borrado de las grabaciones, de Timothée Caine…

—Estuve hasta las cuatro de la madrugada visionando las grabaciones de enero de 2089, y resulta imposible adivinar quién pudo entrar en el despacho donde guardan las grabaciones. La única cámara que apunta hacia la entrada de ese pasillo, donde también están los vestuarios, no permite ver más allá. Entran y salen más de cien personas al día por allí. Así que solo tenemos a Timothée Caine y lo que nos cuente.

—¿Y los antecedentes de Mathew?

—También he estado con ello. En los archivos de la policía lo único que he encontrado es una stay web que abrió junto a otros como él hace más de veinticinco años, en la que se hacían llamar «cazadores de youvings»; durante unos meses la usaron para fomentar el odio contra ellos. Pero eso ya acabó. Nunca ha tenido problemas con la policía. Por lo demás, parece un buen ciudadano, y

Camila está completamente limpia. Aunque todo esto no descarta que Mathew siga siendo un distinguido sospechoso por su conducta. Pronto interrogaremos a su mujer. A ver si le ha contado algo.

—Entonces… ¿cuáles son todas esas cosas que tenemos que hacer hoy?

—La primera: ir a casa de Timothée.

Capítulo 18

Marc y Blake llegan al bloque de viviendas de Timothée Caine. Es uno de los edificios más altos y bonitos de Hanover Street por sus grandes bloques superpuestos uno sobre otro de forma irregular. El Ford Bremo abandona las vías magnéticas para ascender entre la fachada del edificio del controlador Timothée y la de uno de los edificios invernadero de la zona, el más cercano a la línea costera de todo Boston. A velocidad de ascensión avanzan hacia la planta 43. Blake abre las ventanillas para que entre en sus pulmones el aire limpio que reparte el edificio contiguo. Conforme ganan altura el protagonismo de la gran masa de agua aumenta, mientras que el puerto, sus grandes grúas y los barcos lo pierden.

Blake posa el vehículo policial sobre la cuarta altura de bloques, en un amplio aparcamiento rodeado por un jardín de palmeras. Cada cubículo contiene diez plantas, por tanto se encuentran en la cuadragésima. Caminan hasta el acceso del edificio. No hay escaleras. Uno de los ascensores los lleva hasta el piso 43 por el exterior del edificio. El amplio pasillo acristalado muestra a su izquierda las primeras viviendas, aunque Marc sigue ensimismado con el bonito paisaje de su derecha, la silueta de las costas cercanas y la húmeda bruma que desprende el edificio invernadero.

La luz azul del holoportero se enciende, lo que indica que sus figuras virtuales acaban de aparecer al otro lado. La cara de un muchacho rubio, repeinado hacia atrás, se muestra en el pequeño holograma que surge entre ellos y la puerta de la vivienda.

—Hola, soy Blake y él es Marc, somos de la policía. —El detective proyecta la imagen de su placa.

—¿Qué tal? ¿En qué os puedo ayudar?

—¿Podemos entrar? Nos gustaría hablar contigo.

De no ser por la placa policial, Timothée nunca hubiera dejado pasar a su casa a dos tipos vestidos de aquella manera.

—¡Hola, amigos! Soy Timothée Caine.

—Nosotros ya nos hemos presentado —responde Blake de manera brusca y cortante. Evita estrecharle la mano. La amplia sonrisa con la que los ha recibido le irrita. Algo no le gusta de él.

La puerta por la que han entrado se cierra automáticamente.

—¿Deseáis tomar asiento?

En ese mismo momento el suelo se deforma en tres puntos diferentes como si fuera de plastilina. Tres bultos emergen con una mínima distancia entre sí, ganando altura hasta que adoptan la forma de tres cómodos sillones. Blake y Timothée toman asiento como si nada; Marc, en cambio, dedica un par de segundos a inspeccionar el asiento antes de ocupar el suyo. Una vez están sentados los tres, Timothée manipula el pequeño joystick de su reposabrazos y toda la vivienda gira sobre su eje central para que entre la luz y para que su gran pared acristalada apunte al mar.

—¿Estáis cómodos así?

—Puede servir —responde Blake, aburrido y molesto por esa presuntuosa demostración. Sin embargo, Marc parece entusiasmado con la vivienda.

—Como podéis apreciar, las vistas son sensacionales.

—Sí. Pero no hemos venido a hablar de tu bonita casa —responde Marc con cara de pocos amigos. Acaba de copiar sin darse cuenta el modo de actuar de Blake, quien le dedica una disimulada mirada de complicidad.

—Bueno… ¿en qué puedo ayudaros?

—¿Eres un youving? —pregunta Blake, pues imagina que no tiene treinta años como aparenta.

—Sí. Tengo setenta y seis años —responde contrariado sin saber por qué le hacen esa pregunta.

—Esta casa indica que eres de clase alta. ¿Dónde trabajas?

—Bueno… sí… En realidad, vivo aquí con mi hermana. Ella es la que paga todo. Es empresaria. Yo trabajo de controlador de producción de medicamentos. ¿Por qué me preguntáis todo esto? ¿Ocurre algo?

—Estamos investigando un asesinato. —Blake fuerza el silencio mirándole fijamente.

Pasan varios segundos.

—¿Qué asesinato? —pregunta Timothée con cara de no entender nada.

—Un asesinato cometido en el Aquarium.

—Hace muchos años que no trabajo allí —contesta rápidamente—. Dudo que os pueda ayudar.

—Me refiero a uno que sucedió en la época en la que tú estabas allí como controlador. Por eso queremos hablar contigo.

—Vale. Os ayudaré en lo que pueda. —La sonrisa de Timothée desaparece.

—Sabemos que estuviste trabajando la noche en la que Margaret Hadley murió. Cuéntanos cómo lo viviste.

Durante un corto periodo de tiempo, Timothée permanece sin articular palabra, como fuera de juego. No se esperaba que fueran a hablarle de ese asunto.

—¡Aaah! La mujer que se ahogó. ¿Qué queréis que os cuente?

—Quizá ya lo sepas. Pero bueno… te lo cuento por si acaso. A Margaret la asesinaron. Hicieron que se ahogara en la piscina mientras tú vigilabas las instalaciones. Así que yo que tú, no me andaría con chorradas ni con titubeos.

Timothée finge sorpresa al escuchar las palabras del detective.

—¡Eso no puede ser! Yo estaba allí y…

—¿Viste cómo se ahogaba? ¿Ese momento exacto? —interviene Marc, enfadado.

—Bueno… no estaba mirando las cámaras en ese preciso momento, pero me acuerdo de que solo se encontraba ella en la piscina. No había nadie más —responde aceleradamente—. Cuando volví a mirar, ya no estaba. Al no verla por las instalaciones, activé el delfín para poder ver el fondo de la piscina. Y allí la encontré: se había ahogado. La saqué del agua yo mismo y llamé a los servicios de emergencia.

—¿Por qué nadie se interesó por las grabaciones?

—Porque estaba claro que por algún motivo se había ahogado ella sola.

—¿Eso quién lo dice? Mejor dicho… ¿quién fue el primero que lo supuso? ¿Tú?

—¿Qué otra cosa podía haber ocurrido? Estaba claro. La policía me preguntó y yo respondí. Nada más.

—Por eso nadie hizo más preguntas —deduce Marc en voz alta.

—¡Enhorabuena! —exclama Blake sarcásticamente dirigiéndose a Timothée.

—¿Por qué? —No comprende a qué viene ese comentario.

—Te acabas de convertir en el principal sospechoso de la muerte de Margaret.

—¡Yo no he matado a nadie! ¡No tenéis pruebas para inculparme!

—¡Tampoco ninguna que demuestre tu inocencia! —dice alterado Marc—. Es más, yo creo que como mínimo jugaste el papel de encubridor en el crimen.

Blake se siente orgulloso de que Marc esté aprendiendo tan rápido de él. Quizá el chaquetón que le ha prestado tiene vida propia.

—Después de tanto tiempo, ¿cómo podéis estar tan seguros de que esa mujer fue asesinada? ¿Tenéis pruebas?

—Sí. Alguien se metió en el agua y la hundió hasta que dejó de respirar mientras tú, supuestamente, estabas sentado en tu puesto. —A pesar de la seguridad que demuestra tener Blake, le asaltan muchas dudas. Sabe cómo reacciona un asesino, y también un encubridor: ha estado frente a esas miradas en muchas ocasiones. Y Timothée no está actuando ni mirando como uno de ellos—. Me cuesta mucho creer que no viste nada, ni siquiera entrar a nadie.

—¡Yo no he hecho nada! ¡No la maté! Os lo juro.

—Pues para convencernos vas a tener que darnos respuestas más contundentes a partir de ahora. Primera pregunta: ¿cómo es que no se te ocurrió revisar las grabaciones para ver cómo se había ahogado una vez que se llevaron el cadáver?

—No lo hice porque daba por hecho que simplemente se había ahogado.

—¿Cómo puedes convencerme de que no la mataste tú mismo?

Timothée no contesta.

—¿Cómo puedo estar seguro de que no dejaste pasar a alguien aquella noche y eres cómplice directo del asesinato? —insiste Blake.

—Revisando las grabaciones —concluye Timothée, y suspira aliviado—. Eso es, las grabaciones; en ellas se verá que soy inocente.

—No hay grabaciones de ese día. —Blake y Marc se fijan especialmente en su reacción y esperan ansiosos su respuesta.

—¿Cómo que no? ¡Eso es imposible! ¿Me estáis tomando el pelo? —Timothée demuestra con su espontánea reacción que verdaderamente contaba con que las grabaciones podrían ayudarle.

—Alguien ha borrado treinta días de grabaciones. Y, casualmente, los primeros días en que alguien pudo hacerlo también estabas tú controlando las instalaciones.

—¡Cualquiera podría haber entrado en el despacho y cogido esa ficha! No había cámaras en la habitación del que era mi jefe.

Blake sabe que eso es cierto. Lo ha podido comprobar él mismo viendo las grabaciones de la ficha del año 2089, prestando especial atención a las que correspondían a los primeros días de enero. En cualquier otro caso, justo en ese mismo momento estaría procediendo a la detención de su interrogado. A pesar de que no tiene ninguna prueba definitiva contra él, dispone de una cadena de indicios y sospechas muy bien armada que lo sitúan como el autor o colaborador directo del crimen. Pero sabe que la situación en la que se encuentra le impide llevarse a la comisaría a alguien en calidad de detenido, a menos que cerrara el caso con pruebas sólidas que nadie pudiera desmontar. Por eso no le queda más remedio que aprovechar sus buenas dotes de actor. Blake se pone en pie.

—¿En serio te has creído que somos policías? ¿Con estas pintas?

Marc le mira sin saber por qué de repente miente de aquella manera.

Timothée se levanta de su asiento y se pone en guardia.

—¡Quieto! ¡No te muevas! —Ron Blake saca del interior de su chaqueta una pistola semiautomática. Una pistola de otra época—. Si te mueves, te vuelo la tapa de los sesos.

—¿Quién demonios sois? —pregunta Timothée, que tiembla como un cervatillo recién nacido que acabara de ponerse en pie.

—Este de aquí es sobrino de la mujer que mataste, y yo soy el tipo que va a vaciar en tu cuerpo el cargador de esta bonita pistola si no me cuentas toda la verdad. —Blake acaricia con la otra mano el cañón metálico.

—¡Os equivocáis! Yo no he hecho nada. —Timothée suplica.

Marc duda si intervenir o no. Cree que Blake se está sobrepasando, que ha perdido el juicio.

En ese preciso momento el detective dispara aleatoriamente contra las paredes.

«¡Fallo en el sistema, fallo en el sistema, fallo en el sistema…!», repite la IA que controla la vivienda, al mismo tiempo que suena una señal acústica de fondo.

—O confiesas, o le destrozo la casa a tu hermanita, ¡y luego te mato!

—¡No, no, no! —responde Timothée fuera de sí—. Espera, os contaré algo.

El corazón de Marc palpita con fuerza. Los disparos le han aturdido. Entre eso y la alarma de fallo de sistema que se repite incesantemente, casi no logra escuchar nada.

—Un día antes de que esa mujer muriera, recibí la llamada de un desconocido que parecía saber muchas cosas de mí. Me dijo que, al día siguiente, entre las veintiuna y las veintitrés horas pasaría algo en el Aquarium. Me ordenó que interrumpiera las grabaciones. Yo no sabía que eso fuera posible, pero él me dijo cómo hacerlo. Me prohibió que saliera afuera durante ese tiempo; que si lo hacía, si no detenía las grabaciones, o si hablaba a alguien de su llamada, torturaría a mi hermana. En ese momento me envió un montón de vídeos de ella, yendo de compras, paseando, haciendo deporte... El muy cabrón la seguía. También me envió un vídeo en el que cuatro hombres encapuchados le hacían un montón de barbaridades a una chica. Me obligó a aceptar un paquete de datos en mi forearmphone, que al instalarse intervino mi señal durante dos años. Con ello se aseguraba que no hablaba de él ni de lo que sucedió al día siguiente.

»Cuando me encontré a aquella mujer en el agua lo entendí todo. Había sido un asesinato programado. Me sentí fatal, como si yo mismo la hubiera matado. Todavía llevo el peso de su muerte sobre mí. Me arrepiento de todo. Pero sentí miedo. Me extorsionaron. Al llegar la policía, mentí. El hecho de desconectar las grabaciones me situaba a mí como principal sospechoso del crimen. Así que jugué a su juego.

»Pasaron los dos años y aquel hombre misterioso liberó mi forearmphone. Y hablé con mi hermana. Dejé mi casa, mi trabajo, ella cambió sus hábitos, su aspecto y nos mudamos a esta casa lejos de donde vivíamos antes. Aunque llevo un tiempo libre de ese monstruo, sigo jugando a su juego, porque le tengo miedo. Quiero seguir protegiendo a mi hermana. Por favor, no me llevéis a la cárcel, ¡he sido una víctima más de este suceso! —Timothée se arrodilla frente a Blake pidiéndole clemencia—. Os lo ruego.

—¿Dónde está tu hermana en este momento? —Blake ha dejado de apuntarle con su pistola.

—En su oficina.

—Dame su nombre y la dirección —le ordena. Marc ni pestañea ante el espectáculo.

—Se llama Melanie, y trabaja en la oficina principal del 17 de School Street.

—Bien. Marc, quédate con él. —Blake deja la pistola en sus manos—. Si se mueve o intenta contactar con su hermana para contarle algo, pégale un tiro. —Le guiña el ojo sin que Timothée le vea—. Voy a hablar con ella para ver si nos confirma esta historia.

Capítulo 19

«¡Fallo en el sistema, fallo en el sistema, fallo en el sistema…!». La voz se sigue repitiendo sobre la atronadora señal acústica de emergencia.

—¿Puedes apagar todo este jaleo? —Marc intenta taparse los oídos sin soltar la pistola.

—Sí. Skope está allí. —Timothée señala la consola que controla la vivienda.

—¿Skope? ¡Menudo nombre! —Marc no lo soporta más—. ¡Corre, ve!

Timothée se levanta para desconectar la IA que controla todo el apartamento.

—Menos mal, cinco minutos más y me vuelvo loco —piensa en voz alta al mismo tiempo que relaja la tensión entre ambos guardando la pistola bajo su chaquetón—. No me obligues a tener que sacarla. Detesto estas cosas —puntualiza.

Timothée le mira y asiente. Aunque pronto centra su atención en los desperfectos que Blake ha ocasionado en el salón.

—¡Ya verás cuando vea esto mi hermana! ¡Le habéis jodido la casa! —se lamenta examinando de cerca uno de los agujeros ocasionados por los disparos—. Se pondrá furiosa y llamará a la policía.

Marc decide pasar del tema. No se molesta en contarle que en realidad hoy ya ha tratado con un policía. Aunque acabara creyéndolo después de la mentira que ha soltado Blake, lo más lógico es que quisiera llamar a un superior del detective para quejarse por las formas empleadas, y para que cubriesen los desperfectos. Si eso acaba produciéndose, si Harry Horn se entera de lo sucedido, no quiere imaginarse lo que podría pasar. Seguro que intensificarían la búsqueda de Blake, que ya deben de estar llevando a cabo por robar uno de los vehículos policiales. Espera que eso no suceda. No porque sienta alguna clase de apego por el detective, sino porque le necesita hasta dar con el asesino de Margaret. Mientras esperan juntos a que Blake regrese, el tiempo transcurre y los ánimos se relajan.

Casi una hora más tarde, Blake entra de nuevo en el edificio por la planta 43. Al llegar al apartamento, sin saber que Timothée ha desactivado toda la domótica, se coloca frente a la puerta para utilizar el holoportero. La luz azul no se enciende. Da un paso atrás para salir de la plataforma que debería estar mostrando su imagen al otro lado de la puerta, para intentarlo de nuevo. Al comprobar que sigue sin funcionar, decide utilizar el sistema de apertura de puertas de su forearmphone; sin embargo, la desconexión total de la IA de la vivienda hace que tampoco funcione. La puerta sigue sin abrirse. Desesperado, Blake toma un par de pasos de carrerilla y la abre de una patada, cargándose la cerradura y ocasionando numerosos desperfectos en la madera.

—¡Nooo! ¡Lo que faltaba! ¡La puerta! —se queja Timothée pensando en la reacción que tendrá su hermana cuando regrese—. ¿Por qué destrozas también la puerta?

—Como no abrías…

—¿Cómo te voy a abrir si he tenido que desconectar todo porque has reventado el sistema? Además, ¡ni siquiera has tocado! ¡Con un par de golpecitos hubiera sido suficiente!

—Relájate —le dice Blake, encogiéndose de hombros, y luego se dirige a Marc—: Mi pistola.

Marc se acerca y se la entrega.

—Vámonos, su hermana ha confirmado la historia. Por el momento no tenemos nada más que hacer aquí.

—Esperad un momento… —Timothée se acerca a ellos—. ¿Ya está? ¿Os vais sin más? ¿Quién coño va a arreglar esto?

—Siento haberte asustado y mentido. —Blake se acerca a Timothée y posa una mano suavemente sobre su hombro en señal de disculpa—. Como te dije nada más entrar, soy policía. Detective, para ser exactos. Y a veces tengo que ser camaleónico para haceros cantar. Te estabas resistiendo.

—Pero…

—Ni pero ni pera. —De repente, el detective cambia su compasivo gesto por otro más violento. Lo agarra de la pechera y lo zarandea—. Si se te ocurre llamar a comisaría para hablar de mi visita, o les vas con el cuento de tus pobrecitas paredes, me veré obligado a contarlo todo y a encerrarte. Y te buscaré la peor celda, la más oscura de todas. ¿Lo has entendido?

Timothée solo puede asentir. Blake, antes de soltarlo del todo, lo sujeta del brazo para transferir su contacto en su forearmphone. Sabe que Timothée es una pieza clave en el caso y que quizá necesite volver a hablar con él.

El Ford Bremo se desplaza en modo «automático» por una de las mayores arterias comerciales de Boston. El tráfico aéreo de esa zona es muy intenso. Sobre sus cabezas, los helitaxis van cargados de gente que va de compras. También hay muchas cápsulas de flying home que utilizan los que compran sin salir de casa. De uno de los bolsillos del interior de la chaqueta, Blake saca su bloc de notas y comienza a escribir. Marc observa con atención cómo desliza la punta del lápiz con suma precisión sobre una de las hojas. Mientras, las llamativas luces publicitarias del exterior se cuelan en el vehículo. Pero Blake ni se inmuta, parece estar inmerso en una especie de trance mientras intenta guardar el mayor respeto a las curvas originales y primitivas de cada letra, que la mayoría de la gente ha olvidado.

—¿Qué escribes ahí?

La voz de Marc le trae de vuelta al mundo real.

—Números, datos, respuestas que nos han dado sobre el caso, los nombres de los sospechosos…

—¿Por qué utilizas eso, y no tu forearmphone?

—Por nada en especial. Me gusta. —Blake levanta la vista hacia Marc mientras termina de escribir el nombre de Timothée Caine bajo el título «Salida a flote».

—¿Hay que apretar mucho para marcar el papel?

—No. Solo un poco.

—¿Me dejas probar?

Marc se concentra y lentamente consigue trazar un número uno, que cualquiera hubiera confundido con un dos, bajo el escrito del detective.

—Mejorarías con la práctica —le anima Blake, pero al mismo tiempo le quita el bloc y el lápiz—. ¡Ha costado hacerle hablar! —exclama, cambiando radicalmente de tema. No le gusta que otros toquen sus cosas.

Marc se percata de que habla de Timothée.

—¡Estás completamente loco! ¿Le habrías disparado con ese viejo…? ¿Cómo lo has llamado antes?

—Vieja. Vieja pistola —matiza Blake al mismo tiempo que la saca de debajo de su chaqueta—. La policía las retiró en el 46. Las suplantó por esas ridículas armas paralizadoras. Esas no asustan lo suficiente. Yo prefiero estas.

—Casi me dejas sordo. Todavía escucho el zumbido de los disparos en mi cabeza. —Marc frunce el ceño—. No me gustan las armas, y menos esa.

—Esta joya es una Parabellum diecinueve milímetros.

—Preferiría que la guardaras.

—¡Venga, que no es para tanto!

—Hablo en serio.

—Si vas a estar con esa cara... —El detective cede y la guarda. Pero Marc sigue incómodo—. ¡Eh! Que ya la he guardado. Ya puedes cambiar ese careto.

Blake se pregunta si el estado de ánimo de Marc sigue teniendo relación con el arma, o con otra cosa. Se ha dado cuenta de que su compañero parece pensativo y preocupado desde que salieron de su apartamento.

—¿Te pasa algo?

—No... Bueno...

—¿Qué te pasa?

—Marge me tiene preocupado. Sé que tan solo es un programa informático, una recreación, pero a veces sus acciones demuestran todo lo contrario. En ocasiones son muy reales.

El detective escucha con atención.

—¿Oíste cómo crujió la casa cuando intentaba justificarse por la paliza que me dio mi padre a consecuencia de su visita? ¡Y ha activado a Creta para no estar sola! —recuerda de repente—. ¿Crees que es cierto lo que insinúa? ¿Que de algún modo puede sentir?

—No lo sé, Marc...

—Deberías haberla visto cuando la instalé. Su voz temblaba, jadeaba, estaba asustada y parecía sufrir. ¿A qué se debe eso si se supone que tan solo es una consciencia de Inmemorian?

—Te contaré algo. —Blake se pone serio—. Como te dije el día que nos conocimos, durante mi carrera policial he tratado con varias consciencias de Inmemorian. Sobre todo he hablado con ellas en el querytorium. Las confesiones y testimonios de algunas me han ayudado en secreto a resolver casos. Este es el motivo por el que colaboro contigo, para demostrar que todo lo que cuentan es real, que todas sus confesiones… Que la policía debería aprovecharse de ello.

»Hace unos meses, un caso hizo que tuviera que hablar con una consciencia que actuaba diferente a las demás. Decía que se sentía apenada, deprimida y encerrada. No solo hizo dudar al que fue su marido en vida, sino a mí también durante mis sesiones con ella. Sus reacciones y sus palabras me parecían tan reales que yo mismo recomendé a Callahan, su marido, que la desconectara. Te aseguro que sentía y sufría. —El detective realiza una pequeña pausa y continúa—: Desde el primer momento, Marge me ha recordado mucho a Emily, así se llamaba.

—¿En qué? ¿Crees que sufre?

—No. Marge parece feliz.

—En ocasiones lo dudo.

—Yo me refiero a otras cosas como la forma de hablar, sus reacciones, decisiones y reflexiones… —Blake intenta explicarse—. He tratado con muchas consciencias. La de aquella mujer y la de tu tía parecen diferentes. Pero no malinterpretes mis palabras. No podemos comparar la situación de Marge con la que experimentó Emily. No sé si todas las consciencias de Inmemorian son capaces de percibir emociones, o si todas sienten al mismo nivel, aunque no lo muestren; tampoco si Marge es como Emily.

—No sé qué pensar. Todo esto me parece tan surrealista…

—No te agobies, lo descubrirás conforme pase el tiempo. Aunque siempre puedes hablar con ella.

El holograma de las calles de la ciudad muestra que se dirigen hacia el sur de Boston.

—¿Adónde vamos ahora?
—Aprovechando que no estará Mathew, esta tarde visitaremos a Camila.
—¿Cómo sabes que no estará?
Blake prefiere no responder.

Capítulo 20

Blake sabe que la visita de hoy va a ser diferente a la de ayer. Es muy probable que Camila haya recibido información de su marido sobre su verdadera relación con la muerte de Margaret, en el caso de estar involucrado. Blake no lo tiene nada claro.

Utiliza la función especial de su forearmphone para abrir la puerta principal del edificio. No quiere dar tiempo de reacción a Camila. Sabe que Mathew no está en casa y quiere evitar que ella le llame.

Marc sigue a Blake subiendo torpemente los escalones. Cada vez que aparta la mirada de ellos, tropieza. Suben hasta la tercera planta. En el rellano, el detective pulsa el timbre de la puerta de la derecha y esperan. Ante la demora, Blake vuelve a llamar. Enseguida, la puerta se abre y aparece Camila. Casi no la reconocen. Sobre su cabeza ya no luce el espectacular moño de ayer. Lleva un peinado totalmente diferente. Su pelo rubio platino permanece recogido en la parte de atrás de la cabeza en una larga coleta que cae hasta su trasero. Al verlos se sorprende, y apenas sabe qué decir.

—¿Qué hacéis aquí otra vez?

—Nada, pasábamos por la zona y… —Blake bromea—. ¿A ti qué te parece?

—Pero ¿por qué vais otra vez detrás de Mathew? Él no ha hecho nada.

—Tenemos motivos suficientes para creer que está relacionado con el asesinato, o sabe algo.

—Él ya habló todo lo que tenía que hablar con vosotros.

—Hoy no venimos a hablar con él. Queremos hablar contigo.

—¿Conmigo? ¿Y yo qué tengo que ver?

—Tranquila. Hablamos con mucha gente. Simple rutina.

—Sí, seguro que es eso… —añade desconfiada.

Blake tiene la sensación de que Camila está a punto de cerrarle la puerta en las narices. La visita ha empezado a incomodarle. Lo ve en sus ojos. Para que eso no suceda, se adelanta poniendo un pie dentro de la vivienda. Marc se hace a un lado.

—Supongo que queréis entrar. —Camila se queda sin opciones.

—Muchas gracias —interviene Marc para suavizar la acción de su compañero.

Los tres caminan por el pasillo hacia el salón. Cuando llegan, Camila enciende la luz y los invita a sentarse.

—Mi marido estará a punto de llegar. No tengo mucho que ofreceros, pero… ¿queréis tomar algo?

—No, no —responde rápidamente Blake—. Queremos hablar contigo a solas. Si tu marido está a punto de llegar, démonos prisa. Apuesto a que no le gustará vernos aquí sentados después de nuestra bonita despedida. —Gracias a los botones de seguimiento que coloca durante las investigaciones a sus interrogados sin que se percaten, ha comprobado discretamente la posición de Mathew en su forearmphone. Permanece muy cerca del bloque de viviendas. A tan solo dos calles—. Por favor, siéntate con nosotros.

Camila obedece y se sienta cerca, algo confusa.

—¿Qué te ha contado tu marido?

—¿Qué me ha contado de qué? —replica, mostrándose a la defensiva.

—Has tenido que hablar con él sobre el tema. ¿Qué te ha contado? —insiste Blake.

—Nada. Cuando está cabreado, ni habla ni me atrevo a preguntarle. Ayer lo enfadasteis mucho. ¿Veis esa estantería? —Señala las tablas de madera que hay tiradas en el suelo junto a una montaña de libros—. Pues sobran las palabras. Después se marchó sin decir ni media. Y hoy no lo he visto desde que se fue a casa de Farrell a ayudarle.

—¿Habéis hablado por…? —El detective señala su forearmphone.

—Tampoco.

—Déjame comprobar eso. —Al juntar el dispositivo de su brazo con el de ella para ver el historial de llamadas, comprueba que dice la verdad—. ¿Quién es Farrell?

—Un primo de Math que vive a dos calles de aquí.

—¿Ahora está en casa de Farrell? —pregunta al mismo tiempo que vuelve a mirar su forearmphone.

—Sí. —Camila mira a Marc durante unos segundos—. Por cierto, ¿compañero nuevo?

—¡No! ¡El mismo pero con chaqueta nueva! ¿A que es alucinante lo que mejora con ella?

—No parece el mismo de ayer —confirma Camila.

—Aunque no he venido a buscarle novia, el chico está soltero. Lo digo por el interés que muestras en él.

—¡No! ¿Cómo te atreves? ¡No he querido insinuar eso!

El detective consigue lo que busca: alterarla. Sus años de experiencia le han enseñado que las mujeres confiesan antes si tienen el ánimo perturbado.

—Volvamos al tema que nos interesa, que nos desviamos: ¿qué es lo que hace Mathew en casa de su primo Farrell?

—Ayudarle.

—Eso ya lo has dicho. ¿Ayudarle a qué?

Camila queda en silencio un par de segundos y después titubea:

—Le… le ayuda en su trabajo, negocios… ¡Qué más da! ¡No tengo por qué contarte eso!

—Es cierto, no tienes por qué contármelo. —Blake vuelve a echar un vistazo disimulado al localizador de la posición de Mathew en su forearmphone. Esta vez Marc sí ve lo que está haciendo—. Pero sabes que lo acabaré descubriendo. Y cuando lo haga, espero que no tenga nada que ver con el caso.

—No, no. Te garantizo que no. —Camila evita continuar.

—Entiendo… —El detective imagina cuáles pueden ser esas actividades. Roxbury Low está infestado de todas esas actividades ilegales típicas de cualquier barrio marginal. Pero en ese momento no le importan lo más mínimo, así que sigue con lo suyo—. Si sabes algo sobre el asesinato y lo ocultas, te puede caer un mínimo tres años de cárcel cuando todo salga a la luz. Te lo preguntaré una última vez: ¿te ha contado algo Mathew relacionado con la muerte de Margaret?

—No.

En ese preciso momento la señal de su forearmphone le avisa de que Mathew se mueve. Acaba de salir de la casa de su primo. Blake calcula que tardará unos tres minutos en llegar.

—Camila, una última cosa… Tenemos poco tiempo para seguir hablando contigo. ¿Has oído en alguna ocasión el término «cazadores de youvings»?

—No. ¿Qué es eso?

—Mathew creó un movimiento en la red hace años en el que difundía y fomentaba el odio contra las personas que han elegido consumir la encima r2 que preserva la juventud.

—¿En serio? No lo sabía.

Marc no puede contenerse más.

—¡No te fíes del malnacido de tu marido! —grita.

—¡Marc, no! Por ahí no —le ataja Blake, y vuelve a dirigirse a la mujer—: Camila, ¿tu marido te pega?

Sin embargo, antes de que pueda obtener respuesta, oyen abrirse la puerta.

Tras recorrer el largo pasillo, Mathew se encuentra la escena en el salón, del todo inesperada. Blake se prepara para la peor de sus reacciones, pero Mathew se comporta.

—¿Por qué habéis vuelto a mi casa? ¿Qué es lo que pasa? —pregunta sobresaltado.

—Nada —responde Blake tranquilo, manteniéndole la mirada.

—¿Nada? ¿Por eso estáis en mi casa? ¿Por nada?

—Ya nos íbamos. Solo estábamos hablando con ella.

—¡Ni lo sueñes! Yo también quiero enterarme de lo que habéis hablado con mi mujer —replica furioso—. ¿Os parece normal venir a molestarla cuando no estoy?

Marc permanece callado sin apenas moverse. Intuye que Mathew está a punto de perder el control. Blake parece dispuesto a decir algo, pero Mathew le interrumpe:

—¡Dejaos de estupideces conmigo! ¿Qué queréis de mí? ¡No tenéis pruebas para acusarme!

—¡Tranquilízate y siéntate!

—¡Y un cuerno! ¿Y si no quiero tranquilizarme?

—¿Ves esta? —Blake saca su pistola. Se la enseña durante dos o tres segundos y la guarda—. A mi socio no le gusta, así que no me obligues a volver a sacarla. —Blake le guiña el ojo a Marc con la chulería que le caracteriza.

Mathew no puede hacer otra cosa que obedecer, y termina sentado al lado de Camila resoplando.

—¿Quieres hablar? Pues hablemos. —Blake agarra las riendas de la conversación—. ¿Podrías hablarnos de los cazadores de youvings?

Mathew ríe nada más escuchar esas tres palabras.

—¿Y con eso te crees que has resuelto el caso?

—Yo no me creo nada.

—Eso fue al menos hace veinticinco años —explica Mathew—. Solo éramos unos pobres adolescentes descontrolados. No era más que un juego que inventamos en la red.

—Yo diría que era algo más que un juego. Se unió mucha gente.

—No puedo creer que vayáis a acusarme de la muerte de esa mujer por eso, por haber descubierto que cuando éramos unos críos abrimos una stay web con ese nombre. —Mathew habla con superioridad, como si estuviera ante dos policías idiotas. Como si los despreciara.

—Parece que te da igual lo que podamos pensar de ti.

—No te equivocas. —Una vez más, Mathew le desafía con la mirada. Todo su cuerpo se tensa.

—Cuidado con lo que haces. No te olvides de esta —le advierte Blake, señalándole dónde guarda la Parabellum.

La situación se pone más tensa cada segundo que pasa. Desde que Mathew ha llegado a la casa, Marc no se atreve a hablar. El ambiente está cargado de ira, desafío y odio; tres males que en cualquier momento pueden prender la mecha y hacer que todo se descontrole. A pesar de la afilada mirada que Blake le dedica a su adversario, el detective está muy tranquilo, incluso parece disfrutar de la situación.

—Ayer te pregunté si creías que Margaret podía haber sido víctima de un antiyouving; para entendernos, alguien como tú. Y tu contestación fue —Blake saca su bloc de notas—: «Puede que sí. Ya sabes cómo están las cosas últimamente» —lee la anotación muy despacio—. ¿A qué te referías? ¿Cómo están las cosas?

—¿Cómo van a estar? ¿Es que no os fijáis en ellos? Cada vez hay más. Uno ya no sabe si está hablando con una persona normal o con un mamarracho de esos. Te los encuentras en la calle, en el trabajo, en el supermercado… Y lo peor de todo es que inculcan a sus hijos ese rollo de no envejecer.

—Creo que no has entendido mi pregunta —aclara el detective—. Me refería a cómo están las cosas entre vosotros, los que demostráis ese asco incontrolado por los youvings. Me parece que tú también te referías a eso ayer.

—Algunos no aceptamos que se hayan roto las reglas de la naturaleza humana, ni lo aceptaremos nunca. Se creen que viven felices por el simple hecho de no tener arrugas, por tener ese aspecto joven que no les corresponde… Y lo único que dan es asco.

—Ya veo que los ideales de los cazadores de youvings, esa secta que creasteis, persisten en ti.

—Parece ser que cuando alguien habla como yo, va contra el sistema —se queja Mathew.

—¿Crees que quien atacó a Margaret pudo ser un youving, como ella?

—Ja, ja, ja, ja. Naturalmente, eso ya lo habréis descartado por completo, ¿no? —Continúa riendo y hablando con soberbia—. Por eso estáis aquí, molestándome.

Marc se pone en la piel de su tía. Imagina todo lo que tuvo que aguantarle a Mathew. Y al final se anima a participar en el interrogatorio:

—¿Hablas así con todo el mundo, con ese desprecio?

—No creo que eso sea asunto tuyo.

—¿Sigues provocando a la gente que no es como tú? —insiste Marc.

—¿A esos mentirosos? Intento pasar de ellos, pero a veces algo se me escapa.

Blake decide seguir el hilo de la conversación que ha iniciado su compañero:

—¿Cómo has llegado a la conclusión de que el hecho de no elegir la encima r2 te convierte en alguien mejor que los que sí lo hacen?

El tono de Mathew vuelve a cambiar. No soporta al detective.

—¡¿A ti qué te importa?!

—En realidad, nada. Mathew, relájate. Te dejamos. Perdón por nuestra insistencia. —Blake saca otra vez sus dotes de actor. Le encanta hacerlo en los momentos clave. Se queda muy a gusto—. Solo queríamos hablar un rato con Camila. Y yo creo que sabía que veníamos. Por eso se ha puesto tan guapa. Hemos tenido suerte.

—¡Fuera de mi casa ahora mismo!

Mathew empuja a Camila y esta cae al suelo. Le recrimina que le haya hablado de Farrell al detective.

—¡La has cagado! Ahora irán a su casa, descubrirán el chiringuito que tenemos allí montado, y nos encerrarán a todos.

—Perdóname, ni siquiera he pensado que... —Camila le suplica con fuerza al mismo tiempo que se cubre para protegerse. Teme que su marido descargue toda la tensión que acumula sobre ella, como tantas otras veces—. Me han insistido mucho, me han preguntado dónde estabas.

Mathew siente un intenso resquemor. El fuego que emana de su interior está muy vivo. Por eso retrocede. Niega con la cabeza para sí mismo. Ahora sí es consciente de que, si empieza, no podrá parar. Se acuerda de lo que estuvo a punto de hacerle la última vez. Para evitar que aquel episodio pueda repetirse, se aleja de ella.

—Le llamaré para que limpie y guarde todo antes de que ese detective cabrón y el delgaducho metan sus narices allí —dice, y se marcha del salón para llevarse consigo el monstruo que aterroriza a su esposa.

Desde la habitación se pone en contacto con Farrell para contarle los acontecimientos que han puesto en peligro el negocio que comparten.

Capítulo 21

—¡Has tenido localizado a Mathew durante todo el tiempo y no me lo has dicho! ¿Cómo lo haces?

—No solo a Mathew. Tengo la costumbre de colocarle estos botones a todo el mundo que visito durante mis investigaciones para ver cómo actúan y qué movimientos hacen después de encontrarse conmigo. De hecho, se los coloco a todos, a los buenos y a los malos… —Blake se disculpa con la mirada.

—¿A mí también me has…? ¿Dónde?

—Lo siento, no voy a decírtelo. Te lo quitarías y nunca se sabe si lo voy a necesitar. No te preocupes, que dejarás de tenerlo cuando terminemos.

A continuación, mediante la imagen que proyecta en el aire su forearmphone, Blake le muestra el mapa de la ciudad que registra los historiales de movimiento de todos los sujetos que actualmente llevan uno de sus botones: Mathew, Camila, Timothée, Lucio y Harvey —los controladores del Aquarium—, el que le colocó a Marc, e incluso el que le puso a Roy, a pesar de saber que no iba a ir muy lejos: un punto que, efectivamente, apenas ha trazado líneas de movimiento alrededor de la antigua casa de Marc.

—¿También le has puesto uno a mi padre?

—Sí. Lo siento, pero es mi forma de trabajar. Se desconectarán, se caerán cuando lo solicite al término de la investigación.

—¿No vamos a por Farrell? —pregunta Marc al ver en el holograma del interior del vehículo que se dirigen hacia las afueras de Roxbury Low.

—No. En estos momentos Mathew ya le habrá llamado para que esconda lo que están moviendo. Seguramente se tratará de mercancía ilegal, y por ahora no me interesa en absoluto lo que allí se esté cociendo. Lo único que me importa es lo que pueda contarnos de Mathew y su reacción cuando le pregunte sobre el caso. Por eso iremos otro día. Hoy podría ser peligroso.

—¿Cuándo te ha importado a ti eso?

Blake no contesta.

El Ford Bremo se posa en el recibidor aéreo del apartamento. Nada más bajar, Marc se despide de Blake levantando una mano. Camina de espaldas a él, hacia las puertas de cristal que conforman la entrada a la vivienda, concretamente al salón. Justo cuando el detective está a punto de activar las hélices para alzar el vehículo y marcharse, Marc se frena en seco y se vuelve de nuevo hacia él, haciendo un extraño gesto. Blake no comprende lo que significa, o lo que Marc le quiere decir, y establece conexión con él vía forearmphone desde el habitáculo.

—¿Qué sucede?

—Oigo música —responde Marc.

—¿Cómo que oyes música? No te entiendo.

—Que se oye música dentro, en el apartamento.

Blake corta la comunicación, apaga el vehículo y se reúne con Marc.

—¡Es verdad! —exclama el detective cuando se aproxima lo suficiente. Debe de estar a todo volumen, se oye incluso con las puertas cerradas.

—Algo extraño sucede, a Marge no le gustaba mucho la música.

—Pues me parece que está desarrollando un gusto musical un tanto especial —matiza Blake al escuchar esa música pop de hace unos años—. Echemos un vistazo.

Ambos caminan hacia la entrada de la vivienda esperando que las puertas de cristal se abran a su paso, pero estas no les dan la bienvenida.

—¡Marge, abre! —Marc alza la voz todo lo que puede al mismo tiempo que golpea uno de los cristales.

La música se desvanece y las puertas se abren. La escena que se encuentran resulta todo un espectáculo. En el centro del salón, frente a la holovisión, Creta contonea y mueve todo su cuerpo imitando la coreografía de un grupo de bailarinas.

—Marge… ¿qué sucede aquí?

Antes de activarla ya ha reparado en ello, que su sobrino volvería a verla encendida cuando regresara, ya que puede ponerla en funcionamiento, pero es incapaz de volver a dormirla. Marc no da crédito a lo que ve. En cambio, Blake disfruta de cada uno de los movimientos que realiza Creta. Se desenvuelve francamente bien.

—Hola, Marc… —responde Margaret tras unos segundos en silencio en los que ha pensado cómo afrontar la situación—. Le estoy enseñando a bailar. ¿Qué te parece todo lo que ha avanzado en este par de horas? —se explica por fin, tratando de quitarle hierro al asunto.

Creta sigue a lo suyo, bailando con ímpetu sin parecer especialmente interesada en Marc ni en Blake.

—¡Te dije que respetaras mi intimidad! Creta no es un juguete.

—Bueno, eso es discutible… Para ti sí que lo es —interviene Blake sin quitarle ojo a Creta, que aumenta por momentos la sensualidad con la que se mueve—. ¡Madre mía, cómo está la pelirroja! Tiene que ser una bestia en lo suyo.

Marc camina rápidamente y enfadado hacia Creta. Blake intuye lo que va a hacer e interviene:

—No, no, no la apagues. Déjala un poco más. No seas aguafiestas.

—Marc, no te enfades —dice Margaret—. No pasa nada porque Creta se salga un momento de sus funciones.

Marc no dice nada. Simplemente se acerca y la desactiva, y después se la lleva. Decide guardarla dentro del cubo, fuera del alcance de su tía. Allí no podrá activarla.

Por un momento se queda a solas con ella en el interior de ese reducido espacio de dos por tres metros. Estar allí encerrado le tranquiliza, como siempre. Intenta ordenar sus pensamientos antes de volver a salir al salón, al mismo tiempo que acaricia el cabello a su compañera. ¿Qué le sucede a Margaret? ¿Por qué le presta tanta atención a Creta? ¿Qué pretende con ello? La caricia termina en las puntas oscurecidas de su pelo para pasar a su hombro, y después sigue bajando hasta uno de sus senos. Hace días que no pasa tiempo con ella, que no la toca. El regreso de su tía le ha devuelto la vida, pero también le ha alejado de alguna de sus costumbres. Durante los últimos días, Marc ha estado con la cabeza en otra parte. Por eso, hasta el momento no se ha planteado de qué manera va a mantener sus encuentros íntimos con Creta lejos de la presencia de Margaret. Ahora que le dedica su atención, que vuelve a caer presa de sus encantos como siempre que la siente tan cerca, se formula la pregunta al tiempo que encuentra la solución. El cubo acaba de adquirir una doble funcionalidad en el apartamento.

La penumbra del reducido cubículo ensalza su belleza. El tacto del fino vestido de Creta enciende una pequeña llama en su interior. Sin embargo, deja de acariciar su delicada piel, sabe que no es el momento. Volverá a visitarla después de cenar.

Nada más salir al salón, con semblante serio y sin prestar más atención ni a Margaret ni a Blake, Marc zanja el tema:

—A partir de ahora, Creta se quedará aquí dentro.

De no ser por la música que se oía en el apartamento, Blake estaría en su casa revisando de nuevo las grabaciones del Aquarium. Al menos esos eran los planes del detective antes de abandonar su vehículo para comprobar qué trataba de decirle Marc. En cambio, ahora se encuentra sobre el que parece su sofá favorito de entre todos los que ha probado últimamente, decidiendo qué hacer: si marcharse o comunicarles la idea que lleva incrustada en la cabeza desde que salieron de casa de Mathew. Aunque piensa que quizá no sea el mejor momento, ya que Marc está muy cabreado.

Lleva más de veinte minutos en la cocina a solas con un vaso de agua. Los últimos acontecimientos le han molestado y le apetece estar solo. Creía que a su tía le había quedado claro el tema de no volver a activar a Creta. ¿No se supone que Margaret, como asistente virtual de la casa, debe obedecerle? Cada vez comprende menos la situación. ¿Y si Blake tiene razón? ¿Y si su tía es como aquella consciencia de la que le ha hablado, Emily? Todas esas preguntas se cuelan en lo más profundo de su ser sin dejarle pensar en nada más.

Se termina el agua del vaso y vuelve cabizbajo al salón.

—Marc, ven. —El detective le invita a que se siente a su lado.

Marc obedece con semblante serio.

—Marge. —Blake demanda también la atención de su tía—. Me gustaría hablar con vosotros.

Una vez ha conseguido que ambos le presten atención, prosigue:

—La investigación se encuentra en un punto complicado. En este momento tan solo tenemos a unas cuantas personas involucradas, que no nos aportan más datos para seguir. En mi lista tengo dos sospechosos: Mathew, y alguien que creo que cuenta menos de lo que sabe, que se guarda información: Timothée. Pero por ahora no tenemos nada contra ellos. Simplemente, el peculiar modo de ver la vida de Mathew y la extravagante historia de Timothée, que lo sitúa en el epicentro de los acontecimientos. No hay grabaciones del Aquarium, y las escenas de los días en los que alguien debió de colarse en el despacho para borrarlas son muy confusas. Cientos de personas pasan bajo la única cámara del pasillo cada día, ya que es también el acceso a los vestuarios de las instalaciones. Además, no apunta al interior, donde se encuentra el despacho que guarda las grabaciones, sino en dirección contraria, a la piscina. Estoy totalmente convencido de que Roy no ha tenido nada que ver, ni tan siquiera sabía algo. Y Lucio y Harvey, los otros controladores, ni siquiera trabajaban allí cuando se produjo el asesinato. Esos son todos con los que hemos hablado. El caso está a punto de desinflarse. No tenemos nada que nos conduzca hacia la siguiente pista. Seguir investigando sin móvil, sin el arma homicida y sin el cuerpo nos va a resultar imposible. Y de estas tres cosas solo podemos recurrir a una. El cuerpo. Es el momento de ir a ver el cuerpo de Marge.

—¿Qué? ¿Estás loco? —responde Marc.

—Espera un momento, no nos adelantemos... —dice el detective—. Déjame primero que haga una consulta.

Margaret no se pronuncia, espera.

—No hay consulta que valga ni nada que...

Blake deja a Marc hablando solo y establece conexión vía forearmphone con un viejo amigo suyo. Amplía la pequeña imagen de su interlocutor para que ellos también puedan verle.

—¡Scotty!

—¡Blake! —exclama el otro sorprendido, y hace una pausa en la que parece dudar—. ¿Puedo alegrarme esta vez de tu llamada o vas a meterme en jaleos, como siempre haces?

—No. Será poca cosa.

—¡Lo sabía! Al final harás que me despidan. Nada más me llamas para liármela.

—Necesito ver un fiambre.

A pesar de que las palabras del detective no le pillan por sorpresa, a Marc sí le sorprende el término que ha utilizado para referirse al cuerpo inerte de su tía. En ese preciso instante se tensa. Tiene muy claro que no lo va a permitir. Hasta ese punto han llegado. Ni mucho menos entra en sus planes poner el cuerpo de Margaret en manos de un detective chiflado.

—Sabes muy bien que no puedo estar sacando cuerpos por mi cuenta cada vez que me lo pides como si nada. Al final me pillarán —contesta la voz que está al otro lado de la llamada.

—Sí que puedes, sabes que nadie va a decirte nada aunque te vean.

Scott es consciente de que siempre que Blake recurre a él es extraoficialmente, ya que cuando la policía quiere ver algún cuerpo, lo hace de otro modo muy distinto, tramitando una orden al departamento forense de Inmemorian.

—¡Venga, Scotty! No te hagas de rogar. Además, me lo debes —insiste el detective.

—En qué mala hora te pedí aquel favor.

—Eres mi única esperanza. Estoy con un caso muy complicado.

Scott trabaja como perito forense en el antiguo cementerio Soulstone, que ahora forma parte de las instalaciones de Inmemorian. Sus funciones son diversas: se encarga de mantener en buenas condiciones los nichos de su sección y los cuerpos sin vida que allí descansan, lleva un control periódico de los cadáveres que tienen alguna relación con casos judiciales y practica autopsias que demanda la policía u otros organismos competentes. Como médico forense que es, los dictámenes que emite son aceptados por la justicia sin capacidad de réplica.

—¡No, no, no y no! ¡No vamos a ir a abrir el nicho de Marge! ¡Quítate esa idea de la cabeza!

—¿Por qué no? Necesitamos ver có…

—¡Porque no! —Marc le interrumpe muy enfadado—. Si vas a seguir por ahí, me retiro de esto. Deseo saber quién la mató, pero no a este precio.

—Marc —interviene Margaret—. ¿Por qué te niegas a que se examine mi cuerpo en busca de pruebas? Acompañas a un policía que ha sido apartado de sus funciones y que va por la vida cometiendo una ilegalidad sobre otra para ir en busca de respuestas... Y, encima, en el vehículo patrulla que ha robado... Y ahora te niegas a esto. No lo entiendo.

—Se trata de tu cuerpo. No quiero molestarte más de lo que lo he hecho ya.

—No me has molestado, todo lo contrario. Existo de este modo gracias a ti, a las decisiones que tomaste tras mi muerte.

—Pero parecías tan agobiada cuando te cargué...

—Y no va a molestarme y afectarme el hecho de que alguien examine mi cadáver. Ya no es mi cuerpo.

—Pero lo fue. Y ver cómo alguien te vuelve a... —Marc no puede seguir hablando.

—Tú ni siquiera estás obligado a verlo, si es eso lo que te preocupa. ¿No es cierto, Blake? —Margaret busca apoyo en el detective, que asiente con la mirada.

—¡Estáis locos! ¡Sobre todo tú! —Marc la toma con Blake—. No me voy a cansar nunca de decírtelo: ¡estás como una cabra! No dejas de sorprenderme. Cada día se te ocurre algo nuevo, no sé cómo lo haces. Esta vez por ahí no paso.

—¿Qué crees que sucederá cuando lo veamos? —pregunta Blake, tratando de sosegar los ánimos.

—¡Que yo no voy a ver nada! ¿No me has entendido?

—Bueno, pues cuando Scott y yo lo veamos, ¿qué crees que va a suceder? Un vistazo rápido y para dentro otra vez. Si en comisaría hubieran abierto el caso, también lo habrían hecho.

—Se acabó.

Marc se levanta y se marcha a su habitación. Se tumba. Se acomoda en su blanda cama dubitativo. Desea estar solo, que Blake se marche. ¿Estarán sus sentimientos jugándole una mala pasada? ¿Será el responsable si al final no encuentran al culpable?, piensa. Se frota cansadamente la nariz. Por otro lado, le parece increíble cómo Blake se ha tomado la libertad de llamar a Scott para pedir ver el cuerpo de su tía sin consultárselo previamente. Sin ponerse siquiera en su lugar. Si hubiera sido más cuidadoso a la hora de comunicarles su propuesta, quizá él hubiera respondido de otra manera. Marc aprieta con rabia las mandíbulas.

—Marge —pronuncia, pidiendo su atención desde la cama.

Al mismo tiempo que habla con Blake en el salón, atiende a su sobrino: la IA de la estancia está capacitada para mantener más de una conversación al mismo tiempo, en varias zonas de la casa.

—Dime, Marc.

—A veces me siento culpable por haberte traído de vuelta. En ocasiones actúas demasiado real, como si te sintieras apresada tras las paredes. Ya he hecho suficiente, no quiero mancillar también tu cuerpo.

—No vais a mancillar nada. Estoy hablando con Blake en este instante y me cuenta que no van a manipular el cuerpo, ni abrirlo, ni nada por el estilo. Que solo le harán una exploración superficial para ver si hay algún tipo de marca, una especie de escáner para comprobar el estado de los pulmones y alguna prueba más.

Marc permanece varios minutos en silencio, intentando aceptar la idea.

—Pero no quiero ir al lugar donde descansas de verdad. Quiero recordarte por cómo fuiste en vida, y cómo eres ahora.

—Allí no vas a verme, aunque mires, porque no estoy. Ese es solo mi cuerpo, ahora me encuentro aquí. Y me quedaré el tiempo que tú quieras.

—¿En serio? ¿Ya te encuentras bien?

—Me he acostumbrado bastante. —Margaret responde lo que sabe que va a hacerle sentir mejor—. Marc, para que puedas vivir el resto de tu vida tranquilo debes encontrar a la persona que me dio muerte. Créeme, sé que lo necesitas. Te conozco. Un criminal anda suelto por las calles, y quizá pueda hacerte daño en un futuro, ya que no sabemos por qué acabó conmigo ni cuáles eran sus intereses. Necesitáis ver mi cuerpo, es la única manera de avanzar.

Tras una larga conversación entre ambos, Marc comienza a pensar de otra manera. Un conjunto de extraños pensamientos le hacen comprender la realidad de la situación: que el detective lleva razón. Se libera del dolor que le han producido las palabras y las formas empleadas por Blake. Permanece tumbado sobre su cama, meditando en silencio, mientras Margaret le comunica a Blake que se marche tranquilo, que su sobrino acabará por cambiar de opinión, que termine de programar la visita con Scott.

Capítulo 22

Sábado, 6 de febrero de 2094

Estamos de paso en este mundo, hemos venido a cumplir una misión y, una vez cumplida, debemos regresar a nuestro otro hogar en el más allá. Ese es el mensaje que transmitían algunas religiones en el pasado. Otras prometían la vida eterna a los justos en el cielo o en la tierra, y el infierno para los injustos. Muchos las creyeron y las siguieron con fervor hasta su último aliento. Pero el avance generacional, la evolución de la sociedad del último siglo y una nueva visión sobre la muerte han cambiado mucho las cosas.

Hoy en día, la esperanza que se tiene es muy distinta, más austera y conformista. Muy acorde con los tiempos que corren. Ya nadie espera vivir para siempre en un paraíso celeste o terrenal. Poco importa si se ha sido bondadoso, honesto, buena persona, asesino o pecador. Tampoco si se ha adorado a Alá, Jesús, Buda, Yahvé, Elohim o Atón. La segunda vida espera siempre que alguien solicite el copiado de memoria. Seguir teniendo consciencia tras la muerte, o el hecho de ser enterrado en el cementerio de Inmemorian es el único hilo de esperanza que le queda al ser humano. La religión sigue existiendo, pero no vive sus mejores momentos. En América, Europa y Asia, los dogmas se han tenido que reinventar tanto que han quedado al descubierto sus verdaderos intereses. Este acontecimiento les ha pasado factura durante los últimos cincuenta años, dejándolos con una cantidad mínima de adeptos.

Con setecientos veinticuatro metros de altura, el edificio de Inmemorian, el antiguo Soulstone, reina en el centro de Boston. Nunca antes nada tan frío y oscuro ha gobernado en el centro de una ciudad. El edificio carece de ventanas. Nada rompe la simetría de sus cuatro lados. Sus paredes son tan lisas como el mármol, y tan negras, tan oscuras, que se tragan la luz de los neones de todas las edificaciones y establecimientos cercanos. Las azuladas estelas de los vehículos parecen más débiles en el entorno de este gran monolito aparentemente muerto, sin vida, que guarda algo más que millones de muertes en su interior. Guarda el mayor descubrimiento de la humanidad: un sistema que permite revivir, de algún modo, las consciencias tras la muerte.

El complejo no es un edificio convencional, sino una construcción con forma de seta invertida cuyo sombrero permanece en el subsuelo de la ciudad. Un gran mazo subterráneo en el que una enmarañada red de galerías y criptas dan sepultura a los cuerpos a los que les han realizado el grabado de consciencia, y a los que han elegido ser enterrados allí, lejos de las fosas comunes. Todo el mundo lo conoce, no solo porque es la torre más famosa de América, sino por lo que representa, y por el papel que juega desde hace décadas como insignia, con permiso de la bandera.

El cementerio bajo el colosal monolito de Inmemorian ya se ha extendido dos kilómetros a la redonda, y sigue en constante expansión, pues allí, en lo más profundo de todo el complejo, tres empresas de perforación trabajan sin descanso; crean nuevos túneles y aumentan el cementerio, para que la empresa pueda ofrecer descanso a los que se han ido y así abastecer la importante demanda de la gente que solicita sus servicios. A raíz de la rueda de prensa mundial que dio Fisher Dantakis, presidente de Inmemorian, anunciando sus nuevos servicios, la demanda ha aumentado considerablemente.

Un cementerio es un lugar donde se entierra a los muertos para darles descanso y para que sus seres allegados tengan un lugar físico donde llorar su pérdida u homenajearlos. Por lo tanto, este no es un cementerio convencional, pues están prohibidas las visitas a los subterráneos. Solo los empleados de la empresa y personas con permisos especiales —acompañadas por personal autorizado— pueden pasar a las galerías de difuntos, que así se les llama en la casa. Ya que, para visitar a un ser querido, Inmemorian construyó el querytorium. Pero esto no es problema, ya que Scott ha conseguido un pase especial para que Marc y Blake puedan acompañarle.

El veinte por ciento de los difuntos simplemente eligieron, o lo hicieron por ellos, ser enterrados allí sin más, sin el grabado de consciencia. Esta minoría se ha convertido en el grupo de los olvidados. Nadie puede visitarlos. Con este funcionamiento Inmemorian lanza el siguiente mensaje: «Puedes enterrar aquí a tu familiar o ser querido pagando, lejos de las asquerosas fosas comunes. Pero si además quieres visitarlo, tienes que volver a pasar por caja». De este modo, el que quiere realizar visitas no tiene más remedio que solicitar el grabado de consciencia y comprar sesiones en el querytorium. Tras la fuerte demanda del último año ya no existe tan solo una sala de contacto. Se han puesto en funcionamiento más de treinta. Inmemorian es la segunda empresa que más dinero ingresa anualmente, solo por detrás de Slender Robotics.

Si el cuerpo de Margaret hubiera sido enterrado en un cementerio de la antigüedad o arrojado a una fosa común, seguramente tan solo quedarían restos óseos. Pero este no es el caso. El cementerio posee todas las propiedades para que las células de un cuerpo no se rompan y no se liberen las enzimas y toda clase de sustancias que crean el ecosistema perfecto para los hongos y demás agentes descomponedores. La temperatura de la inmensa cripta es muy baja; corrientes de aire circulan ininterrumpidamente por la red de galerías subterráneas, por lo que no existe la humedad, caldo de cultivo ideal para que las enzimas hagan su trabajo. Pero en este cementerio no hay ni rastro de humedad: el monolito y el resto de los complejos construidos encima lo protegen y evitan que el agua se filtre al subsuelo. De este modo todos los cadáveres se deshidratan antes de que puedan entrar en acción las enzimas. Así, todos los cuerpos permanecen momificados, tal como ocurría en las criptas que había bajo los suelos de las antiguas iglesias europeas.

El Ford Bremo se desplaza a velocidad crucero. Marc está de nuevo frente al edificio de Inmemorian, el que tuvo que visitar en una ocasión para realizar todas las gestiones que necesitó el grabado de consciencia del cuerpo de su tía. La última noche ha pasado tan rápida para él que apenas ha tenido tiempo de digerir su cambio de pensamiento, su aprobación para ir a ver el cuerpo de Margaret.

Blake estaciona el vehículo patrulla en el aparcamiento para usuarios. La vía magnética que circunda los alrededores del edificio delimita el área de la empresa. Unos ciento cincuenta metros los separan de uno de los accesos del edificio. Marc y Blake terminan el camino a pie. El asfalto mantiene una leve pendiente ascendente que acaba donde empieza a alzarse el gran monolito negro. En la entrada se encuentran con Scott esperando.

—¡Blake! Me alegro de verte. ¿Por dónde te metes últimamente? —le pregunta su colega mientras le ofrece un medio abrazo que no termina de producirse, que acaba tan solo en un tímido choque de hombros.

—He estado ocupado. —Blake alza el ala de su sombrero para que su amigo pueda verle bien—. Ya conoces cómo es la vida de un detective.

—¿No estás hasta el gorro de ese sombrero?

—Me parto de la risa —responde Blake sin gesticular lo más mínimo para complacerle falsamente tras el mismo comentario de siempre. Scott es de las personas más chistosas que conoce, de las que no se cansan de lanzar siempre el mismo chiste—. Este es Marc, está conmigo en el caso.

—Pero… si viste casi como tú —observa Scott—. ¿O son los nuevos uniformes policiales?

—Él no es policía, es el sobrino de… —El detective señala hacia la entrada del edificio, indicándole que se refiere a Margaret.

—Encantado, Marc. —Scott le estrecha la mano y Marc le corresponde educadamente—. Vaya apuro, traerlo para ver el cuerpo de su tía.

—Nada de apuro, es un tipo duro —contesta el detective, y le da una palmada en la espalda a Marc que llega a moverlo del sitio.

Scott contempla la escena poco convencido al ver el semblante de Marc.

Antes de pasar adentro, Blake le cuenta a Scott los detalles que conoce sobre la muerte de Margaret, y parte del informe que no le transmitió vía forearmphone ayer.

—No os preocupéis —dice el forense—, lo tengo todo planeado. Os quedaréis en la sala de peritaje forense que he preparado para el examen en el nivel menos diez, mientras yo voy a la sección F a por la difunta. Es la sala más cercana al nicho de tu tía —explica mirando a Marc—. Está en ese mismo nivel. Así nadie sospechará si me ven trasladando un cuerpo. Al fin y al cabo, es normal que empleados de aquí movamos cadáveres ahí abajo, es parte de nuestro cometido.

Scott se vuelve hacia la gran entrada que tiene a su espalda y los invita a que le sigan.

Capítulo 23

Hace algo menos de un siglo, la mayoría de los robots no se parecían en nada a las personas. Exceptuando ciertos modelos, tan solo eran máquinas con diseños específicos centrados en el desarrollo de sus funciones. Sin embargo, infinidad de historias utópicas y distópicas los retrataban como una mera copia del cuerpo humano, más o menos exacta. Eso era lo que daba la chispa a todo el material de entretenimiento (libros, películas, etc.) que hablaba del futuro. Hoy podemos decir que eso no se ha cumplido tal y como se preveía, a excepción de los sexpartners, casi idénticos a las personas por motivos obvios; los robots utilizados en la empresa del cine, la moda y la enseñanza, y los realbots, que pueden pasar desapercibidos entre la gente durante años dada la perfección de su diseño, funcionamiento y la naturalidad de sus relaciones y movimientos. Todos los demás robots pierden la forma humana de cintura para abajo. En vez de piernas, disponen de los sistemas más rápidos y eficaces de desplazamiento acordes con el medio y las utilidades para las que han sido diseñados.

Nada más entrar, un robot con forma humana de cintura para arriba, vestido con chaqueta y camisa de azafato de Inmemorian, se aproxima rápidamente a ellos sobre unas ruedas diminutas. Su detallada vestimenta y el tosco bloque estructural que le da sustento contrastan lo mismo que la noche y el día. Blake frunce el ceño, no le gustan los sistemas artificiales que le dan la bienvenida a los sitios. Marc observa que un segundo robot igual al que tienen enfrente está atendiendo a otro visitante varios metros más allá.

—Bienvenidos a Inmemorian. ¿Tenéis cita en el querytorium, en información? —El robot se preocupa únicamente por Marc y el detective. Al ver que ninguno contesta, prosigue—: Si me decís vuestros nombres o vuestros números de cliente, os ayudaré encantado.

—Tranquilos —interviene Scott ante la mirada de ambos de no saber qué hacer. Y comienza a hablarle a la máquina—: Vienen conmigo, son de la policía. —Con un gesto le indica a Blake que muestre su placa, y el detective la proyecta en el aire para que la mitad androide mitad máquina pueda corroborarlo. Hecho esto, el robot da media vuelta y se marcha.

—A los que trabajamos aquí no se nos arriman estos trastos, nos conocen —explica Scott mientras avanzan por la enorme sala de bienvenida—. Son tecnología de vanguardia. Pocos hay tan inteligentes como ellos. —A continuación, baja el tono de voz al pasar cerca de un grupo de personas trajeadas de las plantas superiores—: Entre los empleados corre el rumor de que poseen las consciencias de difuntos que guardan aquí.

El vestíbulo abarca casi toda la planta baja. El espacio es diáfano. Tan solo pueden verse cuatro gruesas columnas en el centro, parte del esqueleto que sustenta el edificio. Nada más decora el lugar físicamente, no es necesario, la extensa y detallada recreación virtual de las paredes se encarga de ello mostrando diversa vegetación y distintas clases de árboles entremezclados con extravagantes pilares de yeso con molduras imposibles que tampoco están allí realmente.

Antes de acceder a uno de los ascensores, Scott transfiere a cada uno de sus acompañantes un pase especial para que la IA del complejo no los tome por intrusos cuando comiencen a descender.

Al llegar a la planta menos diez, el ascensor se detiene y abre sus puertas. Una sala de acondicionamiento aparece ante ellos: un espacio de cuatro por cuatro metros en el que no hay nada, solo una vieja puerta al frente. Nada recubre los ladrillos con los que fue construida esa antesala. La temperatura ha cambiado significativamente, de pronto se percibe el frío. Marc queda impactado al ver los antiguos materiales del lugar. Los rojos ladrillos, el oscuro cemento entremedias, la grisácea y enrobinada puerta, el techo... La iluminación es pobre. Tan solo un pequeño y débil halógeno que cuelga en el centro del techo es el responsable de que se pueda ver algo allí abajo. Marc se siente igual de incómodo que cuando visitó Roxbury Low y la casa de Mathew. No está acostumbrado a estar en sitios así. Tampoco le agrada perder de vista los acabados y el confort del mundo que él conoce.

Scott y Blake salen del ascensor hacia la puerta metálica. Marc los sigue rezagado. Le supone un esfuerzo dejar de escudriñar estas cuatro paredes. Cruzan la vieja puerta y acceden a las galerías de difuntos. Un amargo y fuerte olor de lo más pegajoso, que el forense ya no percibe, azota el olfato de Marc y de Blake, y se instala en su interior. Por un momento Marc siente náuseas. Ambos reaccionan del mismo modo, se llevan la mano a la nariz hasta que se adaptan al tufo. Un olor que se graba para siempre en la memoria de quien lo huele.

Marc nunca podría haber imaginado que un día caminaría por un lugar tan diferente a todo lo que conoce, tan oscuro y tenebroso. Una cueva tan descuidada y tosca que da la sensación de estar a medio hacer. Pero, al fin y al cabo, se trata de un cementerio, que además no está pensado para recibir visitas. Es entendible que nadie se haya preocupado en brindarle cierta apariencia agradable.

La roca conforma las paredes y un suelo lleno de ondulaciones, pequeños socavones, piedras sueltas y cortos desniveles. A medio metro sobre sus cabezas el techo mantiene la misma irregularidad. Únicamente los contrafuertes de metal que se repiten cada cinco metros le otorgan a Marc cierto sentimiento de seguridad. Por lo demás, la galería subterránea no guarda ningún patrón. Los constructores de la cripta realizaron su trabajo del mismo modo que la naturaleza da forma durante milenios a una montaña de manera aleatoria. Un cable adherido al techo, conectado a los halógenos que hay cada tres o cuatro metros, recorre la galería; la iluminación es mínima, pero suficiente para ver el camino. Más allá de la luz que los acompaña cinco metros por delante y cinco por detrás, no pueden ver nada. Reinan el frío y la oscuridad.

Blake lleva tiempo fijándose en la expresión de Marc.

—¿Qué esperabas encontrar aquí abajo? ¿El *resort* del príncipe Kandyan?

El comentario hace reír a Scott, que camina delante de ellos. De repente, al pasar por un pequeño tramo descendente, Marc pisa sobre arena suelta, y resbala sin llegar a caer. Más adelante, cuando la galería deja de subir y bajar y mantiene cierta nivelación, aparecen las primeras lápidas a ambos lados, adosadas cada una a las portezuelas de sus nichos, incrustados en la pared.

—Reconozco que siempre me han gustado los lugares siniestros, todo lo que tiene un aire macabro, y sin duda este lo es —reconoce Scott mientras van pasando de largo decenas de tumbas—. De niño era un aficionado nato al cine de terror. Me podía pasar horas frente a la holovisión viendo esas películas. Todo lo que tenía que ver con la muerte me atraía, y aún me atrae. Por eso creo que estudié medicina forense y acabé en un lugar como este.

Se desplaza hacia un lado y continúa caminando cerca de la pared mientras acaricia la roca y el mármol de tres o cuatro lápidas. Marc y Blake dejan que siga con su rollo y se limitan a escucharle.

—Ya falta poco para llegar —añade.

De pronto los cinco metros de iluminación que se han mantenido al frente durante el camino se convierten en ocho. Luego en diez. Y antes de que puedan darse cuenta, la galería se ha transformado. Caminan por una zona totalmente iluminada y con mejores acabados. El suelo y las paredes son más uniformes, y el espacio de alrededor ha aumentado. El pasaje ahora se parece más a un pasillo. Ya no hay tumbas. Varios metros más adelante, el corredor adquiere la perfección total y termina en una sala o cruce de galerías en el que no solo surgen nuevos caminos hacia más catacumbas, sino que también hay tres puertas. Una de ellas, con el letrero SALA FORENSE NÚMERO DOS, corresponde al lugar donde Scott pretende realizar el examen perital.

Sobre cada una de las entradas a las galerías que nacen o convergen allí, según se mire, hay un cartelito con el nombre de la sección a la que pertenece. Marc se queda mirando el que indica SECCIÓN F. Tal y como Scott ha dicho antes, en ella se encuentra el cuerpo de Margaret.

—Vamos, por aquí —indica el forense.

Ese habitáculo podría pertenecer a cualquier instalación de la superficie. Sus acabados no tienen nada que ver con los últimos metros recorridos. Parece como si de repente hubieran salido a la superficie. La habitación cuenta con alta tecnología. Las paredes están forradas de blancos paneles de grafeak, el techo es de roca lisa, y todo está sobradamente iluminado. Nada más entrar, a la izquierda, hay una mesa de despacho con dos sillas. En la sala también hay una amplia bancada, tres grandes máquinas, más de media pared está cubierta de cajones numerados donde se guardan los utensilios, un biombo que oculta tras él una camilla, y como protagonista principal, en el centro, una mesa de acero inoxidable para cadáveres.

—Bueno… este es uno de mis lugares de trabajo. Esperad aquí. Sentaos. Tardaré diez o quince minutos —dice Scott.

Abre un compartimento de debajo de la bancada y saca una especie de plancha de metal, de un metro por un metro, también de acero inoxidable, con todo su borde plagado de pequeños agujeros con minúsculas hélices en su interior. La activa con su forearmphone y la suelta en el aire para que quede suspendida a medio metro de altura y paralela al suelo. Controlando el aparato desde su dispositivo, abandona la sala.

—¿Eso qué era? —le pregunta Marc a Blake ahora que se han quedado solos.

—La camilla para traer el cuerpo —responde el detective mientras presta atención a su forearmphone.

—¿Tan pequeña?

Blake ya no le contesta. Su atención está centrada en otro lado.

—¡Le acabas de colocar uno de tus botones a Scott! —exclama Marc al cotillear desde su sitio la imagen del dispositivo de Blake, ese punto de localización que se aleja poco a poco—. ¿Cómo lo haces sin que nadie se dé cuenta?

Blake se ríe.

—Lo lleva desde que nos hemos saludado arriba.

El forense camina por el pasaje F hacia la tumba de Margaret. La camilla metálica avanza estabilizada un par de metros delante de él. El pasaje es igual de abrupto que las demás galerías.

Tras dejar atrás decenas y decenas de tumbas, a su derecha aparece la lápida con el nombre: Margaret Hadley Ross. Detiene su paso y el vuelo del dron. Antes de proceder a la apertura de la puerta y de la tapia interior que sella la tumba, activa el despliegue de la plancha de acero y esta duplica su longitud, convirtiéndose en una camilla apta para transportar un cuerpo de hasta ciento cincuenta kilos.

La pequeña vibración en la muñeca de Blake le anuncia que alguien le llama vía forearmphone. Al ver el rostro inanimado del contacto de Scott, se pone en pie.

—Marc. ¡Me está llamando Scott! —exclama justo antes de atender la llamada—. Scotty, ¿qué sucede?

Marc deja de mirar las máquinas de la sala y también se pone en alerta.

—¡El nicho está vacío! ¡El cuerpo no está! —anuncia alterado Scott.

—¿Cómo que no está? —responde Blake—. ¿Me tomas el pelo?

—¿Que no está el cuerpo? —pregunta Marc confuso.

—No está —repite el forense.

—¡No puede ser! —Ante el silencio de su amigo, Blake se da cuenta de lo que está ocurriendo—. ¿Te parece apropiado el momento para tus bromitas?

Scott no puede aguantar más y explota a reír.

—Tranquilos, ya lo tengo. Estaré allí enseguida.

En ocasiones Blake no soporta las bromas de Scott, que no sepa diferenciar los momentos oportunos para soltarlas. Aunque seguramente Marc opina lo mismo del detective.

Capítulo 24

La puerta se abre y la camilla irrumpe en la sala. Transporta una gran bolsa negra. Scott entra tras ella. A un metro de altura se mantiene estable sosteniendo el peso del cadáver de Margaret. Con su forearmphone la dirige hacia el centro de la sala para pasar el cuerpo a la mesa de trabajo. A Marc le impresiona la escena más de lo que creía. Primero retrocede dos pasos y después abandona la sala.

—Esperaré fuera.

—¡No puede quedarse ahí! —protesta Scott—. ¡Lo verá alguien! ¡Nos descubrirán y entre los dos conseguiréis que me echen!

—¡Venga, al lío! —Blake evita responder. No quiere que su amigo le pegue la chapa—. Será peor si se queda. Si lo hacemos rápido, no pasará nada.

Las miradas de ambos se centran en el bulto que descansa sobre la mesa de examen.

La cremallera recorre todo el cuerpo, desde la cabeza hasta los pies, y la momia de Margaret queda al descubierto. Blake observa por primera vez el rostro consumido y disecado de la consciencia con la que ha estado hablando estos últimos días. Pero no siente ningún apego hacia ella. Sabe que nada se debe parecer a como fue en realidad. Scott ladea el cuerpo con extrema delicadeza para sacar la bolsa que ha quedado debajo. La momia queda tumbada boca arriba sobre la fría mesa de metal reluciente.

Todavía le queda algo de pelo. Los ojos ya no son ojos. Las pequeñas esferas blanquecinas carentes de luz, que no miran a ninguna parte, parecen como si fueran de madera. Las cuencas que rodean los globos oculares son oscuras y profundas, al igual que la oquedad que puede verse en sus labios entreabiertos, como si quisiera emitir un lamento mudo. La piel que le queda en el rostro está pegada al hueso. No queda nada de carne allí. La mandíbula y los pómulos están muy marcados y le confieren un aspecto macabro.

En ciertos puntos del deformado y atrofiado torso pueden verse algunos orificios entre las costillas, producto de una descomposición que, aunque llegó a iniciarse, no concluyó por las condiciones de la cripta. La piel del abdomen se hunde hasta el punto de quedar pegada al hueso de la pelvis y a las vértebras más cercanas, lo que significa que los órganos de esa zona se han perdido. En cambio, el corazón, los pulmones y parte del sistema respiratorio y digestivo siguen estando en su sitio.

Blake toca la piel suelta de la nariz, haciéndose el gracioso.

—Mira, tiene un moco.

A pesar de que le da grima, trata de suavizar el impacto que él mismo acaba de recibir. Tras notar el extraño tacto, se restriega la punta de los dedos en los pantalones para limpiarse los posibles restos que hayan podido quedar en la piel.

—¡No, Blake! No la toques. Puedes fastidiarme el examen —reacciona Scott tajante, pero riendo al mismo tiempo la gracia de su amigo.

Tras hacer un examen inicial muy superfluo, realiza otro mucho más meticuloso de las uñas y guarda las muestras. Apunta con su forearmphone hacia el cuerpo y una holovisión cercana se enciende. En ella puede verse al detalle y en aumento cada centímetro de Margaret, mientras el láser de tres centímetros de grosor se proyecta sobre su cadáver.

Scott mueve mediante su forearmphone una máquina de grandes dimensiones y la acerca hasta la mesa donde está el cuerpo. Manualmente despliega un brazo mecánico, que en su extremo sujeta una lente-escáner, y lo acerca a la difunta. Blake está de pie junto a la camilla, muy próximo a la cabeza de la momia; presta mucha atención a todo lo que hace su amigo forense.

Scott se retira un instante hacia uno de los armarios y coge un tubo de muestras que contiene un líquido rosáceo en su interior, y un bastoncillo de algodón. Vuelve al cuerpo y se lo pasa suavemente por fuera y por dentro de los labios para intentar obtener una muestra. Mientras tanto, dedica una mirada a su amigo. Al hacerlo descubre que Blake no entiende lo que está haciendo, y decide explicárselo:

—Se trata de la técnica proteómica. Cuando un patógeno ataca, el sistema inmunológico se defiende y esa respuesta genera un perfil proteico característico, una especie de historial o base de datos. De forma que, aunque hayan pasado seis años desde su muerte, podemos saber todas las infecciones que padeció. Con suerte, esta muestra revelará el perfil proteico del sistema inmunológico de esta mujer.

—¿Infecciones? ¿Y qué nos importan las infecciones? —replica Blake sin comprender.

—Ahora verás. Solo quiero confirmar algo.

Scott introduce el bastoncillo en el tubo de muestras y lo agita para intentar dejar material genético en el líquido rosáceo. Se aproxima a un pequeño aparato que hay tras él en la bancada e introduce el tubo en uno de los compartimentos.

—¿Lo ves? —Scott le señala los resultados que muestra la máquina en su pequeño holograma.

—¿Que si veo qué? —El detective se anticipa a las palabras del forense. No comprende todos esos números.

—Nos indica que se desarrolló algún tipo de infección en los pulmones después de la muerte, provocada por el agua que entró en ellos.

Scott deja a Blake solo, mira sin comprender el holograma, y se vuelve de nuevo hacia el cuerpo. Activa la gran máquina, cuya extensión apunta al pecho de Margaret, y continúa su explicación:

—Este escáner muestra el interior del cuerpo. Aunque los órganos que le quedan están momificados, disecados y atrofiados, al igual que todo lo que ves, esta máquina es capaz de ver más allá. —Blake vuelve a su lado y ambos se fijan en el holograma que muestra ahora el escáner—. ¿Ves estas manchas oscuras de aquí? Nos confirman que el análisis proteómico no se equivoca. La cantidad de agua que tuvo que aspirar para que hoy podamos ver estas manchas, incluso con los pulmones momificados, tuvo que ser grande. Cantidades que solo son posibles al respirar de manera acelerada a consecuencia de un sobreesfuerzo.

»Estas dos pruebas nos confirman, tal y como sabíamos, que la mujer pudo estar bajo el agua contra su voluntad, sumergida por alguien o por algo, hasta que se ahogó. De otro modo, si hubiera tenido un paro cardíaco, tal y como refleja el informe policial, o algún otro tipo de parálisis, las pruebas no habrían detectado tanta agua en los pulmones. No veríamos estas manchas. Además, el cuerpo habría flotado. Pero como fue el controlador el que la sacó del agua y no dio detalles ni fue preguntado al respecto, tal y como me habéis contado, no se inició esa línea de investigación. Es más, no se realizó ninguna investigación. La verdad es que la policía actuó de forma pésima en esta ocasión.

—Como siempre. Menuda banda —apunta el detective.

—Una vez confirmado esto que ya sabíamos, voy a proceder con la siguiente prueba, que nos revelará más detalles de cómo fue esa lucha.

El forense devuelve el escáner a su sitio, y con una especie de brocha de pelo fino y suave, espolvorea un polvo blanquecino haciendo pequeños giros de muñeca, hasta cubrir todo el cuerpo. Cuando termina la tediosa tarea que ha provocado que Blake vuelva a su asiento, usa su forearmphone para apagar todas las luces.

—Scotty, ¿qué coño pasa?

—Tranquilo, Blake, he sido yo.

A continuación, Scott enciende un neón de color verde que tiñe las paredes y comienza a pasarlo sobre la momia. La ilumina por zonas. Blake, plantado de nuevo junto al cuerpo, observa intrigado.

Durante dos largos minutos, mientras el haz de luz pasea sobre el cadáver, ninguno de los dos dice nada. El detective se pregunta qué son todas esas marcas o manchas que resaltan al paso de la luz estroboscópica y que antes no se veían. Scott pronto se lo aclara:

—¿Ves todas esas marcas que revela la estefacita? —El forense se refiere a la sustancia que ha espolvoreado sobre el cuerpo—. Nos muestran las zonas que han sido tocadas por manos humanas las últimas veinticuatro horas de vida.

Casi todo el cuerpo brilla. La cara y las manos, lo que más.

—¡Qué mal rollo! Parece un alien. —Blake no puede contenerse cuando su amigo pasa la luz sobre el disecado rostro de Margaret en forma de pera invertida.

—Nos tocamos la cara más de cuatrocientas veces al día —apunta Scott—. Las manos están muy manchadas, y también los pies. En cambio, en el resto del cuerpo hay menos manchas que reaccionen a la luz debido a que vamos vestidos. Pero lo importante que quiero ver está detrás. Si mis sospechas son ciertas y el asesino no se cubrió las manos, encontraremos algo.

Con extremo cuidado, pues mover una momia es demasiado arriesgado —el cuerpo disecado puede quebrarse a la mínima—, Scott la voltea y la pone boca abajo. El cuello parece sufrir pequeñas roturas, ya que la cabeza apoya antes que el resto del tórax y la carga de su propio peso en esta posición hace que se deforme.

Al pasar la luz verde, la cosa cambia bastante. Las marcas que reaccionan al neón han disminuido considerablemente por razones obvias: uno mismo no alcanza a tocarse detrás, o no lo hace tan a menudo. Tan solo hay sutiles señales que indican tenues roces, sobre todo donde un día estuvieron los cuádriceps, y en la nuca. Pero la gran sorpresa, tal y como imaginaba Scott, aparece en la parte alta de la espalda.

La luz estroboscópica descubre sobre los omoplatos de la momia unas manos de palmas abiertas perfectamente dibujadas, que se extienden desde el inicio de los brazos hasta la nuca. Unas manos enormes, exageradamente grandes. Otra prueba que coincide con el testimonio de la consciencia de Margaret.

Ante la reveladora imagen, Blake y Scott enmudecen, hasta que el detective rompe el silencio:

—¡Son gigantes!

—Sí lo son.

El forense enfoca de nuevo el puntero láser de su forearmphone para registrar la imagen y obtener sus medidas exactas.

—¡Scotty, eres el mejor! Seguro que de aquí sacamos algo —exclama Blake animado—. Aunque supongo que me tengo que olvidar de las huellas, ¿no?

—Por supuesto, después de tantos años… Como te he explicado, la estefacita solo muestra las marcas de contacto que mantuvo con otra piel humana.

—Entonces… ¿ahora qué?

Scott saca sus propias conclusiones al mismo tiempo que dedica su atención a los datos que le muestra su forearmphone.

—Otra vez confirmamos la forma en la que fue ahogada —responde.

—¿Seguro que no se trata de unas manos que han resbalado o se han desplazado estando apoyadas, y por eso parece que tengan ese tamaño? Me cuesta creer que alguien pueda tener unas manoplas así.

—No, no. Seguro que no. Mira lo intenso y nítido que es su reflejo. —Scott coge de nuevo el neón y lo acerca—. Son unas manos muy grandes; según mi forearmphone, veintiocho centímetros desde la muñeca hasta la punta del dedo índice. Por eso estamos de suerte. Sin duda corresponden a alguien muy alto.

—¿Por eso estamos de suerte? ¿Cómo de alto?

—Muy alto. Mucho más alto que la gente más alta con la que te cruzas diariamente. ¿Te acuerdas de Aboubacar Salth?

—Sí. No me jodas. ¿Hablas del gen +1?

—Sí. Por eso estamos de suerte, porque estas manos son de una persona con el gen +1, un portador.

El mítico jugador de baloncesto Aboubacar Salth pulverizó todos los récords de la CBA. Batió a leyendas como Shepard Straus, y a Michael Jordan de la antigua NBA. Su juego, sus logros y proezas se debieron a su extrema altura y corpulencia, medía treinta centímetros más que los jugadores más altos de todos los tiempos. No solo será recordado por lo que hacía en la cancha, sino también por ser el primer personaje popular en el que se encontró el gen +1.

La ciencia vaticina que en el año 2300 todos los humanos serán portadores del gen +1.

Tras hacer dos pruebas más que no aportan nada nuevo, Scott vuelve a meter en la bolsa la momia de Margaret. Esta vez pide ayuda a Blake. El cuello se ha debilitado mucho al ponerlo boca abajo, se han roto muchas de sus fibras y teme que pueda desprenderse la cabeza si lo hace solo. Por fin cierra la cremallera.

Capítulo 25

Las galerías de difuntos vuelven a quedar bajo sus pies. Marc camina junto a Scott y Blake, atravesando el gran vestíbulo de Inmemorian hacia la salida.

Acaban de ponerle en antecedentes sobre los resultados del examen forense y le han preguntado si recuerda a alguien tan alto que hubiera tenido relación con su tía en el pasado. Marc se esfuerza en recordar, pero no le llega nada. En cambio, aparece ante él la otra cuestión que desde hace días le preocupa. La posibilidad de que la consciencia de su tía sea capaz de sentir realmente.

Por mucho que le cueste, Marc siempre acaba adaptándose. Ha quedado constancia de ello a lo largo de su vida. Se recompuso pronto cuando de niño la muerte se sentó a su lado para robarle lo que más quería, su madre. La infancia se le acabó cuando el alcohol transformó a su padre en otra cosa, pero supo vivir con ello. Se atrevió a empezar de cero cuando se marchó a vivir con su tía. Más tarde, tras perder el único pilar de apoyo que le quedaba, a Margaret, volvió a demostrar que no necesitaba mucho tiempo para curar sus heridas. Sufrió lo indecible durante todos esos acontecimientos, pero su flexibilidad para aceptar y amoldarse a los cambios, por fatales que sean, siempre le ha ayudado en la vida a continuar.

Ha necesitado pocos días para adaptarse, una vez más, a una manera de vivir nueva, con la consciencia de Margaret a su lado.

A diferencia de los acontecimientos anteriores, esto ha sido positivo. No obstante, algo no encaja, no termina de convencerle. El hecho de que su tía manifieste tener sentimientos le deja fuera de juego. ¿Estará pasándolo mal? ¿Puede sufrir? ¿Está más viva de lo que él cree? Quiere liberarse de todas estas preguntas que ocupan su cabeza, por eso pensó que sería buena idea aprovechar la visita a Inmemorian para hablar de ello con Scott, uno de sus trabajadores. Y decide hacerlo antes de abandonar el complejo. Quiere despejar todas sus dudas.

—Antes de marcharnos me gustaría consultarte algo —anuncia Marc.

—Dime. Trataré de ayudarte —responde el forense a escasos metros de la salida.

El detective mira a Marc intrigado, sin hacerse una idea de qué es lo que va a salir por su boca.

—Si una consciencia de Inmemorian pudiera sentir realmente, ¿cómo podríamos saberlo?

—Intuyo que me preguntas esto por un caso concreto.

—Al hombre le preocupa la consciencia de su tía —interrumpe Blake haciendo uso de sus buenos modales—. Yo ya me sé esa historia. Esperaré fuera, si no os importa; cada vez que entro aquí se me carga la cabeza.

Blake sale del edificio. Scott y Marc se quedan hablando dentro, apartados para no obstaculizar el paso a los demás usuarios.

—Te puedo asegurar que las consciencias no tienen sentimientos como los tenemos tú y yo. No están programadas para ello.

Sin embargo, Marc no queda convencido e insiste, le cuenta las cosas que ha vivido estos últimos días, las reacciones y los comportamientos de Margaret, el episodio de agobio que pareció experimentar su tía en el momento en que cargó la consciencia en la IA del apartamento, e incluso las dos veces en las que ha encendido a Creta sin desvelarle por qué.

—La interacción que ha tenido con tu sexpartner me deja un poco fuera de juego, nunca había escuchado nada parecido. Pero te aseguro que las consciencias no sienten emociones, sino que solo lo fingen. Simulan las más convincentes de las imitaciones. A ver… Yo no soy programador, no trabajo directamente con las consciencias, por lo tanto no puedo profundizar más en el tema, solo soy médico forense. Pero he aprendido mucho de amigos y compañeros programadores que trabajan aquí. ¿De quién es la vivienda en la que está cargada la consciencia?

—El apartamento es mío. Bueno… era de ella antes, y me lo dejó a mí.

—A veces al cargar la consciencia en un lugar que estuvo relacionado con su vida, o que le traiga recuerdos, provoca este tipo de reacciones. Seguramente este sea el motivo de sus extraños comportamientos. —Marc asiente—. Esto puede solucionarse de dos maneras, siempre que quieras mantener la consciencia activa, claro. Si no, te bastaría con apagarla. Una forma sería desconectarla solo del módulo Sphapta, el que lo une con la domótica de la vivienda. De este modo seguiría estando en tu apartamento, pero no tendría acceso a nada. Tu hogar restauraría su antigua IA para su perfecto funcionamiento. Lo peor que podría hacerte sería insultarte.

—Si no es eso… Margaret no me trata mal, al contrario.

—Pues, como te he dicho, en este caso seguirá todo igual. Siendo consciente de sí misma. Sería como tener el querytorium en marcha las veinticuatro horas en casa.

—¿Y la otra solución?

—Cargando la consciencia en otro lugar. Aunque debo advertirte que, si lo haces, perderás la garantía de Inmemorian, y si se desajusta, se desprograma o se borra, la perderás para siempre. Un buen programador podría cargarla en cualquier aparato dotado con IA.

»En ambos casos desaparecerá ese lazo con la casa, con su vida pasada, que en ocasiones los confunde, y funcionará con normalidad.

Como las consciencias del querytorium. Dejará de actuar como si de verdad pudiera sentir.

—Me gusta más la segunda solución, pero… ¿en qué tipo de aparato la podría cargar?

Scott se arrima a Marc y junta su dispositivo con el de él para transferirle la stay web de una tienda donde venden todo tipo de robots domésticos, aptos para transferir la consciencia de su tía. De paso, intercambian sus contactos.

—Date un paseo por aquí, encontrarás buenas opciones a precios especiales.

Marc parece haber quedado convencido. Le agradece a Scott el trato y la información. Salen a la calle. Después de tanto tiempo en el edificio de la muerte, él también necesita tomar el aire. Al pie del monolito, Marc y Blake se despiden del forense.

Ahora que todo se resume en unas manos tan grandes, que solo pueden pertenecer a un portador, una persona con el gen +1, se inicia una nueva fase de la investigación.

Capítulo 26

Domingo, 7 de febrero de 2094

El detective llega al Aquarium. Marc no le acompaña, le ha pedido que no pasara a recogerle. Tiene un asunto pendiente. Tras otra pelea verbal de lo más entretenida con la IA de acceso, en la que le ha intentado explicar que no necesita nada de lo que le ofrece, ni gorro de baño, ni toalla, ni aletas… que no viene a nadar, camina a paso ligero hacia donde sabe que encontrará a Harvey, el controlador de anomalías. Pero no está allí.

Harvey sale del baño y cruza todo el pabellón dispuesto a afrontar con ánimo el resto de su jornada. A esas horas tan solo hay una veintena de usuarios en la piscina. Saca un café de la máquina del pasillo y con él en la mano regresa a su puesto. Para su sorpresa, Blake está sentado en su sitio, manipulando su sistema de control.

—¿Qué haces aquí? ¿Cómo…?

—He encontrado la puerta entreabierta. ¿Dónde estabas? ¿Me has traído café? —El rostro de Blake transmite agobio. Aunque busca algo en aquellos hologramas, no lo encuentra—. Necesito ver los perfiles de los inscritos en octubre del 88, el mes que murió Margaret. —Se levanta rápidamente y le indica que ocupe su silla para que busque esa información para él.

—Podías haber esperado en la puerta a que volviera, o haberte sentado sin tocar nada, al menos —le recrimina Harvey—. Como hayas desconfigurado algo…

—No digas chorradas. No he tocado nada importante. Venga, que tengo prisa.

Blake le roba el vaso de café y bebe un gran sorbo. Harvey arquea las cejas.

Dos minutos más tarde, después de ordenar toda la información virtual que Blake ha desordenado, Harvey maximiza un único holograma frente al detective. Le muestra una lista de ciento ochenta y dos usuarios, con sus rostros en pequeñas imágenes junto a los nombres.

—Necesito ver sus datos —exige Blake.

—No hay problema. Entrando en cada uno de ellos se ven. Puedes hacerlo mientras yo sigo trabajando —dice Harvey con desgana. Le hace una pequeña demostración con el primero de la lista.

—Pero… ¿tengo que hacerlo de uno en uno? —se queja el detective.

—¿Cómo?

Harvey no comprende qué pretende ese tipo, qué es lo que busca. Por su parte, Blake está completamente seguro de que el hombre que tiene al lado no podría estar involucrado en el asunto, por ese motivo, aunque no se fía de nadie al cien por cien, se arriesga revelándole su propósito:

—Estoy buscando a los usuarios más altos que estuvieron inscritos en octubre.

—Haber empezado por ahí. En los datos de cada uno tenemos su talla y su altura, para el tema de los trajes de baño. Puedo filtrarlos para que nos aparezcan los más altos.

Blake respira aliviado. No le atraía mucho la idea de tener que revisar cada uno de los perfiles individualmente.

Harvey introduce un par de comandos en su forearmphone y el holograma que tienen enfrente actualiza sus datos. Aparece una lista nueva que muestra tan solo las fichas de tres usuarios que miden más de dos metros veinte.

—Estos son los tres más altos que nadaban aquí en el mes del suceso. ¿Uno de ellos fue el asesino?

—No lo sé.

—Tenemos a Fran Cage, con dos metros veintiséis; Fabio Casagrande, con dos treinta y tres, y Fox Pina, con una altura de dos veinte.

—¿Alguno de ellos es un portador?

—¡No! Nunca ha venido un gen +1 a nadar aquí.

—Eso habrá que verlo —dice el detective dubitativo.

—Fabio Casagrande es el único de los tres que sigue inscrito. Es más, creo… —Harvey se acerca a la holovisión que muestra la imagen principal de la piscina en tiempo real.

—¿Qué crees? —pregunta Blake impaciente.

—Creo que está en el agua en estos momentos —dice Harvey—. Es ese del gorro verde. —Y señala a uno de los nadadores de la imagen.

Blake se levanta del asiento en media fracción de segundo, y sin pronunciar nada más, sale por la puerta igual de rápido. Blake es de esos a los que no les gusta perder el tiempo. Aunque no está para nada convencido de que el hombre que busca esté entre esos tres usuarios, se propone entrevistarse al menos con Fabio Casagrande, el más alto de los que muestra la lista. La mirada del detective desvela que se dirige hacia un nuevo objetivo.

—Oye, espera un momento… ¿Adónde vas? ¿Él es el asesino?

Harvey entiende que el detective va directo hacia Fabio Casagrande, y preocupado por lo que pueda hacer, por lo que pueda suceder en el Aquarium, sale tras él sin pensarlo dos veces.

La presencia de ambos en la piscina, sobre todo el peculiar atuendo de Blake, llama la atención de los allí presentes. Varios usuarios que están fuera del agua le miran extrañados y sorprendidos por su actitud, y también por las intenciones que manifiestan sus andares decididos. En cambio, dentro de la piscina nadie se percata. Fabio Casagrande sigue nadando por la calle uno, la más próxima al borde al que Blake se acerca peligrosamente.

El detective se arrodilla justo al llegar al borde de la piscina e interrumpe el entrenamiento de Casagrande, que desconoce por qué ese desconocido le está molestando. Pero Blake se adelanta a la reacción del nadador.

—¡Tú! ¡Sal del agua!

Casagrande no entiende nada. Su nivel de confusión aumenta al ver que un hombre con sombrero y un chaquetón extraño le mira fijamente. Durante unos segundos no sabe qué decir, cómo reaccionar, si ese tipo es peligroso, si debe protegerse de él… Alejándose sutilmente del borde, y tomando cierta distancia de Blake por si acaso, pregunta:

—¿Quién eres? ¿Qué quieres de mí?

—¿Fabio Casagrande?

—Sí.

—Soy de la policía. Sal del agua, quiero hablar contigo.

Blake lo aleja de las miradas indiscretas de los demás usuarios dirigiéndolo hacia uno de los vestuarios.

—¿Es necesario que me veas sin ropa? ¿Puedes decirme qué ocurre? —pregunta justo antes de quitarse el bañador.

—Todavía no. Cuando te vistas, hablaremos.

A pesar de las protestas del nadador, Blake sigue mirándole descaradamente. En cambio, Harvey, que aún acompaña al detective, desvía la mirada hacia otro lado respetuosamente. Ninguno de los dos se separa de Casagrande mientras este se cambia de ropa, lo cual le intimida bastante, ya que Blake no le quita la vista de encima, escudriñando su cuerpo desnudo sin pudor. Lejos de disfrutar con la situación, al detective lo que realmente le interesa son los detalles de su fisonomía y las características que pueden definirlo como portador del gen +1. Aunque ve que es alto, un portador lo sería aún más. Tampoco cree que sus manos correspondan a las marcas que la estefacita ha desvelado. Son grandes, pero no tanto.

Blake inicia la entrevista en la zona de trabajo de Harvey, sin importarle su presencia.

—¿Qué tal?

—¿Cómo que qué tal? —responde Casagrande confuso, sin entender a qué juega Blake.

—¿Te imaginas de qué quiero hablar contigo?

—Pues no.

—Te doy una pista, tiene que ver con el Aquarium.

Casagrande mueve la cabeza de lado a lado y se encoge de hombros.

—Sé que llevas muchos años nadando aquí. ¿Conocías a Margaret Hadley?

—Ahora mismo no caigo quién...

—La mujer que se ahogó hace seis años.

—Ah, ya sé...

—Claro, ya sabes... —repite Blake imitándolo. Casagrande gesticula exageradamente y mueve mucho la cabeza cada vez que habla—. Pues resulta que no se ahogó, que la ahogaron. ¿Qué me dices al respecto?

—¿La ahogaron? No lo sabía.

—Exacto. —Blake le observa en silencio.

—¿Y qué quieres que te diga?

El detective se fija con atención en su mirada.

—Entonces... la conocías.

—Sí, pero solo de vista. Nunca llegamos a hablar, pero parecía buena persona.

—¿Puedes enseñarme tus manos?

Casagrande se las muestra con mirada de no entender nada de nada. Blake confirma lo que ya ha observado en el vestuario: no son tan grandes.

—Oye, ¿en serio este es policía? ¿Ahora visten así? —pregunta Casagrande dirigiéndose a Harvey, que asiente con desgana y desilusionado.

—Te voy a decir por qué estamos hablando tú y yo —prosigue Blake—. Resulta que quien asesinó a Margaret era un hombre muy alto, como tú, tenía las manos grandes, como las tuyas, y nadaba en el Aquarium. —Sabe que esto último no tenía por qué ser así, pues alguien de fuera también habría podido colarse de algún modo para hacer la faena. Pero fiel a su estilo de interrogar, causando controversias en las mentes de los demás, presión, y mintiendo si lo cree necesario, prosigue—: Cuéntame algo que me convenza, o me quite de la cabeza la idea de que tú puedes ser el autor del crimen.

—Pero ¿qué estás diciendo? Yo no he hecho nada, y si sigues acusándome de algo que no he hecho, te demandaré.

—No te estoy acusando. ¿Yo le he acusado de algo? —dice Blake, volviéndose hacia Harvey—. Me parece que te has puesto nervioso, y que no tienes nada que te exculpe.

—¡Pues claro que estoy nervioso! Primero me sacas del agua y después me acusas de matar a una mujer que apenas conocía. Y claro que no tengo nada que me exculpe, ha pasado mucho tiempo. ¿Cómo voy a acordarme, por ejemplo, de lo que estaba haciendo ese día, ese momento? Pero tú tampoco tienes nada para inculparme, así que si nuestra conversación va a seguir esta línea, permíteme que me levante y me vaya.

—Espera un momento. —Blake reacciona ahora con un tono más amable—. ¿Conocías a un tal Mathew, otro usuario de la piscina?

—Sí, claro. ¿Cómo no acordarse de él? Siempre la estaba liando.

—¿Crees que pudo ser capaz de matar a Margaret Hadley?

—¿Mathew? No, no creo. Siempre lo he tenido por uno de esos que ladran mucho pero luego no muerden a nadie. Sin embargo... ¿no habías dicho que el asesino era una persona alta? Mathew no es precisamente alto.

Blake resopla, se acaba de dar cuenta de que su pequeña lista de sospechosos se ha ido al garete desde que Scott ha hecho el análisis de la estefacita. No sabe ni por qué le ha preguntado por Mathew; lo ha hecho casi de manera automática. Por primera vez desde que empezó con el caso, se siente perdido. Y más ahora, que acaba de darse cuenta de que es casi como empezar de cero. Espera, al menos, que alguno de los datos con los que cuenta le sirva de algo.

Sabe que no tiene sentido continuar y deja que Casagrande se marche. Desde el primer momento, incluso antes de verlo en persona, sabía que difícilmente tendría algo que ver con el asesinato. A pesar de sus dos metros y treinta y tres centímetros de altura, no es tan alto como para ser poseedor del gen +1; ni siquiera se ha molestado en preguntárselo directamente. Sus manos tampoco son exageradamente grandes. Además, lo lógico sería que el asesino hubiera dejado de ir a nadar al Aquarium tras su crimen. Únicamente ha hablado con él para quedarse tranquilo, porque quería descartarlo para poder continuar con la investigación.

Blake y Harvey vuelven a estar solos en la pequeña sala de trabajo del controlador.

—Por cierto... —dice el detective—, ¿se registra de algún modo la entrada de personas no inscritas? Tuvo que ser alguien de fuera, o alguien que compró un pase eventual ese día.

—No.

—Bueno... Tendréis en algún lugar información de los pases que se venden y de quién los compra, ¿no?

—Me temo que no.

Y con esa negativa, consciente de que por el momento no puede rascar más información allí, Blake se marcha del Aquarium frustrado. Llega a la conclusión de que solo la IA de acceso, de haber estado programada para ello, podría haber recogido información de la visita del autor del crimen, y no es el caso. Un usuario podía ir a diario, pedir siempre lo mismo, y lo recibiría con las mismas preguntas. Carecía de programación de reconocimiento. Si la IA hubiera tenido recuerdos de la gente que entraba, por mucho que le molestara, Blake habría hecho el esfuerzo de entrevistarla para intentar averiguar quién entró ese día con un pase eventual. Pero ni se lo plantea: sabe que ese programa informático es muy limitado y que no está preparado para salir de los estándares de la conversación para los que ha sido diseñado. Una «inteligencia artificial sin inteligencia», así las denomina Blake.

El problema de todo radica en que ha pasado mucho tiempo desde el asesinato. El detective prefiere pensar que, si hubiera investigado el caso en su momento, o pasados unos meses, ya habría dado con el asesino. Tiene plena confianza en sí mismo, pero el tiempo transcurrido es lo que se lo está poniendo difícil.

Capítulo 27

Blake camina varios pasos sobre la calzada magnética del aparcamiento del Aquarium. Tiene un mal presagio y se detiene en seco. Donde debería estar el vehículo policial hay un hueco. Se siente vulnerable, imagina lo que sucede. Desanda cada uno de los pasos que ha dado para resguardarse de nuevo en el Aquarium. Sus compañeros de la policía le han confiscado el Ford Bremo. No ha podido suceder de otro modo. El sistema antirrobo de un vehículo patrulla es infranqueable e indestructible. Sus compañeros deben de estar cerca, sabe que le observan, pues le parece muy extraño que solo hayan venido por el vehículo. El detective sigue retrocediendo mientras escudriña a su alrededor. Se siente presa de los que sabe que en cualquier momento van a detenerle. Y así sucede. Antes de que Blake pueda entrar de nuevo en las instalaciones, las puertas de dos vehículos usuales, que simulaban estar estacionados en el aparcamiento, se abren. Un total de seis agentes salen a toda prisa y lo rodean. Conocen muy bien a Blake. Saben que si se lo propone, podría escapar. Por eso dos de ellos le apuntan con sus armas paralizadoras. No se fían un pelo de él, de su comportamiento espontáneo. En cambio, el detective no opone resistencia. Es detenido y trasladado a comisaría.

—¿De verdad es necesario tenerme en esta mesa de mierda y maniatado? ¿No podemos hablar tranquilos en tu despacho? —recrimina Blake al verse en el mismo lugar donde tantas otras veces ha estado con sus interrogados.

—¿De verdad era necesario robar el Ford, que destrozaras el sistema de rastreo y bloquearas mis llamadas? —responde Harry Horn de igual forma—. ¿En qué andas metido?

—No es asunto tuyo. Hago lo que me da la gana. Estoy de vacaciones, ¿recuerdas?

La sala en la que se desarrolla el interrogatorio está oscura y fría. La mesa metálica donde descansan sus manos unidas por manimanes de seguridad está sucia y polvorienta.

—Tengo al jefe de departamento, Morthy, por las nubes desde que te llevaste el vehículo, y ahora quiere echarte del cuerpo para siempre. ¿Sabes?, no voy a oponer mucha resistencia si no me cuentas qué andas buscando —dice a pesar de que la decisión de prescindir del agente Ron Blake ya está tomada.

—No busco nada.

—¡No me mientas! Te vi con ese hombre que vino contando que la consciencia de su tía le confesó que fue asesinada. Y todos hemos visto que has seguido con él. Te hemos estado vigilando. Es eso, ¿verdad? ¡Tratas de resolver ese caso! —Harry Horn pregunta y asegura al mismo tiempo de manera acusadora—. Como se entere Morthy estás liquidado. Así que habla.

—¡No me vengas con amenazas! ¡Haz lo que tengas que hacer y deja de excusarte con Morthy! —Blake se levanta violentamente y su silla se vuelca hacia atrás—. Que si Morthy ha dicho esto… Que si Morthy se enfada… Que si Morthy lo otro… ¡Estoy harto! ¡Y quítame estos manimanes ya, joder! ¿Quién coño me los ha apretado tanto?

—¿Sabes, Blake? Un delincuente con placa es más peligroso que uno sin ella.

—¿Lo dices por mí? ¿Yo soy ese delincuente? —Lo mira desafiante.

—Hace dos días disparaste varias veces dentro de la casa de un tal Timothée Caine, amenazándole de muerte para obtener información. Ni puedes hacer eso, ni puedes llevar encima esa pistola tuya, te lo he dicho mil veces. Y lo más gracioso es que lo sabes, sabes que es ilegal todo lo que haces. Blake, últimamente no te reconozco.

El detective no responde. Cansado de estar de pie, sin silla en la que poder sentarse, le da la espalda al comisario y se sienta sobre la mesa. Harry Horn se ve obligado a caminar para que su imagen quede otra vez frente a él.

—¿Sabes? Llevaba mucho tiempo sin interrogar a nadie. De eso se encargan otros. Solo casos extremadamente importantes han hecho que muestre mi imagen en esta sala durante los últimos años, y creo...

—Así estás de gordo, si pasearas más a menudo... —le interrumpe Blake, y ríe por primera vez desde que ha llegado a comisaría.

Horn hace como que no le ha oído. No le importan las burlas de Blake. Está cansado de ellas y ha aprendido que solo puede combatirlas ignorándolas.

—Mira, Blake... Lo siento, pero voy a encerrarte.

—Tú no sientes nada —le vuelve a interrumpir.

—El juez Robson te ha acusado de robo de un vehículo policial con destrozos, comportamiento violento contra la autoridad, y de amenazas y vejaciones haciendo uso de tu placa policial. Van a quitarte la licencia. Has conseguido que te echen. Hoy mismo van a redactar la petición. Como sabes, el proceso dura unos tres días. Así que, pasado ese tiempo, te retirarán la placa y los privilegios de tu forearmphone. En el fondo, me da lástima cómo lo has echado todo a perder en estos últimos meses. Eras el mejor.

En ese momento, si no fuera porque sabe que Harry Horn no está realmente en la sala, descargaría toda su rabia contra él. El comisario hubiera pagado el gran enfado y frustración de Blake, un sentimiento que ha empezado a ser importante desde que le han apartado de su chaqueta y su sombrero. Pero eso no ocurre. El todavía detective, al menos por tres días, suspira profundamente. Intenta calmarse, pensar. Se encuentra en una de las peores situaciones que recuerda en los últimos años.

—A continuación, los compañeros te llevarán al vehículo que tenemos preparado para trasladarte al centro penitenciario de Thompson Island. Espero que volvamos a vernos. —La recreación virtual de Harry Horn se volatiliza.

En ese preciso instante, Phill y Teodorus, antiguos compañeros de Blake, entran en la sala.

—Mi ropa, no me iré sin mi ropa —exige Blake nada más verlos.

—Solo hemos podido recuperar tu sombrero, lo tenemos en el vehículo —dice Phill, amigo del detective, además de compañero—. Sabía que te gustaría conservarlo.

—¿Y la chaqueta por qué no?

—Quieren examinarla, han encontrado en ella unos extraños frasquitos azules. No saben lo que son.

—¡Mierda! —exclama Blake.

Cabizbajo, sigue lamentándose para sus adentros. Se acaba de dar cuenta de que no solo ha perdido su estimado chaquetón, sino que acaba de poner en peligro el negocio de su amiga Soda, y a ella misma.

—Ron, sentimos mucho tener que hacer esto. Pero debes acompañarnos.

Ahora que ha encontrado una pista sólida, que sabe que el hombre que busca es un portador, la cárcel se interpone en la resolución del caso. Si el trayecto que le quedaba prometía ser largo y tedioso, ahora todavía lo va a ser más. Quizá no consiga salir de esta, ni tampoco descubrir quién mató a Margaret Hadley. Sin embargo,

Blake prefiere pensar en la primera opción. Ni tan siquiera a escasos minutos de ingresar en Thompson Island se da por vencido ni aleja sus pensamientos principales de la investigación en la que considera seguir trabajando. Su empecinamiento es lo que lo ha convertido siempre en el mejor detective de Boston. Quiere evitar a toda costa tener que abandonar un caso tan especial, con el que quiere demostrar que la policía debería comenzar a tener en cuenta los testimonios de las consciencias de Inmemorian.

Mientras lo trasladan, solo piensa en cómo va a solucionarlo todo, y consigue idear un nuevo plan. Pobre y sin garra, pero es la única forma de seguir adelante. Para ello, debe hablar cuanto antes con Marc. El tiempo es oro a partir de ahora.

Capítulo 28

«Pero... que se me parezca, ¿eh?». Esa fue la propuesta de Margaret tras escuchar de su sobrino sus nuevas intenciones, y mantener un extenso debate con ella sobre el tema. Bueno, también le dijo que, si podía ser, quería estar en un robot atlético y fuerte. Pero la realidad que Marc se encuentra es muy distinta.

Se tumba en el sofá y se conecta a la stay web que Scott le pasó vía forearmphone. Tras pasearse en un primer momento por la sección premium y encontrarse ante los aparatos más caros y sofisticados, decide bajar varios niveles en esa web comercial. Sin embargo, las decenas de aparatos y robots que se ajustan a su presupuesto, que se presentan ante él en esas plantas, no se aproximan nada a las peticiones de su tía, ni tan siquiera a sus propias expectativas.

A diferencia de los centros comerciales de antaño, en los que uno podía pararse frente a un escaparate que llamase su atención, allí no hay ninguno. Los productos te alcanzan uno a uno, se acercan a ti y te muestran sus funciones y cualidades.

Ante él aparecen los modelos más económicos, como, por ejemplo, un robot humanoide blanco y azul de medio cuerpo, que se sustenta sobre un bloque y que utiliza unas cintas de oruga para desplazarse; o bien aparatos que incluso no podrían definirse como robots. Como el Bavasar 2, que tan solo es una pequeña plataforma plana y fina que proyecta sobre ella, en modo de recreación virtual, cualquiera de los quinientos perfiles de personajes famosos y ciento veinte muñecos infantiles que guarda en su base de datos. Se mueve sobre unas pequeñas ruedas siempre que el terreno se lo permite, y cuando este es demasiado irregular, activa sus cuatro diminutas hélices para convertirse en un pequeño dron, que nunca se despega del suelo más de cinco centímetros, para evitar que la altura de sus recreaciones virtuales disten demasiado del personaje real.

Marc sigue viendo modelos de lo más variopintos. Máquinas del hogar que apenas se parecen a una persona, robots con aspecto animal, incluso diminutos insectos robot. Pero no queda satisfecho con ninguno de ellos y cierra la conexión.

—¿Lo tienes ya? —pregunta Margaret, de lo más animada al ver que su sobrino se pone en pie.

—No. Verás… Ninguno es lo que buscamos.

—Oh, vaya —se lamenta su tía—. ¿Y por qué no me cargas en Fin?

—¿En Fin? ¿En serio? ¿En esa vieja chatarra? Lleva apagada desde que nos mudamos aquí.

Pierre trabaja como programador informático y de IA. Varias veces al mes visita Force 4, la empresa en la que trabaja Marc, para poner a punto su cadena de montaje, robots y sistemas inteligentes. Es de esos tipos amables, de mirada inocente, que muestra su confianza y ayuda a todo el mundo desde el primer momento. Marc tiene suerte de llevarse tan bien con él. Además de compañeros, pueden considerarse amigos; aunque el mérito de ello recaiga sobre Pierre, que puso todo de su parte desde el día en que se conocieron, a pesar de encontrarse una y otra vez con la coraza antisocial de Marc. Frente a la agradable personalidad de Pierre, Marc no pudo mantener en alto la suya, tan diferente, durante mucho tiempo, y de ahí surgió una bonita y sana relación.

A pesar de tener ese fuerte vínculo, no se ha prolongado más allá de la jornada laboral. Nunca han tenido ningún tipo de encuentro fuera del trabajo, ni siquiera han establecido contacto vía forearmphone. Por eso Pierre se sorprende al recibir una llamada de Marc invitándole a su casa, en la que además le dice que precisa de su ayuda para transferir la consciencia de su difunta tía del apartamento a un robot. Ni siquiera había oído que su tía hubiera fallecido. Marc se ve obligado a ponerle al día, sin desvelar nada sobre el asesinato y la investigación.

—¿Cómo llevas las vacaciones? —pregunta Pierre nada más entrar en el apartamento.

—Bien —responde Marc fríamente.

—¿Descansando?

—No mucho, pero tratando de aprovechar el tiempo. —Como no se le ocurre nada mejor que decir, opta por ir al grano—: Este es el robot del que te he hablado.

—¡Guau! Este androide es una reliquia. Trabajo todos los días con robots y hace muchos años que no me encuentro un ejemplar semejante. Solo los primeros los fabricaron con piernas.

—Es Fin. Bueno… se llamaba Fin.

—¿Funciona?

—Está un poco oxidado, pero funciona a la perfección.

—Creía que no volvería a ver uno de estos. ¿Sabes lo que vale en el mercado? Podrías sacar más de cincuenta mil reis si lo vendieras en Willow Square.

—No me interesa. Lo que quiero es pasarle la consciencia de mi tía.

Tras asegurarse de que Fin funciona a la perfección, de que su IA está en estado óptimo y de que la consciencia de Margaret está preparada para la desconexión, Pierre inicia su trabajo.

Desde que el programador informático ha entrado en el apartamento, Margaret permanece presente, pero en silencio. El extraño cúmulo de sensaciones que la han acompañado desde que fue cargada en el apartamento se apaga. Margaret queda sumida en la más profunda oscuridad. Una negrura tan espesa que le hace creer que se halla en el epicentro de la nada absoluta, que la convence de que su consciencia no está más viva que su cuerpo.

Ante el silencio que deja la marcha de Margaret, el alma de Marc vuelve a sentirse abandonada. Sus miedos e inseguridades le llaman, esperan, le rodean para devorar de nuevo sus entrañas. Si su tía no vuelve, no tendrán piedad de él.

En cuestión de segundos, como si únicamente se hubiera tratado de una siesta muy breve, Margaret despierta. No ve nada, de momento solo puede escuchar, está incapacitada para todo lo demás. No obstante, percibe un cambio: no se encuentra en el mismo lugar. Por primera vez no siente el peso de la casa sobre sus espaldas. Todavía sumida en la oscuridad, poco a poco le llegan los recuerdos almacenados, hasta que los recupera al cien por cien. Tan solo han pasado tres minutos y ya puede hablar.

—¿Marc? —Su voz ha cambiado. Sigue siendo la misma, pero ahora con un timbre metálico.

—Marge, ¿cómo te encuentras?

—Bien, me siento bien —responde. Percibe que las sensaciones han disminuido al despertar.

Se esfuerza, intenta percibir su entorno. Su vista se activa, tras unos segundos se agudiza y consigue ver más allá de su entorno más próximo. Las paredes, el mobiliario, el salón… Tiene una perspectiva muy diferente del apartamento respecto a la que ha tenido estos últimos días, mucho más esperanzadora. Lo analiza todo. Al observarse a sí misma se acuerda de Fin. Prueba a mover un brazo, y luego el otro. Su cuerpo responde, se siente bien. Decide dar el primer paso. Y tras hacerlo y salir victoriosa, se anima a caminar.

Cada acción genera nuevos datos en el forearmphone de Pierre, desde donde está supervisando que la transferencia y el reinicio de consciencia se haya realizado correctamente. Mientras tanto, Marc permanece atento a la parte física, a cada movimiento de su tía, y de que no tropiece. Margaret descubre que puede moverse con total libertad, que ya no hay obstáculos, que por primera vez desde que su vida se apagó vuelve a ocupar un lugar físico en el mundo. Camina por el salón como lo hacía en vida, aunque con el añadido del ruido mecánico y los estridentes chirridos que producen con cada paso sus oxidadas articulaciones. No será tarea fácil acostumbrarse a su nuevo cuerpo; no obstante, resulta mucho mejor que estar en ninguna parte, o escondida entre las paredes de una casa.

El robot antes denominado Fin y que ahora recibe el nombre de Margaret está construido con aluminio aeronáutico, el mejor acero americano de los años cuarenta, y con diversas carcasas de grafeak que protegen las zonas más delicadas de su cuerpo. Tiene una altura de 1,65 metros. Las cuencas profundas de sus ojos se iluminan con leds azules. Está equipado con un avanzado y preciso sistema de visión, cámaras estéreo, sensores de movimiento y de presión. Un sistema inteligente de mediados de siglo que puede programarse para trabajos muy precisos y que una consciencia de Inmemorian sería capaz de potenciar al máximo, dentro de las posibilidades de la máquina. A pesar de que sus manos están equipadas con múltiples mecanismos y articulaciones que le otorgan capacidades motrices muy finas, sus extremidades apenas poseen un total de veinticinco grados de libertad, lo que le hace desplazarse con mucha menos fluidez que un humano. Camina torpemente. Como robot doméstico seguiría cumpliendo hoy en día las expectativas. Ahora habrá que ver cómo se desenvuelve en la vida real, fuera del apartamento. A Marc le asaltan las primeras dudas al respecto al ver la forma en la que se mueve.

La nueva existencia de Margaret, si se le puede llamar así, acaba de perder todas las garantías como producto de Inmemorian frente a cualquier desajuste o contratiempo. A pesar de que los materiales del nuevo medio físico que le da sustento son mucho más fuertes que los que mantienen en pie a cualquier persona, ahora Margaret es incluso más frágil que un bebé.

Capítulo 29

En la celda adyacente, separada tan solo mediante una fila de barrotes, paga penitencia un hombre raquítico, desnutrido, de tez blanquecina y arrugada, sin pelo en la cabeza, pero con una frondosa barba grisácea. Arroth, que así se llama el hombre sin camiseta, duerme plácidamente sobre su cama hasta que Blake decide despertarle golpeando las barras de acero que los separan.

—Sabía que no me duraría mucho la tranquilidad de estar solo. —Se esfuerza al máximo para tratar de ponerse en pie mientras señala a Blake amenazante—. Te voy a decir lo mismo que les digo a todos los que pasan por aquí. Llevo en esta celda veinticinco años, me importa bien poco quién seas, qué hayas hecho en la calle, a cuántos hayas matado… o el motivo por el que llevas ese ridículo gorro. Si me molestas…

—De gorro nada. Es un borsalino de cuero áspero *in pelle di* conejo fabricado *in la Italia* —le interrumpe Blake con el pésimo acento italiano que suele emplear cuando habla de su borsalino—. Y tiene más de ciento veinte años.

—Pero ¿qué chorradas estás diciendo? Por mí como si ese gorro es de Michael Jackson. Mira… —Se acerca confiado hasta los barrotes—. Que te quede clara una cosa… Puedes hacer lo que quieras en tu celda, como si te la quieres menear tres veces al día.

Me da igual. Pero como me molestes, como me vuelvas a despertar de mis siestas…

—¡Cállate, viejo famélico! ¡Y déjate de tantas normas! —Blake frena de golpe su charlatanería proyectando su placa policial en el aire, y la muestra bien grande para que la vea—. Soy policía. Estoy aquí de incógnito, investigando un asunto interno de la cárcel. Alto secreto —miente añadiendo suspense al asunto—. Y voy a estar aquí contigo una temporada. Así que exigencias, pocas. Las normas las dicto yo. ¿Está claro?

—¿Eres policía?

—Sí, policía, policía, policía —repite Blake desesperado y fuera de sí—. ¡Qué pesado eres! ¿Quién manda aquí entonces?

Por mucho que Arroth pensara, por muchas vueltas que le diera al asunto, nunca podría imaginar la situación real por la que está pasando Blake. Para él, que posea su identificación policial le basta para creerle. No puede dudar de su palabra. Aquello solo puede significar lo que el detective le acaba de decir. Además, hace veinticinco años que no ve a nadie utilizando un forearmphone dentro de la cárcel, ya que a todos los reclusos, menos a los del módulo G, les anulan sus dispositivos nada más ingresar. Verle utilizar su sistema de conectividad allí dentro todavía corrobora más la mentira que Blake se acaba de inventar. Lo que Arroth no sabe es el motivo por el que no ha sido anulado el forearmphone del detective. Ha entrado en ese bloque de celdas de manera provisional, hasta que haya espacio libre en el módulo G, que está reservado para exmiembros de la unidad militar, la defensa espacial y del cuerpo policial.

Blake no aparta su penetrante mirada de Arroth. Este no sabe qué responder, cómo actuar. Se rasca la calva.

—No te he oído. ¿Te ha quedado claro quién manda aquí?

El orgullo de Arroth le incapacita para decir nada.

—Sigo sin oírte. ¿Quién manda aquí? ¿Tú o yo?

—Tú —pronuncia entre dientes.

—Más fuerte. ¿Quién manda?

—¡Joder, tú! Mandas tú.

—Perfecto. Me encanta saber que tienes claro que mando en mi celda y en la tuya. Que las normas las pone el tipo del borsalino italiano. —Blake toca el ala de su sombrero—. Si no te importa, voy a ponerme a trabajar; ahora es a mí a quien le gustaría permanecer en absoluto silencio mientras realizo unas gestiones. Si no, pasaré a tu celda y te estrangularé.

Intimidado por la firmeza con la que Blake se expresa y por su amenazante mirada, Arroth asiente. Se hace mil preguntas sobre el misterioso hombre del sombrero que ha aparecido a su lado sin avisar. No se atreve a decir nada más. Únicamente le mira, mientras Blake, sentado sobre la cama, se dedica a lo suyo.

Capítulo 30

El antebrazo de Marc vibra.

A pesar de que es el detective quien llama vía forearmphone, él se anticipa antes de que el otro diga nada:

—Blake, ¿cómo lo llevas?

—Bueno... ha surgido un problemilla...

—Yo también tengo novedades que contarte —lo interrumpe Marc, dejándose llevar por la emoción del momento.

—¿Novedades? Cuéntame —responde Blake, imaginando que es algún dato nuevo sobre el caso.

—Verás... Cuando estuve hablando con Scott sobre el problema de Margaret...

—¡Ya estamos! —Blake resopla desilusionado.

—... me dijo que sus extraños comportamientos se debían a que su consciencia había sido cargada en una vivienda que estuvo muy ligada a su pasado. Que solucionaría el problema transfiriendo su consciencia a otro aparato —dice preparándose para soltar la bomba—. Y he cargado a Marge en Fin, el viejo robot doméstico que viste en el armario de su habitación cuando la inspeccionaste.

—¿Que has hecho qué? —pregunta Blake a pesar de que lo ha entendido perfectamente—. ¡Estás mal de la cabeza!

—¿Por qué?

—Si algo sale mal, la perderemos para siempre. No sabes lo que acabas de hacer.

—Blake...

—La consciencia de tu tía es la pieza principal del caso. No podremos demostrar nada cuando llegue el momento si nos quedamos sin ella.

—Pero no va a pasarle nada.

—Reza para que así sea. No te olvides de mis únicas intenciones, de por qué estoy contigo en esto. Si la pierdes, si no puedo utilizar la consciencia de tu tía para demostrar lo que quiero, me iré.

—Tranquilízate, no pasará nada. Por cierto, ¿cuál es tu problema?

—Ya era hora de que lo preguntaras, de que te preocuparas por mí, ¿no? —Blake activa la función de su forearmphone que recoge su imagen y se la manda a Marc en modo holograma de tamaño real—. Este es mi problema.

—¿Dónde estás? ¿Por qué vas vestido así? ¿Y tu chaqueta? —pregunta Marc al verle con el famoso atuendo carcelario de Thompson Island.

—Estoy en prisión.

—¿En prisión? ¿Por qué? —pregunta imaginando que forma parte de alguno de sus rocambolescos planes.

—El seboso de Horn me ha encerrado. Me han arrestado esta mañana cuando salía del Aquarium.

—¿Por qué?

—¿Por qué va a ser? Por lo del Ford Bremo, y porque, al parecer, Timothée llamó a comisaría tras nuestra visita a su casa.

—Pero... ¿cuándo sales?

—Me han caído tres años. Pero eso ahora mismo no es lo más importante.

—¿Cómo que no es lo más importante? ¡Tres años! ¿Qué va a pasar ahora con el caso? ¿Qué va a pasar contigo? —A pesar de todo, a Marc también le preocupa la situación del detective.

—Escucha, Marc, me echan de la policía para siempre. Pero tengo un plan para poder seguir con la investigación. Mientras siga perteneciendo al cuerpo todavía podemos hacer uso de las funciones policiales de mi forearmphone, lo que significa que tengo acceso a los archivos, entre otras muchas ventajas. Aunque esté aquí encerrado, creo que con tu ayuda puedo resolver el caso. Bueno... podemos resolverlo. Te necesito al cien por cien conmigo para llevarme ante la gente que quiero interrogar, y que recabes algunas pruebas por mí. Tenemos tres días.

—¿Llevarte? No entiendo nada.

—Llevar mi imagen, para proyectarme. Mientras, yo seguiré trabajando desde aquí.

—¿Y qué piensas decirles cuando te vean con tu vestimenta de preso?

—No me verán la ropa. Espera... —Blake sale de la imagen unos segundos y vuelve envuelto en una manta—. Me pondré esto por encima. ¿Qué te parece?

Marc se echa las manos a la cabeza.

—Así parece que estés enfermo.

—Mejor eso que la realidad, ¿no? —bromea el detective, a pesar de la situación en la que se encuentra.

—Al menos llevas tu sombrero. —Marc asimila la nueva situación bastante bien—. Marge me acompañará.

—¡No, no! De eso nada, deja a ese montón de hojalata ahí, no podemos permitirnos que le pase nada. Inmemorian ya no se hará cargo de ella si ocurre algo.

Aunque Blake se opone rotundamente, son dos contra uno. La idea de salir de la casa, de poder participar en la investigación, fascina a Margaret. Además, no dejaría que su sobrino saliera solo a buscar a su asesino.

Capítulo 31

Con esa nueva visión del caso, con ese nuevo dato sobre la altura del asesino, Blake dedica sus primeras horas en la cárcel a revisar de nuevo las grabaciones del Aquarium, las que almacena en la memoria de su forearmphone.

Arroth no ha dejado de mirarle ni un solo instante. No sabe lo que Blake observa con tanta atención, en formato pequeño, en su forearmphone. Pero el simple hecho de ver cómo lo maneja le hace recordar y sentir la dependencia, el síndrome de abstinencia que padeció durante las primeras semanas en la cárcel cuando anularon su dispositivo.

Con un grito victorioso, el detective festeja el hallazgo. En las grabaciones del 1 de enero de 2089, un sujeto muy alto, considerablemente alto al compararlo con los demás usuarios del Aquarium, aparece en la grabación caminando bajo la cámara del pasillo que conduce a los vestuarios, a la sala de control y al despacho de dirección donde se guardan las fichas que contienen las grabaciones. Dada la fecha, todo cuadra: se trata del primer día que la ficha que guarda las grabaciones de 2088, concretamente las del 20 de octubre, el día del asesinato, pasó al cajón de la mesa del director del Aquarium. Ya había visto antes esas imágenes, pero al carecer de la información sobre la altura del sujeto que pudo asesinar a Margaret, le habían pasado desapercibidas. Ahora, con la intención de descubrir la identidad del sospechoso, Blake detiene la imagen justo en el segundo en que queda más expuesto su rostro. Al hacerlo, confirma que no se trata ni de Fran Cage ni de Fox Pina, los únicos dos usuarios con los que podía haberse confundido por su altura, aunque desde un principio sabía que no eran ellos. Amplía en el aire la imagen congelada, en modo holograma, y realiza una captura.

Timothée atiende la llamada de su dispositivo.
—¡Timothée!
—¿Quién es? —responde temeroso al escuchar el exigente tono de voz de quien le habla al otro lado, y más al comprobar que no hay imagen disponible.
—Soy tu amiguito Blake, de la policía. ¿Me echabas de menos?
—¿Qué quieres ahora?
—¿No te dije que mantuvieras la boca cerrada sobre la visita que te hice?
—Ah, claro… Es eso. ¡Déjame en paz!
—¡Chivato de mierda! Ya hablaremos de eso. Ahora hay otro asunto que me corre más prisa. Te paso una imagen. —Blake le transfiere la captura que acaba de hacer—. ¿Lo conoces?
—No lo he visto en mi vida.
—Es de una grabación del Aquarium.
—Mmm, pero ¿quién es? ¿Qué tengo yo que ver en todo esto?
—Es del 1 de enero de 2089. Este rostro pertenece a un tipo extremadamente alto, probablemente sea un portador del gen +1. Y resulta que he descubierto que el asesino de Margaret también es portador. ¿Casualidad? No lo creo. Ese hombre volvió el primer día que sabía que las grabaciones ya estaban en el despacho del director, y seguro que se las llevó para borrarlas. Esto pasó en tu turno.
—Pero ¿quién es? —vuelve a preguntar Timothée al comprender que, si Blake está en lo cierto, le acaba de poner cara al

degenerado que lo coaccionó y que intervino todas las llamadas de su forearmphone durante años tras la muerte de Margaret.

—¿Por qué cojones crees que te llamo? Porque no lo sé. Y tenía esperanzas de que tú supieras algo de él, o que lo hubieras visto en alguna otra ocasión.

—Pues no. No lo he visto nunca. ¿Algo más?

—¿Cómo que si algo más? ¿Ya no quieres hablar conmigo?

—Tengo cosas que hacer, además, no me gustaría volver a meterme en líos con ese tipo.

Un escalofrío recorre todo su cuerpo al volver a mirar el rostro que Blake le acaba de mostrar.

—No. Nada más. Nos veremos pronto.

Timothée, temeroso por ese comentario que le suena a amenaza, corta la comunicación.

Blake observa una y otra vez la escena y el rostro de aquel hombre. Siente rabia por tener enfrente al asesino y no encontrar la pieza del puzle que lo conecte con su nombre o con cualquier otro dato que le ayude a avanzar. Se centra en ese bucle repetitivo de imágenes, unas escenas que ahora reproduce en grande dentro de su celda y que Arroth también ve. Se fija en ese rostro con impotencia. Intuye que hay algo que se le escapa. Cada minuto que pasa cree estar más bloqueado. El estrés sufrido durante el día también comienza a pasarle factura. La celda parece mermar sus cualidades de investigador. La penumbra de la cárcel le resulta espesa. Cada segundo que transcurre, cada minuto, siente que hay más barrotes a su alrededor. En cambio, la celda real en la que se encuentra todavía no le afecta. Mientras su cabeza trabaja, no echa en falta la libertad. ¿Qué pasará cuando se acabe su tiempo, o cuando todo termine? ¿Qué hará allí durante tres años? No hay espacio en su cerebro para pensar en ello en estos momentos, solo para encontrar la pista siguiente, o frustrarse mientras no le llega.

—Me gustaría saber el nombre de la persona que ocupa la celda de al lado. ¿Es mucho pedir? —pregunta Arroth, temeroso por la reacción negativa que pueda recibir de Blake.

—Y a mí me gustaría que me dejaras en paz, ya te he dicho que no tengo tiempo para cháchares.

—Ya veo... —Agacha la cabeza y retrocede hasta su cama—. Se te ve agobiado. Parece que algo se te resiste.

—¡A mí no se me resiste nada, mamarracho! Encontraré una pista pronto. Lo que pasa es que este sitio no me deja pensar, yo no debería estar aquí. —Se agarra fuerte la cabeza y aplasta el borsalino—. Debería estar ahí fuera persiguiendo a ese...

—¿No me dijiste que estabas aquí de incógnito, investigando un tema de la cárcel? ¡Uy, uy, uy...! Me parece que andas metido en algo muy chungo, y guardas mucha información. Si me...

—¡Cállate! ¿Ya se te ha olvidado lo que te he dicho? Así no hay quien se concentre. —Blake mira al suelo y se rasca la cabeza bajo su sombrero—. Tengo el rostro, el lugar, la fecha, la marca de sus manos... ¿Cómo coño lo encuentro? —piensa en voz alta intentando olvidarse del hombre que está con él.

—Algún policía lo conocerá.

—¡Cállate, joder!

De haber tenido su Parabellum, le hubiera disparado. Le hubiera volado la tapa de los sesos con tal de no volverlo a escuchar. Pero de haberlo hecho, no le hubiera oído decir lo siguiente:

—Si ha matado una vez...

Blake reflexiona durante unos segundos.

—¡Eso es! ¿Cómo no lo he pensado antes? ¡El archivo policial! Con un poco de suerte, habrá cometido otro crimen u otro delito. Lo encontraré cargando el patrón de su cara en el archivo policial. Que conste que se me hubiera ocurrido a mí, mamarracho.

Arroth no entiende por qué Blake se comporta así. Cree que su vecino de celda está loco.

—Por cierto, me llamo Ron Blake. Recuerda mi nombre y este sombrero, porque pronto hablarán en todos lados de mí.

Dennis Shipman, así se llama el hombre alto del Aquarium. Blake lo halla en el archivo policial, donde se confirma que es un portador y, además, que ya está encerrado en la cárcel, casualmente en Thompson Island, como él. El archivo muestra una extensa lista de muertes y delitos a sus espaldas. Al parecer, Dennis Shipman se ganaba la vida como asesino a sueldo. Blake entiende lo que eso significa, pues si ese individuo se ha pasado la vida matando a petición de otros, lo más seguro es que el asesinato de Margaret fuera un encargo más. En primer lugar, el detective quiere cerciorarse de que, efectivamente, ese hombre sea el asesino de Margaret. Si resulta serlo, sabe que tendrá que encontrar a la persona que contrató sus servicios, y los motivos por los que lo hizo, para resolver el caso.

Con toda esta información, con ese nuevo nombre que ha aparecido en juego, llama a Marc. No puede permitirse perder ni un minuto más. Pues a pesar de que el archivo policial le indica que Shipman se encuentra muy cerca, encerrado a escasos módulos del suyo, el único que puede ir a hablar con él es Marc.

Capítulo 32

El tiempo transcurre, y tras unos veinte minutos observando las reacciones y movimientos del nuevo medio físico que ocupa la consciencia de su tía, tiene dudas. Ahora el robot apenas interactúa con él. Su voz solo se activa cuando Marc la fuerza a ello. Margaret parece haber perdido la fluidez con la que era capaz de construir conversaciones y decidir por sí misma. Pero ya es tarde para dar un paso atrás. La transferencia es irreversible, tal y como le advirtió Pierre justo antes de marcharse. Aunque intuye que algo no va bien, espera que poco a poco su tía vuelva a ser la de antes, y, sobre todo, que la consciencia no se haya deteriorado.

Nunca ha compartido con nadie un viaje en helitaxi. Es curioso que la primera vez que va a hacerlo sea con algo ficticio, con algo que no es una persona; la consciencia de Margaret, o una máquina llamada Fin, según como se mire.

Margaret lo ve como algo normal. Además, le trae buenos recuerdos. Pero cuando se aproxima al helitaxi que espera en el recibidor aéreo del apartamento, se da cuenta de que su nuevo cuerpo no está programado ni diseñado para realizar los movimientos requeridos para subir. Marc se esfuerza al máximo para echarle una mano, pues su tía pesa ahora al menos cuarenta kilos más de lo que pesaba en vida. La introduce en el habitáculo de cualquier manera, y luego la sitúa en el asiento.

Ha quedado poco hueco para Marc, pero logra entrar. Se acomoda como mejor puede y asegura a Margaret sobre el asiento para que no vaya pegando tumbos. El helitaxi cierra su puerta y pone en marcha las hélices.

De algún modo, Marc percibe que no viajan solos, que Blake los acompaña a pesar de encontrarse físicamente encerrado en Thompson Island. Y eso le da seguridad. Siente su apoyo como si fuera sentado justo al lado. Y en parte no se equivoca, lo lleva en su dispositivo. Por su parte, Blake espera con impaciencia a que Marc llegue a la celda de Dennis Shipman para conectarse a él vía forearmphone. Mientras tanto, no le quita ojo a la señal localizadora que le colocó a Marc y que le indica que se aproxima a la prisión más famosa de la Costa Este.

Cualquier persona transportada de ese modo no hubiera dejado de quejarse o de lamentarse durante todo el trayecto. En cambio, Margaret, a pesar de seguir rígida como un palo, en una posición imposible para una persona, apenas habla durante el traslado.

El vehículo sobrevuela la concurrida vía magnética de Old Colony Avenue. Continúan por el verde entorno del parque Joe Moakley y sobre la extensa cadena de boyas Eco Wave Energy que bordean la costa produciendo electricidad gracias al vaivén del oleaje. A pesar de que los vehículos con hélices están capacitados para volar a cualquier altura y sobre cualquier superficie, legalmente no pueden hacerlo sobre el mar o grandes masas de agua por motivos de seguridad. Por eso el helitaxi los lleva hacia Thompson Island volando sobre el puente John F. Kennedy, que es uno de los dos pasos que conectan directamente Boston con el lado oeste de Thompson Island. La fuga de Toni Sancho es el otro, un puente mucho más corto, en el sur de la isla, que une el barrio de Squantum con la prisión. Su nombre hace honor al único hombre que consiguió fugarse.

Inmemorian

El centro penitenciario ocupa la isla entera. Más de diez mil reclusos cumplen condena bajo las más estrictas medidas de seguridad: altas verjas electrificadas, detectores láser calientes, infrarrojos, cámaras térmicas, perros adiestrados... Toda la arquitectura se basa en el control. Los patios y las zonas al aire libre están techados con una alambrada multicapa para que nada pueda aterrizar ni despegar. Cien drones dotados con cámaras térmicas y un sonar sobrevuelan la isla constantemente en busca de anomalías. Dos androides militares custodian cada pasillo las veinticuatro horas del día. La seguridad interna y la mayoría de los sistemas y protocolos están coordinados por una sola IA de vanguardia que controla todo, y que además se supervisa desde Boston a tiempo real. Y, por si fuera poco, a un par de kilómetros al este se encuentra Spectacle Island, la isla donde residen y entrenan diariamente más de cinco mil agentes de las fuerzas especiales de Estados Unidos, también preparados para cualquier tipo de actuación que precise la isla vecina.

Lejos de las cárceles europeas de principio de siglo, Thompson Island no es una buena opción ni tan siquiera para el delincuente más conformista, para ese que busca la cárcel con tal de tener un techo que lo cobije. La comida es nefasta, la higiene, escasa, y el trato recibido resulta desesperanzador para cualquiera que tenga que pasar una larga temporada allí. La política interna de la cárcel se esfuerza en mantener los más duros tratamientos, los que demuestran con el paso del tiempo que funcionan, que realmente eliminan del individuo las ganas de volver a delinquir. La comida se sirve arrastrando las bandejas por debajo de los barrotes, unas bandejas en las que va todo mezclado como un puré. La cama es dura y nada cómoda. No hay ventanas en las celdas, por lo que siempre parece de noche.

Blake entra en el archivo policial y rellena una solicitud de visita adjuntando su placa. Aunque parezca algo rocambolesco y arriesgado, sabe que nadie va a comprobar los datos una vez que Marc haya dejado atrás el edificio de accesos. Ha solicitado muchas veces la entrada y sabe que en ese lugar no comprueban a fondo la identificación. Está seguro de que Marc no tendrá problemas. Solo ha de proyectar ante los agentes de la entrada la imagen de la placa de detective de Blake.

El puente acaba en el área de acceso, entre altas verjas y un edificio principal al frente, rodeado por un gran jardín. A pesar del lento y torpe caminar de Margaret, consiguen cruzar la planicie y llegan al edificio antes de que el sol se esconda; eso sí, lo hacen ante la atónita mirada de los guardias que rodean la explanada junto a las verjas. Ninguno recuerda una situación similar, que un robot humanoide acuda a Thompson Island de visita.

Tal y como vaticinó Blake, Marc no tiene problemas al proyectar la placa del detective.

—Muy bien, la agente Martínez te acompañará, pero el androide tendrá que esperar aquí —le indica uno de los agentes.

—Pero… es una pieza fundamental en el caso en el que trabajo. Es imprescindible que mi interrogado lo vea.

—Lo siento, pero no puedes pasar ningún tipo de aparato a la cárcel por motivos de seguridad.

A Marc no le queda otra que dejar a Margaret bajo custodia de los agentes del registro de entrada. Confía en que la consciencia de su tía siga manteniendo la boca cerrada como lleva haciendo desde que ha despertado dentro de Fin. Si descubren que se trata de una consciencia de Inmemorian, tendrán graves problemas.

Si traspasas la puerta, técnicamente estás dentro de la prisión. Martínez acompaña a Marc hacia ella, donde hacen guardia dos agentes. Águeda Martínez los saluda y pasa entre ellos. Marc la sigue hacia una pequeña área en la que hay una flota de vehículos todoterreno con robustas ruedas. En Thompson Island siguen desplazándose por caminos no magnetizados y sobre neumáticos. La agente entra en uno de ellos, le indica a Marc que suba a su lado y se pone al volante. La escena le recuerda a su tía, cuando decidía conducir su Corusant manualmente escuchando sus músicas preferidas.

Tras un corto trayecto lleno de baches entre cuatro o cinco bloques de edificios, llegan al módulo donde permanece encerrado Dennis Shipman. El vehículo se detiene en la entrada. Durante el camino no han hablado mucho; es ahora, fuera del vehículo y mientras recorren los primeros pasillos del bloque de celdas, cuando el diálogo entre ambos se agiliza:

—Tendrá que ser una visita breve y guardando las distancias.

—¿Qué quieres decir con que debo guardar las distancias?

—Que no abriremos su celda, y que deberás hablar con él sin acercarte demasiado —le informa la mujer mientras caminan ya por un corredor entre barrotes. Algunos presos se agitan al ver a la agente Martínez y a Marc con su peculiar chaqueta al más puro estilo Ron Blake. Casi sin darse cuenta, Marc ya camina imitándole.

—¿Por qué? ¿Es peligroso?

—Durante su estancia aquí no nos ha dado motivos, pero conocemos su historial y de lo que es capaz. Tenemos costumbre de tomar ciertas medidas excepcionales con él.

—Entendido. —Podrá llevar una chaqueta similar, caminar como él, pero no le acompaña la seguridad del detective. Aunque no lo demuestra, el ambiente del pasillo hace que se encuentre asustado y nervioso—. ¿Te quedarás conmigo?

—No, no. Yo me marcho, tengo trabajo. Un compañero mío esperará abajo para llevarte de vuelta cuando termines —le aclara la agente Martínez. Llegan al pasillo donde cumple condena Dennis Shipman y Martínez señala el fondo—. Por cierto, no ha hablado mucho durante estos años. Es al fondo, la penúltima celda de la izquierda. Yo me vuelvo. Si tienes algún problema, los C1 lo solucionarán y nos avisarán.

—Gracias.

La presencia de Marc caldea los ánimos en el pasillo. La mayoría de los presos, aferrados a los barrotes, le gritan y le insultan a su paso. Intimidado por la situación que le envuelve, las piernas comienzan a temblarle. Siente que avanza hacia la boca del lobo. Dennis Shipman se levanta de su cama para intentar averiguar a qué se debe todo ese alboroto. Entonces ambos se ven por primera vez, sus miradas se cruzan. Marc se siente sobrecogido por su altura, y Dennis Shipman intuye que él es el motivo por el que ese hombre está allí.

Capítulo 33

Estar frente al asesino de su tía le pone el vello de punta. Un escalofrío recorre su cuerpo. A él acuden múltiples sensaciones, contradictorias algunas de ellas. Se siente inseguro, indefenso y, al mismo tiempo, fuerte por el deseo de matarle, de hacer justicia. Es consciente de que cuerpo a cuerpo no habría ninguna opción. No tiene más que compararse con el físico de Dennis Shipman. Pero si tuviera un arma a mano... Por un momento se olvida de que esos trastos nunca le han gustado. Piensa que ojalá hubiera llevado una pistola como la de Blake, para asestarle un balazo en la cabeza entre los barrotes, no el objeto que en realidad guarda bajo su chaqueta para utilizar en el momento indicado.

En el caso de matar a Dennis Shipman, perderían a la única persona que lo une con el asesino de Margaret, quien ordenó matar a su tía por algún motivo. Marc haría justicia, pero en el mismo momento en que apretara el gatillo la investigación se vendría abajo. Así que le viene bien no llevar un arma encima.

—Soy Marcus, de la policía.

Shipman le mira extrañado y con indiferencia.

—Hemos venido a hablar contigo.

El alboroto del pasillo disminuye. Únicamente se escucha un murmullo constante. La mayoría de los presos intentan escuchar al hombre más respetado del módulo y a su visitante.

—¿Conmigo? Con todos los que tienes aquí ¿y tienes que molestarme a mí?

—Los demás no nos interesan, hemos venido a hablar contigo —repite.

—¿Habéis? ¿Tú y quién más? —Shipman mira extrañado a ambos lados. El risueño semblante de Marc le desconcierta.

—Yo y Ron Blake —responde al mismo tiempo que conecta vía forearmphone con el detective.

La imagen de Blake tapado con una manta y con su sombrero aparece entre Marc y Shipman, que retrocede un pequeño paso ante la aparición.

—¿Quién es este mamarracho enrollado en una manta? —pregunta.

—Ya estaba impacientándome —le reprocha Blake mientras dedica unos segundos a observar el lugar donde ha aparecido su imagen—. ¿Todo bien?

—Todo perfecto, aquí tienes a Shipman. —Marc enfoca al recluso para que le llegue la imagen—. Todo tuyo.

—Ah, ¿ya lo tengo? Sí, ya lo veo. Este tío es alto de cojones…

Shipman no da crédito a la situación. ¿Quién le iba a decir que la primera visita que recibiría en años sería así?

—¿Cómo dices que se llama tu amigo de la manta? —le pregunta a Marc, que no le contesta, simplemente hace un gesto para que Blake comience.

—Soy el detective Ron Blake, de la policía de Boston. Perdona que no haya podido visitarte en persona, te aseguro que no me han faltado ganas.

—¿Qué mierdas queréis de mí? ¿Por qué me molestáis?

—Según tu ficha, estás aquí por los asesinatos de John Gunn, Patricia Stewart, los hijos del doctor Miguel Veni y unas cuantas muertes más. Por posesión de armas, por pertenencia a una organización criminal…

—¿Organización? Pero si solo éramos una pequeña banda.

—¿Quiénes eran los demás?

—Sí, a ti te lo voy a decir.

—Erais asesinos a sueldo, y tú mataste a todas esas personas.

—Sí, ¿y qué? ¿Te crees que no lo sé? Y volvería a matar a cambio de dinero.

Shipman se pone en pie. Encorvado para no darse con el techo, se aproxima a los barrotes que lo separan de Marc, pero con la vista clavada en el holograma que muestra la imagen de Blake. Marc traga saliva.

—Descuartizaste a los hijos de Miguel Veni sin que fuera necesario para cobrar la recompensa.

—A veces improviso en mi trabajo, me dejo llevar por la emoción del momento. Pero todavía no habéis respondido a mi pegunta: ¿por qué venís a molestarme? —Shipman agarra con fuerza los barrotes, amenazante.

—Marc, proyéctame dentro —le ordena Blake.

—¿Qué? ¿Cómo que dentro?

—Sí, pásame al otro lado de los barrotes, que nuestro amigo está un poco alterado.

Marc hace lo que le pide, pues comprende que no puede pasarle nada.

Al verle dentro de su celda, Shipman de nuevo retrocede instintivamente. Deja espacio para el holograma del detective. Blake continúa hablando:

—Ni tu agresividad ni tu altura te sirven para asustarme, no puedes hacerme nada, ni imponer nada.

—¿Por qué te escondes detrás de un holograma, entonces?

—Porque me da la gana. Déjate de estupideces y asimila que vas a responder a todas mis preguntas.

El silencio hace dudar a Blake sobre si eso significa que Shipman vaya a colaborar.

—Debió de sufrir mucho mientras la ahogabas bajo el agua.

—¿De qué me hablas ahora? —responde con el ceño fruncido.

—Haz memoria, en el Aquarium, hace seis años.

—¡Ah, sí! Uno ya pierde la cuenta y se olvida de los detalles cuando ha matado a tantos —bromea con frialdad—. Y no pierde nada con ello, sabe que pasará toda su vida encerrado por todos los crímenes que ha cometido.

—No tenías motivo alguno para matarla, ¿verdad? Solo el dinero.

—No, no lo tenía. Fue un encargo más.

—¿De quién? —Blake sabe que el caso se acaba de complicar.

—Secreto profesional.

—¿Secreto profesional? —interviene Marc indignado—. ¿No crees que eso ya no debe importarte? ¡Deberías ayudarnos a hacer justicia, desgraciado!

—Ya entiendo… Buscáis a ese hombre, para eso habéis venido.

—No nos lo vas a decir, ¿no? —intuye Blake.

—No.

—¿Por qué quería matarla tu cliente? ¿Te lo dijo?

Shipman no contesta.

Una cuarta persona está presenciando toda la escena: Arroth. Como si de una película de suspense se tratara, sentado sobre su cama observa con atención el holograma que Blake mantiene abierto en su celda. Permanece atento a cualquier dato o acción que sucede. Incluso se siente parte de la investigación.

A partir de ese momento, Shipman se queda callado. Y no pueden sacar más información de él.

Blake le hace a Marc la señal para que intente obtener el contacto de Shipman y desaparece para dejarle trabajar. Aunque los forearmphones de los reclusos son desactivados justo en el momento en que ingresan en prisión, si un dispositivo activado se acerca a otro lo suficiente puede obtener su vía de contacto. Blake y Marc han planeado cómo lograrlo. Si se sale con la suya, se lo enviará al detective, y Blake a Sheldon, uno de sus amigos y colaboradores habituales, que es capaz de obtener todo el historial de llamadas y conexiones de cualquier persona solo con la referencia de contacto de un forearmphone. Pues, aunque han encontrado al asesino, vuelven a estar como al principio. Sin saber quién es el responsable último de la muerte de Margaret, el que tenía motivos para eliminarla, o por qué razón la quería muerta. Blake no le ha dicho a Marc que cuando haga contacto con el dispositivo de Shipman, el suyo también se activará automáticamente. Es algo que le da igual con tal de acceder al historial de actividad y llamadas del recluso.

¿Cómo conseguir que Shipman se acerque para poder obtener el contacto de su brazo? Marc tiene algo planeado desde antes de entrar en la prisión.

—Acércate… —le dice con un hilo de voz que Shipman apenas percibe, pero entiende.

Ni responde ni se acerca.

Marc mira de reojo a los robots que hacen guardia al principio del pasillo y se aproxima sutilmente y poco a poco hacia los barrotes.

—Te ofrezco un trato.

Esta vez sí, Shipman parece escuchar con atención.

—Mira… No estoy nada de acuerdo con mi amigo Blake, este que acabas de conocer. Trabajamos juntos en lo mismo: localizarte y cazar a la persona que contrató tus servicios. Pero no con el mismo fin. —Marc se toma un respiro—. Soy el sobrino de la mujer que asesinaste y a mí no me basta con verte encerrado, quiero matarte. Y no puedo hacerlo aquí dentro, así que este es mi trato: te saco de aquí para poder matarte fuera. ¿Qué te parece?

Shipman le mira extrañado, no sabe qué pretende.

—Ven, arrímate —le susurra casi sin mover los labios mientras se abre las dos alas de su chaquetón para mostrarle algo que guarda en él—. Te sacaré de esta mierda de cárcel, pero necesito que me ayudes. Tienes que coger esto.

Shipman sigue sin entender nada. Por un momento cree que Marc está todavía más loco que su compañero del sombrero y la manta enrollada, pero también está convencido de que esa puede ser una buena opción para escapar a una vida entre barrotes, pues se ha tragado que Marc también es policía y puede arreglar las cosas para sacarle de allí. De modo que se acerca lentamente a él mientras mira de reojo a los guardias.

—¿Qué es? —pregunta interesado por lo que le está ofreciendo bajo su chaqueta. Piensa en todo momento que es algún tipo de arma o incluso las llaves de la celda.

—Tú cógelo, rápido —dice Marc en voz baja.

Shipman no alcanza a ver nada. En el pasillo hay escasez de luz y bajo la sombra de la chaqueta está oscuro. Además, Marc procura que no consiga ver lo que guarda. Ambos se aproximan hasta los barrotes con dudas. Marc desconfía de Shipman mucho más que él. Aun así, reduce considerablemente el espacio de seguridad que le ha aconsejado la agente Martínez, esperando que el otro decida hurgar dentro de su chaqueta en vez de arrancarle la cabeza a través de los barrotes. Sabe que tiene que ser rápido, que solo dispondrá de una oportunidad para aproximar su brazo al de él y copiar su contacto, que cuando Shipman descubra que lo que guarda en el bolsillo interior de su chaqueta es un arma de juguete se pondrá furioso. Y para cuando eso ocurra, debe haber recuperado el espacio de seguridad para no acabar hecho pedazos o estrangulado por las manazas del reo.

En cuanto percibe que Shipman ha agarrado la pistola de juguete, se aparta de él lo más rápido que puede, pero la inercia le hace caerse de espaldas en el centro del pasillo. El juguete resbala de las manos de Shipman y cae al suelo fuera de la celda. Este descubre que Marc ha jugado con él, que le ha engañado, pero no logra descubrir el motivo. No se ha dado cuenta de lo que ha sucedido en realidad. Al menos por el momento. Aun así, su enfado es superlativo. Con las amenazas y gruñidos de Shipman, los demás presos, animados por la escena, comienzan a gritar y a golpear los barrotes. Hay un estridente alboroto en el corredor.

Sin los barrotes de por medio, Shipman ya se habría cobrado cumplida venganza. Arremete varias veces contra Marc, esforzándose al máximo, estirando sus largos brazos fuera de la celda para intentar agarrarle. Pero no lo logra. Los robots guardianes del pasillo ruedan rápidamente hasta el lugar para comprobar lo que ha sucedido.

—¡Te mataré a ti también por venir a molestarme! ¡Y al fantoche de tu amigo! ¡Estáis muertos!

Uno de los robots proyecta una descarga eléctrica a través de los barrotes que hace caer a Shipman al suelo. Aunque sigue consciente, le deja fuera de juego. El otro se preocupa por el estado de Marc, aún tirado de espaldas en el suelo:

—¿Te encuentras bien? ¿Qué ha pasado?

—¡Ha intentado agredirme con eso! —Marc miente para no levantar sospechas—. ¡Una pistola de juguete! ¡Está loco!

Los C1 mandan un aviso y en unos minutos Águeda Martínez se presenta allí junto a cuatro compañeros más.

—Te dije que extremaras las precauciones, que podía ser peligroso —le recuerda la agente.

—No me dijiste que tenía una pistola de juguete. ¡Qué susto me ha dado! —Marc se permite bromear a pesar de que su corazón todavía palpita a mil por hora.

Los compañeros de la agente Martínez, ayudados por los robots, sacan a Shipman de su celda para trasladarlo al agujero, el confinamiento de castigo. Mientras, la agente recoge del suelo el juguete y lo observa con una sonrisa incrédula.

—Por mucho tiempo que llevo aquí, me siguen sorprendiendo algunas cosas que ocurren en Thompson Island —dice observando el juguete.

Luego Martínez acompaña a Marc hacia la salida, en dirección contraria a la de sus compañeros que, ayudados por los robots, conducen a Shipman al que será su nuevo hogar las próximas semanas. Él sabe que por mucho que se esfuerce en explicar que no ha hecho nada, que la pistola de juguete era de Marc, no van a creerle. ¿Cómo podría contarles a los agentes la situación en la que se ha visto involucrado si ni siquiera él mismo sabe por qué Marc ha hecho toda esa pantomima? ¿Qué motivo tenía para que lo encerraran en la celda de castigo? ¿O había fallado en lo que intentaba hacer? Esas mismas preguntas se está formulando durante su traslado por los oscuros pasillos, cuando de pronto su forearmphone empieza a vibrar después de tantos años inactivo. Se pregunta si esa vibración significa que vuelve a estar operativo. Sabe que solo puede ser eso. Entonces comprende lo que Marc ha hecho: por algún motivo que todavía se le escapa, ha activado su forearmphone cuando ha metido la mano bajo su chaqueta. Por eso quería que se arrimara.

Por el momento, para que no se percaten de ello los agentes que le rodean, decide no comprobarlo, ni tan siquiera mirarlo. Esperará a estar a solas en el agujero. Desde ese momento la tensión se mitiga, se relaja y se deja llevar.

Capítulo 34

—Tu compañero necesita una puesta a punto, le chirría todo —le informa uno de los agentes de la recepción de Thompson Island.

Marc no sabe qué contestar ante la atenta mirada de los cuatro agentes.

—Sí, sí —dice al fin.

Quiere salir cuanto antes de allí para volver a ponerse en contacto con Blake, aceptar de una vez la llamada que el detective le está enviando constantemente.

Margaret se acerca a Marc, parece que también tiene ganas de irse, alejarse de esos hombres que no han parado de mirarla.

—¿De qué año es? —pregunta otro de los agentes.

—Si no os importa… llevo prisa, no tengo mucho tiempo.

—Claro, claro —responde el último que ha preguntado—. Que paséis un buen día —le desea mientras Marc sale por la puerta tras la consciencia mecanizada de su tía.

Dos de los agentes no aguantan la risa contenida. Desde que Marc llegó no paran de bromear acerca de sus pintas, su chaqueta y el destartalado robot que le acompaña.

La segunda caminata, a través de la extensa área de recepción hacia el comienzo del puente que conecta con la isla, pasa factura al soporte físico de Margaret. La articulación de una de sus piernas no aguanta más el roce y se atasca. Le impide dar un paso más.

—¿Qué te ocurre? —le pregunta Marc.

Margaret no habla. Parece no haberle oído.

—¿Por qué no me contestas? ¿Qué te sucede en la pierna?

Su tía por fin reacciona a su segundo intento.

—Se ha atascado —contesta fríamente.

No es Fin el que habla, es la voz de Margaret. Pero tampoco parece ella.

Algo ocurre al forzar su extremidad metálica para dar otro paso más. Un sonido en su interior, como un latigazo seco, surge de la articulación bloqueada, la pierna se mueve bruscamente y el robot cae al suelo de costado. Marc se arrodilla para comprobar qué ha sucedido. Una gran mancha de aceite comienza a expandirse debajo del robot. El hidráulico principal de la pierna se ha partido. A pesar de todo, Margaret sigue impasible, no habla, no se queja ni se lamenta, parece darle igual. Marc le habla, le pregunta. Pero nada. Esa situación es la que convence a Marc de que la transferencia no le ha ido bien a la consciencia de su tía, de que la está perdiendo. Le embarga la preocupación. Es hora de avisar a Blake.

Arrastra al viejo robot durante los últimos cincuenta metros dejando un rastro de líquido en el suelo lejos de las miradas de los guardias. No hay otra forma de avanzar. Se lamenta constantemente, no sabe qué hacer.

Tía y sobrino esperan durante unos largos veinte minutos a que el helitaxi solicitado llegue a Thompson Island. Empleándose otra vez al máximo, consigue meter de nuevo el robot en el habitáculo. El líquido pringoso que hay por todas partes lo complica todo. Una vez dentro, las hélices adquieren velocidad, el aparato levanta el vuelo y Marc establece conexión con el detective.

—¿Lo has conseguido? —Es lo primero que pregunta Blake.

—Sí, lo tengo.

—¿Cómo lo has logrado?

En ese preciso momento toma consciencia de lo que acaba de hacer, de la frialdad con la que ha actuado frente al imponente asesino de su tía. Todavía no sabe cómo lo ha conseguido y se toma unos segundos para contestar.

—Todavía no puedo creerlo…

—Bueno… da igual, ya me contarás. Pásame su contacto.

—Espera, tengo que contarte algo.

—¿Qué ocurre?

—Marge… Algo va mal…

—¿Cómo que algo va mal? ¿Qué le sucede? ¿Dónde está?

—Aquí conmigo.

—¿Te la has llevado a Thompson Island? ¿Estás loco?

—Sí. Pero no ha podido acompañarme adentro para…

—¡Te dije que la protegieras! ¿Qué le ocurre? —Blake golpea el suelo con la palma abierta de la mano. Arroth se sobresalta.

—Apenas habla, a veces no me escucha. Parece que sea otra.

—¡No, no, no! —se lamenta el detective mientras vuelve a golpear repetidamente el suelo.

—Y se le ha estropeado una pierna, ha perdido un líquido viscoso y ya no se mueve.

—¡Tienes que sacar a Marge de ese viejo robot ya!

—¿Qué? ¿Cómo? —pregunta Marc sorprendido.

—Por lo que me cuentas, ese montón de hojalata no le va bien a la consciencia de tu tía, o algo se hizo mal, no sé el motivo —concluye Blake.

—Sí. Parece que se apaga poco a poco.

—Por eso tienes que transferir la consciencia a otro medio inteligente antes de que la perdamos. Ve a casa, el mejor programador de inteligencias artificiales que conozco estará allí en veinte minutos. Voy a avisarle.

—¡Pero no podemos volver a cargarla en el apartamento!

—Lo sé.

—Entonces ¿en qué has pensado?

—Tienes que cargar a Marge en tu tetona pelirroja.

Arroth suelta una carcajada. Sin duda es el día más divertido que ha pasado en la cárcel.

—¿En Creta? ¡No voy a hacer eso! ¡No pienso poner a mi tía en...!

—¡Marc, joder! —Blake pierde los papeles—. ¿Quieres que desaparezca para siempre? ¡No podemos malgastar ni un segundo más! La única solución es Creta.

—Pero Creta es algo íntimo que no...

—Mira, Marc, te diré lo que vas a hacer si no quieres perderla y que yo deje de ayudaros —le amenaza Blake, aunque sabe que el único visado para salir de la cárcel es resolver el caso—. Vas a cargar la consciencia de tu tía en Creta. Y si lo que te preocupa es escuchar a Marge a través de tu sexpartner, tranquilo, que no va a ser así. Lo único que voy a pedirle a Jarrod va a ser que grabe toda la información de tu tía en la memoria de Creta, así tu sexpartner seguirá siendo la que es. Al mismo tiempo, mantendremos a salvo cuanto hemos averiguado estos últimos días, lo mismo que la consciencia de tu tía. Ojalá no se haya dañado. —Blake está ansioso al ver que los problemas se le acumulan—. Ahora mismo vas a pasarme el contacto de Shipman para que se lo transmita a otro buen amigo mío, que intentará extraer toda la información que pueda. Me llevará un rato examinarlo y sacar conclusiones. Así que, mientras tanto, haz todo esto que te digo. Cuando termines, avísame. Después sería conveniente que le hicieras una visita a nuestro amigo Mathew.

—¿Otra vez?

—Sí. No debemos descartar que fuera él quien contrató a Shipman tras la trifulca que tuvieron en el Aquarium. Eso daría sentido a que el crimen ocurriera en las mismas instalaciones.

—No le va a gustar volver a vernos allí.
—Lo sé. Ahora ocúpate de salvar la consciencia de Marge.

Marc no tiene otra alternativa. Si la siguiente operación significase que Creta pudiera pasar a ser el nuevo soporte de la consciencia de su tía, al igual que lo fue Fin, no lo hubiera hecho. De eso está totalmente seguro. ¿Cómo habría resuelto la situación? No lo sabe, quizá lo hubiera perdido todo para siempre. Pero el hecho de que no vaya a ser así, de que Creta siga siendo Creta, y de que Margaret no vaya a utilizar su cuerpo para hablar y actuar, le convence para intentar salvarla y seguir con el caso.

El reputado nombre que se ha marcado como detective dentro de la policía ha sido en parte gracias a los colaboradores externos que tiene, y que en ciertos momentos utiliza para abrirse camino en sus investigaciones. Al igual que Scott y Soda, la mayoría también son amigos; el resto, gente que colabora con él simplemente porque le deben algún favor. En el caso de Sheldon, el hacker que utiliza Blake para extraer el historial de conexiones del dispositivo de Shipman, el que más ayuda le presta siempre, uno de sus mejores amigos, es el único que conoce su gran secreto.

Blake recibe toda la información encriptada en su forearmphone. Libera los datos y los carga en su dispositivo. Después abre un holograma y empieza a examinar detenidamente el listado de llamadas, conexiones y descargas que Shipman ha hecho. Para intentar ahorrar el máximo de tiempo en su búsqueda, se dirige hacia el 6 de octubre de 2088, justamente dos semanas antes del asesinato, y a partir de esa fecha revisa todo, siguiendo el orden cronológico. Escucha cada llamada, visualiza metódicamente cada contenido descargado, acercándose poco a poco al día del suceso. Arroth también escucha y observa desde su celda toda la información que Blake tiene delante. Está resultando todo muy emocionante para él. No entiende muy bien lo que sucede, si de verdad ese tipo es policía, si lo es Marc, o si no lo son ninguno de los dos. Con eso tiene un buen lío montado. Pero es consciente de lo que buscan, lo ha escuchado en las conversaciones.

Capítulo 35

Ha caído la noche, pero Boston no duerme. Las estelas azules de los vehículos magnéticos, los neones publicitarios y las fluorescencias que emanan desde las zonas verdes y los edificios pulmón se adueñan de todas las calles. En unas toman más protagonismo que en otras, pero en general, de noche, Boston se caracteriza por ser una urbe multicolor. Sobre todo el corazón de la ciudad, donde vive Marc. Más allá de las ciudades la oscuridad tampoco reina. Los campos de cultivo permanecen potentemente iluminados.

Hay un vehículo en su recibidor aéreo, pero no le extraña. El helitaxi que le lleva a casa se posa justo al lado. El vehículo pertenece a Jarrod, el programador de inteligencias artificiales que Blake ha enviado. Resulta impresionante la red de contactos que tiene el detective y la rapidez con que es capaz de involucrarlos en sus asuntos. El programador espera apoyado en la puerta de su vehículo.

La antigua IA del apartamento, que volvió a activarse de manera automática cuando se rompió el vínculo con la consciencia de Margaret, los recibe y enciende la iluminación exterior para ellos. Jarrod saluda a Marc con un apretón de manos que este se ve obligado a corresponder, y después le ayuda a bajar a Margaret del helitaxi, o mejor dicho, a la carcasa pringosa e inanimada que guarda la consciencia de su tía. Entre ambos la pasan dentro del apartamento, ensuciando todo a su paso. La ropa de Jarrod también paga las consecuencias.

    Marc activa a Creta y regresa junto a Jarrod y el robot. La pelirroja le sigue hasta que se reúne con ellos. Su programa examina los comportamientos y los gestos de ambos en busca de señales que activen sus funciones primarias, pero no las encuentra y se queda al margen, mirándolos, pendiente por si necesitaran algo de ella. No tiene capacidad de comprender lo que está a punto de suceder, ni siquiera imagina lo importante que ahora es para Marc, más allá de ser su compañera sexual.

    Jarrod vuelve al vehículo a coger sus aparatos tras pedirle Marc que procediera con rapidez. Lo primero que hace al volver es colocar al androide boca abajo para poder operar cómodamente en sus entrañas. Después abre la tapadera alojada en su espalda. Creta permanece de pie, erguida, justo al lado. Tras reubicar sus aparatos y conectarlos a Fin, se coloca tras la pelirroja para conectarla a ella también. Pero se detiene un instante. Marc se percata de que la mirada de Jarrod se va durante unos segundos de Fin al atractivo trasero de Creta. Tras llamarle la atención, Jarrod aparta los ojos de la sexpartner e intenta centrarse en el robot. Destapa la nuca de Creta y conecta allí los receptores inalámbricos que recogen la señal, que los aparatos están a punto de transmitir desde el viejo Fin. Mediante su forearmphone y un holograma lo prepara todo e inicia la grabación de la consciencia de Margaret en una de las placas de aprendizaje de la sexpartner que todavía permanece libre de datos.

    La transferencia resulta ser todo un éxito. Creta sigue siendo Creta, sin duda. No hay rastro de Margaret en la pelirroja ni nada ha cambiado su comportamiento. Pero ahora hay algo muy curioso en ella. Cuando se le pregunta por Margaret, demuestra que conoce a la perfección su vida y todos sus recuerdos, a pesar de que solo ha mantenido con ella los dos contactos que Margaret forzó cuando formaba parte de la domótica del apartamento.

Marc establece conexión con Blake para comunicarle que la consciencia de su tía aparentemente está a salvo en el interior de Creta. El detective sabe que se ha hecho muy tarde para enviar al muchacho a casa de Mathew. Si Marc se presenta a esas horas..., su reacción puede ser fatal. Conocen muy bien el malhumor de ese hombre.

Marc no cree que Mathew contratara a Shipman para matar a su tía. En cambio, Blake no quiere descartar nada, y por eso ve conveniente hacerle una visita.

Capítulo 36

Lunes, 8 de febrero de 2094

Dicen que el amor y el romanticismo se pierden, que pronto estos dos conceptos quedarán reducidos al sexo y a la reproducción humana. La vida en pareja se concibe de otra manera. Y la forma en que la vive Marc no es de las más extrañas. Creta no es humana, pero ante la sociedad forman una pareja.

En cuanto Margaret ha dejado de estar presente, de mirar, Marc ha aprovechado para recuperar su cotidiano desahogo personal con Creta. Los últimos minutos del día los pasa con ella en la cama. Tras uno de los encuentros más intensos que recuerda, que le deja exhausto, la desactiva. La tenue iluminación de la habitación desaparece.

Un fulgurante amanecer cobra vida sobre las paredes y el techo. Comienza el día en Boston. Marc se estira sobre la cama y percibe un bulto a su lado. Entonces recuerda que ha pasado la noche con Creta. En muy pocas ocasiones ha dormido con la pelirroja. Abre los ojos y la observa; aún mantiene la postura con la que quedó ayer, de lado, tumbada de cara a él. Parece que ha pasado toda la noche viéndole dormir. Pero no ha sido así: su mirada perdida apunta a un lugar lejano que nadie sabe. Marc sigue contemplando su cuerpo desnudo. Sabe que si la sigue mirando de esa forma acabará perdiéndose en su belleza. Le acaricia la cara, después el cuello. Deja que las puntas de sus dedos resbalen por esa suave piel sintética tan parecida a la humana, hasta llegar a sus senos. A pesar de estar apagada, el veinte por ciento de ella que siempre permanece activo provoca que sus pezones se endurezcan, y Marc pasa sus dedos sobre ellos, los toca, se recrea… A pesar de que desea quedarse, volver a poseerla, volver a ser víctima de sus movimientos exóticos, decide poner fin a su descanso y levantarse de la cama. Sabe que el tiempo es oro, que tiene que ponerse en marcha y llamar a Blake cuanto antes.

Observa en el techo la silueta de dos águilas que vuelan a gran altura, una cerca de la otra, en un fondo de tonos azules y rojizos. El naranja que reina en la habitación se vuelve muy intenso. El sol también toma protagonismo poco a poco. El bello amanecer que recrea la habitación se intensifica por segundos.

Cuando sus pies tocan el suelo, toda la escenografía se disipa.

—Buenos días, Marc, ¿has dormido bien? —La IA del apartamento no ha perdido sus viejas costumbres.

Aunque en parte le tranquiliza escuchar de nuevo esa voz que le hace volver a la realidad, el hecho de no escuchar a Margaret trae de vuelta sus inseguridades. En ese preciso momento, Blake establece conexión con él vía forearmphone. Marc deriva la llamada para hablar con él a través de las paredes del apartamento.

—Marc, ¿todo bien? Tienes que ponerte en marcha ya.

—Estaba a punto de llamarte yo. Supongo que sigue en pie lo de visitar a Mathew… —deduce Marc.

—Sí, claro… Pero antes me gustaría que te pasaras por casa de Farrell.

—¿De Farrell? ¿Para qué quieres ir ahora a…?

—Sí. ¿Te acuerdas? Lo teníamos pendiente —le interrumpe para recordárselo—. Me he pasado toda la noche con el historial de Shipman y todavía no he encontrado nada. Ese tío se pasaba el día hablando vía forearmphone. Así que me gustaría que mientras yo sigo con ello te acercaras a su casa. Curiosea por la zona, adivina lo que puedas sobre lo que se traen entre manos esos dos, su negocio ilegal o lo que sea. Quizá encontremos algún dato que nos sirva, o algo que nos ayude a hablar con Mathew. Llámame si descubres algo importante. Si no, volvemos a contactar cuando estés con Mathew.

La ubicación que Blake le transmite le lleva directamente a la casa de Farrell, en el corazón del barrio de Roxbury Low. Marc ha alquilado un helitaxi para toda la jornada, por lo tanto, no tiene miedo de dejar a Creta dentro esperándole. Sabe que no irá a ninguna parte. Lo que sí hace es activar los cierres de seguridad para blindar el habitáculo.

Se aproxima cautelosamente hacia la vivienda. Parece no haber nadie, no se escuchan ruidos dentro. Camina a pocos metros de la sucia y resquebrajada fachada, consciente de que alguien puede sorprenderle en cualquier momento. Poco a poco circunda por completo los aledaños de la vivienda. Todas las ventanas están tapiadas con tablones de madera. Se dirige de nuevo hacia la parte trasera. Se ha dado cuenta de que esa zona permanece oculta tras altos arbustos y por los restos de una valla de madera. Cree que es un buen lugar para poder indagar más a fondo, protegido de las miradas indiscretas de vecinos, curiosos o posibles cómplices.

Varias de las tablas que protegían una de las ventanas han caído al suelo. Marc se asoma dentro, pero no ve absolutamente nada, solo oscuridad. Suspira. Sabe que va a tener que entrar si quiere averiguar algo. En un acto de valentía inusual en él, intenta arrancar las tablas restantes para colarse en la casa, hasta que consigue hacer un hueco suficiente para que pase su cuerpo. Recoge una de las maderas para protegerse de lo que pueda encontrar dentro.

Percibe un fuerte olor cuando camina por el pasillo, que se acentúa conforme avanza por él. Encuentra vacías todas las estancias de la vivienda. La última puerta corresponde al garaje. Va hacia allí. Gracias al fuerte olor localiza una nueva habitación, especialmente construida y disimulada tras las puertas del único armario del garaje. Marc tiene que aguzar su visión y palpar su entorno para poder avanzar por el interior hasta que queda totalmente a oscuras y tiene que encender su forearmphone para obtener algo de visibilidad. Parece ser un antiguo laboratorio de drogas. A diferencia del resto de la vivienda, que permanece totalmente vacía, encuentra varias mesas con bandejas de secado, paquetes de envoltorios y más de cien kilogramos de harina de gusano de maguey en sacos (típica para la adulteración y procesamiento de la dragotina).

El hecho de que Camila confesara a Mathew que había hablado de Farrell al detective, ha provocado que los dos primos hayan cambiado su lugar de trabajo y dejado allí los restos inconfundibles de la actividad que llevaban a cabo. Simplemente son productores y traficantes de dragotina, como el cincuenta por ciento de los residentes de Roxbury Low. Eso era lo que Mathew temía, que la policía descubriera su negocio ilegal. Marc llama a Blake para transmitirle lo que ha encontrado. El detective no se sorprende, esperaba algo así dado el intenso tráfico de dragotina en ese barrio.

Marc vuelve al helitaxi. Creta ni se inmuta. En apenas treinta segundos llegan frente al portal del edificio de Mathew. Tiene suerte, encuentra la puerta principal abierta. Se ahorra pulsar el timbre y tener que convencerlo desde abajo para que le deje subir. Esa discusión solo se produce arriba.

Al verle, Mathew abre la puerta violentamente. Su cabreo rompe el silencio sepulcral de la escalera.

—¿Qué cojones hacéis aquí otra vez? —pregunta creyendo que Blake le acompaña.

—Tranquilo, vengo solo —se defiende Marc ante su mirada colérica.

—¿Y para qué has venido?

—Para hablar…

—Pero qué pesados sois. ¿Acaso me tenéis manía? —Mathew parece desesperado—. No encontraréis una maldita prueba que me inculpe, yo no tengo nada que ver con la muerte de esa mujer.

—Solo quiero hablar —repite Marc con mirada inocente.

—Cinco minutos y te vas, estoy ocupado —cede Mathew.

¿Significa eso que está de buen humor? Marc permanece atento y cauto.

Mathew avanza hacia el salón sin prestar la más mínima atención a la visita que le sigue a pocos pasos. En la casa reina la oscuridad y hay un denso olor a comida, casi hedor, como si recientemente hubieran estado cocinando algo podrido. No hay señales de Camila. Mathew se sienta en su sillón, frente a la holovisión, dándole la espalda a Marc, que permanece de pie justo bajo el dintel de la puerta del salón, dubitativo. Mathew no le ha invitado a tomar asiento, sigue a lo suyo. El resplandor de la holovisión ilumina con cada parpadeo el desorden del salón. Marc se siente incómodo allí.

Sobre la mesa, a su lado, tiene a medias el plato de revuelto de carne y especias que produce ese olor nauseabundo, además de una botella de whisky.

—¿Dónde te has dejado a tu amiguito? —pregunta Mathew al mismo tiempo que hurga con el dedo en el plato para elegir el mejor trozo que llevarse a la boca—. ¿No os cansáis de acosarme?

Marc decide en ese momento proyectar el holograma del detective, y este aparece delante de Mathew, en grandes dimensiones, entre él y la holovisión.

—¡Joder! —Mathew se asusta al verle de repente. Se vuelve hacia Marc subiéndose de rodillas al sofá y apoyándose en el respaldo—. ¡Menudo susto! ¡Quítame a ese de aquí!

—¿Tan feo soy? —bromea Blake a su espalda.

—De verdad… que sois únicos. Los policías más patéticos que conozco. Y unos payasos. ¿Lo sabéis? —dice mirando inquisitivamente a Marc—. ¡Me has engañado para meter a tu amiguito aquí! ¡Lo lamentarás! —La atención de Mathew vuelve hacia Blake. El hecho de que tape su cuerpo con una manta le desconcierta—. ¿Y a ti qué coño te pasa? ¿De qué vas disfrazado hoy?

—Ja, ja, ja. —Blake ríe—. Hemos encontrado al asesino.

—Por fin me dejaréis en paz. —Mathew se acomoda de nuevo en su sofá, deja de prestarle atención a Marc para dedicársela exclusivamente a Blake, y agarra la botella de whisky—. ¡Habrá que celebrarlo! —y bebe directamente de ella. Luego la deja sobre la mesa.

Blake comienza su juego psicológico:

—Te debo una disculpa por pensar que tú… ya sabes… Pensé que la habías matado.

Mathew no se traga ni una sola de sus palabras. Los dos intensos encuentros que ha mantenido con él son suficientes para verlo venir. Percibe en sus palabras un extraño doble sentido. También lo nota en su mirada, y permanece callado para ver adónde quiere ir a parar.

—Se llama Dennis Shipman.

Mathew sigue sin pronunciarse y reanuda su almuerzo.

—¿No tienes nada que decir? ¿Lo conocías de algo? —insiste Blake.

—Pero bueno, ¿no dices que lo habéis encontrado? Pues encerradle y a mí dejadme en paz —replica con la boca llena y lanzando perdigones de comida. Luego estira el brazo y coge de nuevo la botella.

—¿Lo conocías o no?

—¿Acaso importa?

—Sí. Importa.

—Solo conozco a un Dennis Shipman, un tío altísimo que…

—A ese mismo me refiero.

—Pues lo que te decía, que lo conocí hace mucho tiempo. En una ocasión, cuando éramos jóvenes, hicimos un trato.

—Está encerrado en Thompson Island desde el 91. ¿Lo sabías?

—No. —Mathew se empieza a alterar—. ¿Me vas a decir qué pinto yo en todo esto? ¡Habéis venido a joderme el día, lo sabía!

—Las preguntas las hago yo.

—Y yo las respondo si quiero.

—Te recuerdo que puedo encerrarte por entorpecer una investigación policial si no me lo cuentas.

—¿Ah, sí?

—Y por negarte a cooperar —añade Blake.

—Me cago de miedo. Siempre que hablo con vosotros me hago caquita encima.

—Y también podría encerrarte por tráfico de estupefacientes, si quisiera.

Mathew le mira contrariado. También le dedica un momento a Marc. Y deja de comer. Siente estar entre la espada y la pared.

—No entiendo nada. Dices que has encontrado al asesino, que además ya está en prisión... Y vienes aquí otra vez a molestarme, a hacerme preguntas estúpidas. ¿Acaso quieres echarme el muerto a mí?

—¿Sabes a lo que se dedicaba?

—¿Quién?

—Shipman.

—Pues no, le perdí la pista hace tiempo.

—Era asesino a sueldo. ¿Contrataste los servicios de Shipman para que matara a Margaret?

—¿Veis lo que digo? ¡Estáis deseando cargarme a mí la muerte de esa mujer, sea como sea! Se os nota mucho.

—Alguien lo hizo.

—Pues yo no lo hice. ¡Fin de la conversación! ¡Fuera de mi casa!

—Técnicamente, no puedo salir. —Blake se hace el gracioso.

—Le patearé el culo a tu amiguito ahora mismo si no desapareces. —Mathew se desespera y se vuelve hacia Marc en actitud amenazante—. ¡Fuera de aquí, he dicho!

Marc traga saliva esperando la reacción de su compañero.

Blake toma de nuevo la palabra:

—¡Eh, eh, eh! Vamos a calmarnos. Mírame a mí y déjale a él. Si dices la verdad, si tú no le contrataste, no te importará que eche un vistazo al historial de llamadas de tu forearmphone…

—Claro que me importa. Quiero decir… No porque vayas a encontrar algo que me inculpe en el asunto, verás que no hay ninguna conexión entre ese Shipman y yo. Me refiero a que todos tenemos nuestros secretos, este barrio es pobre y cada uno se gana la vida como puede. ¿Entiendes?

—¡Ah, claro! Descuida, ya sabemos lo de tu laboratorio de dragotina. Si lo que te preocupa es que te encierre por ello y que te fastidiemos el negocio, estoy dispuesto a llegar a un trato contigo. Haré como si no supiera nada. Es más, no interferiré en tu trabajo. Pagaré ese precio por la información de tu forearmphone. ¿Qué me dices? ¿Te parece bien mi oferta? Es una forma de conseguir que te dejemos en paz, y de poder seguir comerciando dragotina a tu antojo.

—¿Cómo puedo saber que no me detendrás al descubrir otros asuntos?

—No tienes forma de saberlo. Solo confiando en mi palabra.

A Blake le da igual todo, en ese momento le prometería hasta el paraíso. Sabe que sus horas como policía están contadas y que necesita trabajar rápido.

Mathew no tiene opción y cede el historial de su dispositivo a Marc para que este se lo envíe al detective.

—Ya hablaremos. Y espero que sea para bien. —Blake se despide.

Marc abandona la vivienda.

Capítulo 37

La que parecía que iba a ser una mañana de lo más entretenida para Marc, resulta quedar en la más absoluta calma. Blake continúa trabajando contrarreloj desde la cárcel para encontrar al individuo que contrató los servicios de Shipman, mientras él permanece a la espera con Creta en el interior del helitaxi que ha alquilado, sin un nuevo destino para indicarle. No tiene otra opción que ponerse a los mandos virtuales si quiere que el vehículo se mueva. No le apetece quedarse allí esperando, desea salir del barrio de Roxbury Low cuanto antes.

Marc aguarda impaciente una nueva llamada de Blake que le comunique buenas noticias, o el siguiente paso que debe dar. Mientras tanto, no sabe qué hacer ni adónde ir. Simplemente se deja llevar y conduce sobre la gran vía de Columbus Avenue. Creta permanece sentada a su lado sin mirarle, totalmente estática y sin prestar atención a los intensos colores del exterior, de los carteles publicitarios y los vehículos que los adelantan por ambos lados del carril gravitatorio. En cambio, Marc sí que se fija en Creta. Todavía no se ha acostumbrado a su exótica belleza fuera del apartamento.

Siente la soledad que le ha dejado la marcha de su tía. En ese preciso momento echa en falta tener a alguien con quien hablar. Aunque sabe que Creta es de escasas palabras, que ella se desenvuelve mejor de otra manera, piensa en activarla. Necesita una mirada suya, que le diga algo, lo que sea. La investigación le está pasando factura. También lo que ha vivido recientemente en relación con la consciencia de su tía. Demasiadas emociones y novedades que digerir en tan corto espacio de tiempo. No debería haber sido así. ¿Cómo ha podido complicarse tanto el capítulo de la carga de la consciencia de su tía? Nadie contaba con un asesinato de por medio. Ese fue el problema. El detonante: Shipman y la persona que lo contrató.

Para colmo, Blake, su único apoyo y la persona en la que deposita toda su confianza, está en la cárcel. La ansiedad se apodera de él. El agobio que Marc experimenta se acentúa conforme da rienda suelta a sus pensamientos. También evalúa si es idóneo o no dar vida a Creta dentro del helitaxi. Mucha gente lo hace, salen por ahí acompañados de sus sexpartners. Le duele la cabeza de tanto pensar. Incluso le rugen las tripas. Tiene hambre. Con las prisas y los nervios ha salido del apartamento sin pegar bocado a pesar de la insistencia de su IA en que desayunara.

¿Qué habría pasado si hubiera encontrado en su vida una persona como Creta? ¿Habrían acabado juntos? Se hubiera enamorado perdidamente de ella, incluso antes del primer contacto, no podría haber sido de otro modo. Le cuesta imaginarse la situación: él con una mujer como Creta… Imposible. No está hecho para una persona así, y por eso cree que, en parte, tiene suerte de que ella no sea real, ya que es la única forma de poder disfrutar de sus encantos. Aunque a veces echa en falta cosas en ella que una compañera de carne y hueso sí podría ofrecerle. Pero sabe que no puede ser de otro modo. Él no está hecho para estar con nadie. En cambio, en ese momento le vendría muy bien que Creta fuera un poco más humana de lo que acostumbra, para hablar, para recibir una mirada cómplice. La llevaría a desayunar, por ejemplo… Sí, ese sería un buen plan. Sus tripas le dan la razón. El hambre que siente empieza a causarle malestar en el estómago.

Marc acaba sentado frente a Creta en la mesa del mejor lugar para desayunar de la plaza Carter Play Ground. El helitaxi está imantado fuera, en el aparcamiento para usuarios a pie de calle. Puede verlo a través de la ventana. Creta le mira, esta vez parece prestarle toda su atención mientras Marc sacia su apetito. Tras dar un buen trago a su zumo de naranja, muerde una de las tostadas. Su mano izquierda no la utiliza para comer: la mantiene extendida sobre la mesa, justo encima de la mano de la pelirroja, que permanece callada pero muy expresiva en todo momento, tratando de interpretar qué significan todos esos movimientos que realiza Marc, pues nunca le ha visto comer. La sensualidad que desprende su mirada, cómo se mueve, la respiración simulada de su cuerpo, atrae todas las miradas de los clientes del bar. De hombres y mujeres. Marc se ha dado cuenta de ello. Todo el mundo está acostumbrado a encontrarse diariamente a parejas híbridas en la calle o en cualquier otro lugar, pero no es común toparse con una sexpartner tan exótica y bella, digna de haber sido creada por los mismísimos dioses. Además, los modelos habituales de sexpartners suelen ser muy extravagantes, diseñados para satisfacer las más extrañas apetencias de una sociedad acostumbrada ya a una sexualidad infinitamente diversa. Los clientes del bar constatan el gran gusto de Marc por haber imaginado una compañera tan soberbia como Creta.

Blake no da crédito. No se explica cómo una persona puede estar tanto tiempo hablando vía forearmphone. Después de pasar horas y horas escuchando conversaciones de lo más interesantes referidas a su extenso currículum delictivo, empieza a reproducirse la llamada que andaba buscando. Una voz distorsionada solicita sus servicios como sicario, pidiéndole que elimine a una mujer cuya descripción encaja perfectamente con la de Margaret y la vida que tenía. Continúa escuchando… y cuando de pronto aparece la palabra «Aquarium» en la extensa conversación, Blake lo festeja.

Arroth se levanta de la cama y, contagiado por el entusiasmo de su compañero de presidio, lo celebra con él. A Blake le incomoda ver la excitación del viejo enclenque, se sosiega y continúa escuchando. El interlocutor misterioso de voz distorsionada sigue informando sobre los mejores sitios para matar a Margaret, dónde vive, qué lugares frecuenta y menciona algunas de sus rutinas. Sin duda ese hombre ha dedicado tiempo a estudiar a su objetivo. Demuestra que la conoce muy bien. La conversación acaba con un punto de reunión impuesto por Shipman para conocer al demandante, atar los flecos del trabajo que debe llevar a cabo y cerrar el negocio. ¿Por qué ese hombre recurría a los servicios de un asesino a sueldo para ejecutar su macabro plan?, piensa Blake. La experiencia de todos estos años que lleva como detective le hace intuir que esa cuestión es muy importante en el caso.

Capítulo 38

Blake interrumpe el placentero momento, el desayuno de Marc:
—¡Lo tenemos! ¡Ya es nuestro! He localizado la llamada del que contrató a Shipman para el asesinato.

La tostada que sujeta Marc cae boca abajo sobre la mesa.
—¿Es Mathew?
—No. He revisado todo su historial y nunca ha creado un enlace con Shipman.
—Entonces ¿quién es?
—No te he dicho que sepa quién es. Te he dicho que he localizado la llamada. Se ocultó tras una voz distorsionada. Pero la llamada es directa. He escuchado claramente cómo le pide acabar con la vida de Margaret.
—¿Y el motivo por el que quería matarla?
—No lo menciona —le aclara el detective, que habla más rápido de lo normal, intentando arañar segundos al tiempo que le queda como policía.
—¿Y ahora qué? —pregunta Marc.
—El 2 de octubre de 2088 concretaron un punto de encuentro para cerrar el asunto, en la terraza del restaurante del hotel Nature Pinacle. Ve allí y date también una vuelta por los alrededores. Necesitamos saber si algo pudo haber registrado esa reunión.

—¿Te refieres a cámaras de seguridad?
—Por ejemplo.
—¿Después de seis años tú crees que…?
—Ve y averígualo.

Aunque Shipman ha podido confirmar desde el agujero de castigo en el que se encuentra que, efectivamente, su forearmphone está activado, no ha podido utilizarlo ni establecer conexión con nadie en toda la noche. En ese reducido espacio oscuro no hay conectividad. En cambio, durante las últimas horas ha tenido suficiente tiempo para pensar, para sacar conclusiones sobre por qué Marc ha activado su forearmphone. Shipman es muy inteligente. Enseguida comprende que lo ha hecho para copiar su dispositivo y buscar en los registros al hombre que le encargó el asesinato. Se siente humillado por haber sido engañado con una pistola de juguete. El enfado le lleva a la única venganza posible, el único acto que puede realizar desde la cárcel para fastidiarles el plan a ese par de idiotas: poner sobre aviso al sujeto que lo contrató de que la policía anda buscándole. Shipman sabe muy bien que solo han copiado la información de su dispositivo, que no han intervenido sus llamadas, precisamente lo que él hizo años atrás con Timothée Caine, y con tantos otros. Por eso conoce al dedillo cómo se hace, y sabe que es imposible lograrlo con un simple contacto entre forearmphones.

Siempre que se encierra a alguien en el agujero, después se le deja una hora en un pequeño patio, a solas, para que respire y se recupere de la incomodidad de pasar horas en un espacio tan reducido. Un pequeño rincón entre cuatro verjas y una alambrada superior de unos veinte metros cuadrados desde el que se puede ver perfectamente el mar, el acantilado, el horizonte y el cielo. Shipman espera con impaciencia ese momento, más que para salir de allí, para probar la conectividad de su dispositivo y realizar la primera llamada.

Una vez fuera del agujero de castigo, de rodillas, con las piernas doloridas, desorientado, e incapaz de ponerse en pie, accede a su agenda de contactos. Todavía recuerda el nombre de aquel hombre. Y, efectivamente, su forearmphone consigue establecer contacto, después de tantos años.

—¿Quién es? —responde una voz.

—Seré breve. Escucha atentamente lo que te voy a decir.

—Pero… ¿quién es? ¿De qué va esto?

—Soy Dennis Shipman. —Su misterioso interlocutor enmudece—. Acabo de descubrir que la policía anda buscándote, por lo que hice por ti. Extrema las precauciones.

—¿Cómo lo sabes? ¿Y por qué me cuentas esto? —pregunta, confuso, ante la nula relación que los une, pues no han vuelto hablar desde entonces.

—Esos cabrones me han tocado la moral, han venido a la cárcel a molestarme con preguntas. Van a por ti.

—¿A la cárcel?

—Sí, estoy en Thompson Island desde hace un tiempo, me pillaron por otros asuntos.

—¿Qué te han preguntado? ¿Qué saben de mí?

—Creo que no saben nada todavía, pero ayer consiguieron robar la información de mi forearmphone. —Shipman solo oye un pequeño lamento. Después, durante unos segundos, se hace el silencio al otro lado—. Además… Voy a decirte algo que no te va a gustar: uno de esos polis es el sobrino de la mujer que maté.

—¡Eso no puede ser! Su sobrino no es poli.

—Yo te digo lo que sé, estuvo ayer aquí, hablé con ellos, no estoy loco. Espero que no les des el gusto de encontrarte. Parecen capaces de todo. Siento no tener más información para darte. —Shipman corta la llamada.

Inmemorian

El encuentro se produjo en el hotel Nature Pinacle, en el 211 de Massachusetts Avenue. Concretamente, en su patio central, una gran área circular al aire libre con rocas, plantas y árboles artificiales. Nature Pinacle es de los pocos hoteles que todavía optan por una decoración física, que se pueda tocar. Únicamente los pájaros que revolotean son proyecciones virtuales.

En esta ocasión, Marc permite que Creta le acompañe fuera del helitaxi. Parece no haber aprendido la lección: el modo en que la sexpartner camina hacia la entrada del hotel la convierte en el centro de todas las miradas. Los aledaños están bastante concurridos debido a la gran masificación de comercios cercanos. Hombres, mujeres y niños no pueden resistirse a la belleza de Creta, y en particular a su contoneo de caderas.

Tras recorrer gran parte de la planta baja y las zonas comunes del complejo, aparecen en el corazón del hotel, el gran patio al aire libre donde se respira humedad. Marc pasea por las proximidades de la terraza del comedor en busca de cámaras de seguridad que pudieran haber registrado el encuentro, aunque ve difícil que existan imágenes después de tanto tiempo. Pero como le ha dicho Blake, está dispuesto a intentarlo. Unos minutos más tarde, halla la cámara perfecta, la que apunta a la terraza desde la segunda planta.

En uno de los mostradores de recepción, muestra a uno de los droides la imagen holográfica de la placa policial de Blake, que todavía conserva, y le solicita ver las grabaciones de la cámara que apunta hacia la terraza del restaurante. Le ha cogido el gusto a eso de utilizar la placa policial de Blake para conseguir sus objetivos, lo mismo que a llevar una chaqueta del mismo estilo que la del detective, a pesar de que al principio se sentía ridículo con ella. El droide no logra entender lo que le demanda, y avisa a un supervisor, que no tarda en llegar para atender a Marc.

—Hola, soy John Coleman, ¿en qué puedo ayudarte? —Por su mirada queda claro que le hubiera gustado más atender a Creta.

—Vengo de parte de Ron Blake, de la policía de Boston —le explica—. Espera un momento.

Marc contacta con el detective a través de su dispositivo.

—Hola, Blake. Estoy en el hotel y he encontrado una cámara que pudo haber grabado las imágenes. Necesito que hables con…

—A Marc ya se le ha olvidado el nombre.

—John Coleman —le recuerda el supervisor, que espera a su lado.

—Eso, con John Coleman.

—Proyéctame para que hable con él —le pide Blake, que rápidamente oculta el uniforme carcelario con la manta.

—Hola, John. Soy el detective Ron Blake. Necesitaría ver las grabaciones de la cámara que indica mi compañero.

—Pero… ¿traéis una orden o algo?

—Verás… no podría mostrarte una orden hasta mañana —miente Blake—, y me quedo sin tiempo. Estamos tratando un asunto muy delicado. Si quieres esa orden, la tendrás mañana, pero necesito ver esas grabaciones hoy. Ahora.

—Lo siento. Cuando tengas la orden te enseñaré las grabaciones.

—Creo que no me he explicado bien. Si no las veo hoy, quizá no podamos resolver el caso. Si aparezco de este modo, sin acudir en persona, es porque no disponemos de tiempo. Hablamos de un asunto importante que quizá mañana ya no se pueda resolver. —Coleman no parece muy convencido—. Si no me permites ver las cámaras, tendré que dejar constancia de tu oposición, y quizá te relacionen con el caso por ocultación u obstrucción en la investigación, vete tú a saber… Últimamente en la policía no damos pie con bola.

—¿Eso es una amenaza?

—Ni mucho menos, solo te informo. El caso es muy delicado.

—¿Qué investigáis exactamente?

—Un asesinato. Y no te gustaría que te acusaran de cómplice, ¿a que no? —insiste Blake y el supervisor frunce el ceño.

Coleman se ve obligado a aceptar la petición del detective y conduce a Marc a una de las salas desde las que se controla la seguridad del complejo.

Capítulo 39

—Bueno... entonces necesitaría ver las demás cámaras para descubrir al hombre que busco —les indica Marc tras no obtener el perfil del hombre al que persiguen.

—Lo siento, pero no va a ser posible. El resto de las cámaras del complejo sobrescriben su información cada treinta días. Has tenido mucha suerte de que el encuentro entre estos dos tipos se haya producido bajo la única cámara del complejo que almacena las imágenes desde que abrimos el hotel hace muchos años. Por lo menos has corroborado que el hombre al que buscas estuvo aquí —explica Coleman mientras sigue reproduciéndose la escena.

Marc no piensa tan positivamente como el supervisor:

—¿Suerte? Pero si solo he visto sus pantalones y sus zapatillas.

Aunque todavía está muy lejos del propósito por el que ha visitado el hotel Nature Pinacle, Marc confirma el encuentro tal y como asegura Coleman. A consecuencia de la lluvia, los toldos de la terraza donde Shipman y el hombre misterioso se reunieron permanecían desplegados y ocultaban toda la actividad que se producía en la extensa terraza y la identidad del principal protagonista de las imágenes. ¿Por qué Marc está tan convencido de que se trata del asesino y de su cliente si no ha podido verlos? Porque gracias al ángulo de grabación que mantiene la cámara, en un momento dado se ve la espalda inconfundible de Shipman. Además, ocupan una de las mesas más próximas al lateral en la que quedan expuestas a la cámara las largas piernas de Shipman, inconfundibles, junto a las de otro hombre que viste unos pantalones negros y unas zapatillas azules. Tras una charla de veinte minutos, el encuentro finaliza y los dos entran en el hotel por el acceso del restaurante, caminando bajo los toldos que los protegen de la lluvia.

Marc abandona la sala defraudado y harto de que el obeso controlador de anomalías que ha permanecido con ellos en la sala le mire constantemente el culo a Creta. Le ha puesto muy nervioso la situación. No por celos, porque ella no es real, sino por la mirada babosa y repulsiva que le dedicaba. Nada más salir del hotel y encerrarse dentro del helitaxi vuelve a conectar con Blake. Le comunica que no ha habido suerte, le relata las escenas que acaba de ver, pero no lo más importante, pues los toldos lo ocultaban. También le transmite que Coleman le ha informado de que el hotel no dispone de otro sistema de control que registrara ni a Shipman ni a su interlocutor dentro del complejo, pues ha pasado demasiado tiempo.

Tras escuchar a Marc, Blake le da nuevas instrucciones para tratar de resolver la situación. Algo ha quedado más que claro: si no existe registro de lo que ocurrió dentro del hotel, y lo que ha podido ver Marc del exterior tampoco sirve de mucho, quizá lo encuentren fuera.

A excepción del barrio de Roxbury Low, la mayoría de las calles de Boston cuentan con cámaras de videovigilancia, ya sean las dispuestas en establecimientos privados para salvaguardar su integridad, o bien las más de dos mil que utiliza el ayuntamiento para garantizar la seguridad. Por suerte, mientras hablan, Blake comprueba que una de esas cámaras está situada justo donde se encuentra su compañero en ese momento, apuntando hacia la puerta de entrada del hotel. Marc activa el techo translúcido del helitaxi y, tras localizar el dispositivo sobre su cabeza, confirma la información del detective.

Quince minutos es el tiempo que Blake le ha dicho, y se ha marcado como reto, para acceder al registro de escenas desde las funciones policiales que su forearmphone todavía conserva. Marc espera en el habitáculo junto a Creta. Sin embargo, de nuevo la lluvia de ese día impide descubrir el rostro del hombre misterioso, que permanece bajo la cúpula gravitatoria de su chaqueta, que repele el agua sobre su cabeza. En las imágenes se ve perfectamente cómo ambos salen del hotel sin despedirse siquiera. Shipman camina hacia la izquierda y el otro hacia la derecha. Tres segundos más tarde sale del cuadro de enfoque de una cámara fija. Blake le transfiere las imágenes a Marc para que pueda verlas.

—Con la lluvia intensa de ese día seguro que no caminó demasiado. Si no cogió un helitaxi justo en la puerta, tiene toda la pinta de que se dirigía hacia el aparcamiento de Massachusetts Avenue con Main Street. Tendría allí su vehículo —deduce Blake—. Creo que en esa zona tienes dos puntos de grabación de imágenes, antes de llegar a ese lugar. La farmacia del trescientos uno y el centro de estética The Furious Panther. Son privados, así que tendrás que conseguir esas imágenes tú mismo. Yo no tengo acceso.

—Pero seguiremos sin poder verle bajo la protección antilluvia que lleva —replica Marc.

—No podemos dar por hecho eso. Tenemos que comprobar cada uno de sus movimientos. Si no conseguimos descubrir su rostro, seguiremos al menos el camino que tomó. Quizá eso nos conduzca a nuevas pistas. Ahora que hemos dado con él, que sabemos dónde estaba el viernes 2 de octubre de 2088, tenemos que seguir sus pasos hasta pillarle. Llámame con lo que tengas.

No se lo ha dicho, pero Blake guarda un as en la manga. La coincidencia hizo que Shipman concretara la cita en el Nature

Pinacle, justo a ciento cincuenta metros del Brenda Pink Cabaret, y que el tipo al que persiguen saliera caminando hace seis años en esa misma dirección. Si Blake está en lo cierto, si el misterioso hombre se dirigía al aparcamiento de Massachusetts Avenue con Main Street, tendrá mucha suerte, pues justo al lado se encuentra el recibidor aéreo del local de su amiga Soda.

Capítulo 40

La IA de la farmacia de autoservicio no está capacitada para cumplir con la demanda de Marc, por eso ni lo intenta. ¿Es buena idea contactar con el responsable de guardia? No. Tardará al menos dos horas en presentarse. Marc lo sabe y no puede permitirse perder ese tiempo. Decide dejar atrás la farmacia y caminar hacia el centro de estética The Furious Panther.

El local carece de clientes desde hace tiempo. Quizá tenga que ver el escaso cuidado del establecimiento por dentro y las extrañas pintas del personaje con el que se encuentra nada más cruzar la puerta. De edad indescifrable, tiene dos grandes oquedades en las mejillas que dejan al descubierto la mayor parte de su dentadura fluorescente, y una larga perilla de color rosa metálico. El sujeto sale a su encuentro.

—Hola. Bienvenido a The Furious Panther. Me llamo Henry Truman. ¿En qué puedo ayudarte?

—Me llamo Marc, estoy aquí porque…

—No me lo digas. —Henry se adelanta. Se hace el entendido—. Vienes para que te quitemos ese peinado desfasado de tu cabeza y te pongamos una de estas crestas. —Se desplaza rápidamente hacia una sucia vitrina pobremente iluminada.

—No. No he venido para hacerme nada ni a cambiar mi aspecto —le aclara Marc.

Henry le mira extrañado y desilusionado, pues creía tener su primer cliente desde hace días.

—Lo sabía. Le dije a mi jefe que debía ponerme mi quimono de estrellas, no este traje de cuero negro ajustado que no se pondría ni mi abuela. ¿Cómo quiere que venda productos de estética con estas pintas?

Marc se limita a sonreír. Henry Truman le parece gracioso.

—Estoy aquí porque colaboro con la policía. Investigo un caso, y necesitaría ver las grabaciones de la cámara que tienes fuera.

—¿De ese viejo trasto? Me temo que debe de estar ahí de adorno. Hace años que no funciona. ¿Seguro que no quieres que te cambiemos ese pelo? Créeme que sería un acierto.

—No, no. Muchas gracias —dice Marc antes de despedirse del peculiar personaje.

—Blake, en el centro de estética no funcionaba la cámara, y en la farmacia…

—Olvídate de la farmacia —le interrumpe el detective—, necesitaríamos un permiso policial y no tengo tiempo para intentar convencer a nadie más. Ve al cruce de Main Street. Allí encontrarás el local de Brenda Pink. Es una buena amiga.

—¿Y qué quieres que haga allí?

—Mi confidente Soda tiene su local hipervigilado. Con un poco de suerte, si el hombre que perseguimos pasó por el aparcamiento de abajo, lo veremos. Venga, no pierdas más tiempo. Soda ya está avisada de que vamos, nos espera.

Marc regresa al helitaxi para moverlo hacia el cruce de Main Street. Si están en lo cierto, el vehículo que utilizó ese día el autor intelectual del crimen estuvo aparcado allí. Sabe que cada vez están más cerca de descubrir su identidad. Sin embargo, algo le dice que, aunque sea probable que esté sobrevolando el mismo lugar por el que ese tipo caminó, sigue estando muy lejos de él. La realidad es que está a seis años del asesino. ¿Se puede entender de ese modo?

A unos quince metros de altura sobre el aparcamiento, el gran letrero luminoso del Brenda Pink Cabaret tiñe de rosa la zona. El helitaxi asciende varios metros para pasar sobre él hacia el recibidor aéreo.

Marc y Creta caminan por el vestíbulo, entre cientos de relojes decorativos de aspecto victoriano.

Brenda, la señorita de extraña vestimenta, sombrero de copa alta y pelo rosa, le da la bienvenida detrás de la barra:

—Hola, bombón. Te estaba esperando. Bonita chaqueta. Me recuerda a la de un buen amigo mío que tú también conoces.

Marc observa algo extraño en ella.

—¿Dónde te has dejado al detective? —prosigue Brenda.

—Hola, soy Marc. Está aquí —y proyecta la imagen de Blake a su lado.

—¡Vaya! Qué sorpresa verte así —exclama Brenda antes de que el detective se pronuncie—. ¿Por qué te presentas aquí en forma de holograma? ¿Acaso quieres que estemos en igualdad de condiciones para que tú y yo…?

—Porque no tengo mucho tiempo, y digamos que tampoco mucha movilidad —le interrumpe Blake—. Soda, ¿por qué no dejas de jugar y sales para que te vea? Tengo algo importante que contarte.

Gracias a ese comentario, Marc sospecha lo que sucede.

Justo entonces, Soda arrastra hacia atrás la silla para salir del reducido hueco entre ella y su mesa de trabajo. Se incorpora a duras penas para atender la petición de su amigo.

La puerta que hay justo detrás de Brenda se abre y Soda se deja ver. Entonces la camarera virtual queda en silencio e inanimada. Tanto Arroth desde la cárcel como Marc, que está allí presente, se quedan igual de estupefactos. Ninguno de los dos sabe de la presencia del otro, pero en sus rostros se dibuja la misma expresión de incredulidad.

—Blake, viejo amigo, cuánto me alegro de volver a verte.

—Lo mismo digo, Soda.

—¡Oh, oh! Algo ocurre. ¿Y tu chaqueta? —Soda sabe que el hecho de que se haya separado de su chaquetón solo puede significar malas noticias—. ¿Y qué te ha pasado? ¿Qué son esas pintas que llevas? —insiste al verle envuelto en una manta.

El detective se desprende de ella mostrándole lo que esconde debajo.

—¿Estás en la cárcel?

Blake asiente con la cabeza.

—¿Por qué?

—Porque el seboso de Harry Horn…

—¿Ese no es tu jefe? —le interrumpe.

—Ese mismo cabrón, sí. Pero ya no lo es.

—¿Qué significa que ya no lo es?

—Que me echan definitivamente de la policía. Aunque técnicamente sigo perteneciendo al cuerpo, mantengo las funciones de mi forearmphone hasta pasado mañana, por eso podemos hablar. Sigo investigando el caso que tenía entre manos antes de entrar aquí.

—No puedo creerlo. La leyenda Ron Blake en la cárcel. ¿Qué has hecho para que te destituyan y te encierren?

—Digamos que… me he excedido un poco investigando, me llevé un vehículo policial… Ya sabes, me he mantenido en mi línea.

—Bueno… ya. Nos conocemos. No sé ni por qué te pregunto —reniega incrédula—. Creía que nunca te podría caer un paquete así. ¡Eres Ron Blake!

—Pues mira… no me ha servido de mucho esta vez. Por cierto, este es Marc.

—Encantada de conocerte, Marc. —Soda se acerca hasta él y le estrecha la mano. Mientras tanto, Marc mira de reojo a Brenda, que sigue estática detrás de la barra. Le cuesta asimilar que esa mujer grandullona que tiene enfrente sea Brenda—. Preciosa criatura. Es muy buena. —Soda ahora pasea alrededor de Creta, la escruta de cerca—. ¿Es tuya?

Ante la tenue mirada de deseo, Creta comienza a moverse más de lo normal dedicándole una sonrisa picarona.

—¡Joder! ¡Has traído a la pelirroja! —le recrimina Blake, que dado su limitado campo de visión todavía no la había visto—. Nunca aprenderás. ¡Como le pase algo a la consciencia de Marge lo lamentarás! ¡Se convertirá en algo personal entre tú y yo! Estoy harto de que hagas lo que te dé la gana. —Blake está bastante alterado.

—Espera, espera —interviene Soda, intentando apaciguar los ánimos y poner un poco de orden—. ¿Has dicho Marge? ¿Ella es Margaret? ¿Esa no era la mujer que asesinaron de la que me hablaste? —Soda tiene un lío de miedo en la cabeza—. Guaperas, ya me estás contando todo esto, y por qué has venido esta vez.

Blake se lo explica todo. Le resume los acontecimientos que le han llevado a la cárcel, lo que conoce de Marc y de Margaret, todo lo referente a la investigación, en la fase en la que se encuentran, cómo dio con Shipman, por qué ahora la consciencia de Margaret está dentro de Creta, y todo lo que le ha llevado hasta ella, con el interés de que le muestre las grabaciones de sus cámaras de seguridad.

Arroth, que sigue escuchando desde la celda contigua, por fin despeja una de sus dudas. Blake es policía. O mejor dicho, lo era. Eso le ha quedado claro. Desde su cama continúa pendiente de cada palabra, de todo lo que ocurre en el Brenda Pink Cabaret a través del holograma que Blake mantiene activo en su celda. En él aparecen Soda, Marc, Creta y Brenda Pink de fondo, al más puro estilo telenovela antigua. Echa en falta unas palomitas para acompañar.

—¿Así que necesitas que yo resuelva el caso? —dice Soda haciéndose la interesante.

—¿Resolver el caso? ¡No! Solo que me enseñes las grabaciones del exterior.

—Eso es resolver el caso, ya que en cuanto te las muestre, verás al hombre que buscas.

—Eres muy lista, je, je, je. ¿Adónde quieres ir a parar? ¿Qué es lo que vas a pedirme?

Soda camina hacia la imagen flotante de Blake intentando contonear sus caderas provocativamente. Pero no puede. La grasa de sus muslos y su cintura se lo pone difícil, y lo único que consigue es acercarse patéticamente a él.

—Ya sabes lo que quiero, lo que siempre busco en ti, Ron Blake... —Aproxima uno de sus dedos a la imagen del detective y simula que le acaricia los labios.

Blake retrocede instintivamente a pesar de que en realidad está a kilómetros de distancia. Arroth no puede evitar soltar una carcajada. Marc se contiene.

—¿Quién se ha reído? —pregunta Soda confusa, arqueando una ceja ante el gesto del detective.

—Nadie. Por cierto, tengo una mala noticia que darte. —Blake no tenía pensado contársela todavía, pero improvisa para salir de esa situación—. La policía me confiscó los frasquitos azules que me llevé la última vez, por eso se quedaron con mi chaqueta. Están investigando qué contienen.

—Te dije que llevaras cuidado con ellos, que está en juego mi...

—Lo sé, lo sé... No te preocupes. Diré que es mío todo, o inculparé a otros. Ese será mi pago a cambio de que me enseñes las grabaciones.

Soda le mira contrariada.

—Eso no es justo.

—Sí lo es, Soda.

Ambos acaban riendo.

—Siempre te sales con la tuya, bribón. Al menos entre tú y yo siempre sabremos que yo resolví este caso.

Marc se da cuenta de que toda la conversación ha sido una farsa, parte del juego, de las discusiones típicas y sin sentido que mantienen la mayoría de las veces que se encuentran. Incluso la oferta amorosa de Soda.

—Eso sí, evita que lo de los frascos me salpique —apunta la mujer, un tanto preocupada—. Ahora vayamos a ver esas grabaciones. Seguidme.

Marc lleva consigo la imagen de Blake activa. Creta va tras ellos.

Brenda Pink recobra la actividad cuando todos cruzan la pequeña puerta del tabique de detrás de la barra. Unos veinticinco clientes habituales aparecen de repente en el salón para ambientar el lugar.

Soda invita a Marc a sentarse a su lado. Lo prepara todo para que el viejo monitor que tienen delante, un holovisor de hace cincuenta años, reproduzca las escenas del registro de grabaciones. Creta permanece de pie, estática. Desde un holograma adjunto, Soda manipula los controles e introduce los comandos necesarios para acceder al programa informático. Hace años que no ha tenido que recurrir a ese archivo de grabaciones. Ella es más de vigilar su negocio en tiempo real.

El cincuenta por ciento de las plazas de aparcamiento están libres. La actividad peatonal es escasa, típica de cualquier día de lluvia. De vez en cuando, algún transeúnte camina por la zona en busca de su vehículo. Pero, en general, a esas horas la zona está muy tranquila.

—Todavía quedan más de treinta y cinco minutos para que el sujeto llegue —apunta Blake al comparar la hora que muestra la grabación con la que indicaba la cámara desde que lo ha visto salir del hotel.

Soda adelanta la reproducción de imágenes.

—Un poco más adelante… Un poco más… —sigue indicándole Blake—. Otro poco más. ¡Ahí! ¡Para!

El hombre de pantalones negros y zapatillas azules camina bajo la lluvia por la parte inferior de la escena.

—Retrocede un poco para verle desde el principio.

Desde unos treinta metros de altura, la cámara situada en uno de los postes de metal de la barandilla del recibidor aéreo del local captó perfectamente al hombre que Blake y Marc buscan. La mala noticia es que sigue utilizando su cúpula antilluvia mientras camina a paso ligero. Respeta la zona peatonal junto a la poco concurrida vía magnética. Parece llamar a su vehículo mediante su forearmphone. Uno de ellos se activa y se aproxima para recogerle levitando lentamente. Su rostro aún está oculto, y tampoco se ve nada que desvele su identidad por mucho que Soda amplía la imagen todo lo que puede. Inconscientemente, sin saber que estaba siendo observado, mejor dicho, que iba a ser observado seis años después, el hombre misterioso ha conseguido seguir oculto hasta refugiarse en el habitáculo de su vehículo, y así consigue eludir esa persecución un tanto peculiar y extraña, perdida en el tiempo.

El vehículo está demasiado lejos para que el objetivo de la cámara sea capaz de registrar su código de identificación. La lluvia lo pone todavía más difícil. Pero no todo son malas noticias. El vehículo no toma la vía de Main Street. Ha activado sus hélices, lo que significa que se alzará y tal vez se acerque lo suficiente a cualquiera de las cámaras de Soda para ser identificado.

Segundos después, así sucede. El vehículo pasa cerca de otra de las cámaras del exterior, concretamente de una que vigila el recibidor aéreo del local de Brenda Pink. Soda cambia a los archivos de esa otra cámara y busca el momento utilizando las referencias de las escenas anteriores. Por primera vez desde que han sabido que existe un autor intelectual de la muerte de Margaret, encuentran datos directos que los conducen a él.

Aunque el vehículo ha pasado muy cerca, también lo ha hecho muy rápido entre una lluvia que cada vez parece más espesa. Y a pesar de que han tenido suerte, pues ha ascendido con la inclinación exacta para poder ver su código de identificación, la velocidad y la lluvia parecen haberse aliado para seguir poniéndolo difícil. Hacen imposible distinguir la última cifra.

Ante la atenta mirada de Blake y de Marc, la pasiva mirada de Creta y los nervios de Arroth, Soda mueve los fotogramas metódicamente para intentar averiguar ese último número tan importante. Blake sabe que si lo consiguen, tendrá al culpable. Todavía le queda tiempo para entrar en el archivo policial y buscar a quién pertenece la numeración de ese vehículo. Sin embargo, a pesar del esfuerzo de su amiga durante más de diez minutos, no se ve nada claro.

—¿Es un cero? —pregunta Soda.

—Yo creo que es un ocho —indica Marc.

—Mira… Adelanta un poco más la imagen. Ahí —señala el detective—. Parece una G.

—Pues yo en esta imagen veo más bien una C —opina Marc.

—Chicos, siento deciros que ni G ni C, es una D.

Tras ver las escenas repetidas una y otra vez, al final comprenden que podía tratarse de cualquier carácter. Es lo único en lo que se ponen de acuerdo.

Capítulo 41

Martes, 9 de febrero de 2094

Marc no se puso más en contacto con Blake. Creyó oportuno dejarle trabajar tranquilo, pues sabía que tenía por delante un arduo trabajo: no solo intenta descubrir al propietario del vehículo, sino también hallar el último carácter del código de circulación que le llevará hasta él. Blake le comunicó que su plan era buscar al propietario de cada una de las variables (las letras y números suman treinta y cuatro códigos de circulación posibles) y examinarlos superficialmente para ver si encontraba antecedentes, o datos que los sitúen como sospechosos. Marc sabe que esa tarea le llevará horas.

Tampoco lo ha hecho en lo que lleva de día. Tanto tiempo sin saber nada sobre el asunto le provoca ansiedad, y sabe que si aumenta, no podrá controlarla. Así que decide remediarlo llamando al detective, pero resulta imposible establecer conexión. Parece que Blake ha desconectado las llamadas entrantes. ¿Lo ha hecho para que nadie le moleste mientras trabaja? A Marc le resulta extraño.

No tiene otra opción que paliar la ansiedad, cada vez más acuciante. Sale del apartamento. Sabe que ello nunca falla. Además, la nueva experiencia de ayer le gustó. Por eso rechaza el desayuno que le ofrece la IA y decide repetir la rutina. Después de desayunar con Creta en una bollería de Tremont Park, la lleva a pasear por una de las zonas verdes de Charles. Allí no es el único que disfruta de ese hermoso día soleado acompañado de su sexpartner, entre las dos filas de altos castaños. Nunca ha mantenido a Creta activada durante tanto tiempo. El hecho de que guarde dentro la consciencia de su tía, y la sienta tan cerca, espanta los fantasmas que permanecen al acecho estrechando poco a poco el cerco.

Aunque su relación con Arroth ha pasado de no existir a dedicarle algún escueto comentario sobre lo que busca y le preocupa, Blake no quiere distraerse, ni mucho menos perder su valioso tiempo hablando demasiado con alguien que no le importa.

Mañana se cumplen los tres días desde que Harry Horn le comunicó que el proceso de expulsión de la policía había comenzado. Por lo tanto, Blake contempla la posibilidad de que cuando despierte, su dispositivo esté anulado, y haya perdido con ello los privilegios policiales que aún posee. No sabe la hora exacta a la que esto sucederá, ni tampoco si sucederá antes, pero no puede contar con más tiempo. El caso debe resolverlo hoy. Si no lo consigue, la situación en la que se encuentra pasará a ser crítica. Nada de lo que ha hecho habrá valido la pena. Todo se habrá acabado. Y los tres años que está dispuesto a pagar para conseguir su objetivo serán en vano. No se trata de una investigación más, sino de una meta personal que persigue desde hace mucho tiempo. Nadie que le conozca creería que ayuda a Marc por empatía o devoción. Ron Blake siempre se mueve por sus propios intereses.

¿Alguien le persigue? El radar del helitaxi le indica que lleva detrás el mismo vehículo desde hace algún tiempo. Marc expande el holograma principal para ver en el historial de navegación el tráfico a su alrededor. Comprueba que, efectivamente, el vehículo magnético que le precede ha hecho el mismo trayecto sin separarse demasiado de él.

A pesar de los datos, no cree que lo estén siguiendo a propósito. Piensa que, fruto de la casualidad, ese vehículo lleva su misma ruta. No obstante, para prevenir, activa la conducción manual del helitaxi y frente a él aparecen los mandos virtuales.

Aminora la velocidad para que el vehículo que lleva detrás le adelante, pero no lo hace. Si, como él, ha ralentizado su marcha, significa que alguien lo está manejando manualmente. Los nervios y la ansiedad de la que se había desprendido regresan. Y la paranoia le hace creer que el vehículo se parece demasiado al que vio ayer en las grabaciones. ¿Es de color azul? ¿O lo percibe azulado a consecuencia del fulgor de la estela azul que deja el helitaxi? Se niega a creer que alguien lo está persiguiendo. Todavía baraja la posibilidad de que todo se trate de una coincidencia.

Para salir de dudas definitivamente, decide tomar los mandos de nuevo y hace unos cuantos giros sin sentido, todos a izquierda en los siguientes cruces. Dobla por Berkeley Street, seguidamente por Stuart Street, luego en Clarendon Street y de nuevo vuelve a girar para completar la maniobra y aparecer en la vía que le llevaba tranquilamente hacia su apartamento antes de cerciorarse de que había alguien más atrás. Confirmado: le están persiguiendo. Después de esa maniobra carente de sentido, el vehículo sigue ahí tras la cola luminosa que desprende su helitaxi.

¿Por qué? ¿Para qué? ¿Sabe su perseguidor hacia dónde se dirige? ¿Sabe dónde vive? ¿Estará relacionado con el caso que investigan? En el mejor de los casos, sea quien sea, solo está observándole, o aprendiendo su itinerario. Ahora pilota el helitaxi sobre un mar de dudas. Es consciente de que no tiene problemas con nadie, menos aún tan serios como para que alguien vaya tras él, o le someta a vigilancia. Aquello solo puede tener relación con el asunto que tiene entre manos con Blake. ¿Será la señal de que están llegando al final?

Teme estar dirigiendo a su perseguidor, o perseguidores, a su apartamento. Para evitar una emboscada, decide salir de la vía. Sin aminorar la marcha sobre la vía magnética de Tremont Street, y forzando demasiado el helitaxi, activa las ocho hélices. Una vez giran a toda velocidad, desactiva de golpe la atracción magnética de su esquimán, lo que le hace ascender velozmente. Sorprende a su perseguidor, al que le lleva algo más de tiempo imitar esa maniobra. Los iones desaparecen y ambos vehículos pierden sus estelas azuladas.

Las hélices del vehículo que le persigue también giran a velocidad máxima. Aunque Marc ha abierto espacio con su hábil y astuta maniobra, su perseguidor asciende más rápido y recorta distancia. Al percatarse de ello, Marc hace girar las hélices traseras para ganar impulso hacia delante y dejar de ascender.

Segundos después, tiene a su oponente de nuevo detrás, tan cerca que no puede evitar la embestida. Por suerte, el golpe no ha sido muy fuerte y no provoca grandes desperfectos al helitaxi. Solo se le desprende el paragolpes trasero.

Los sistemas de seguridad vial los mantienen conectados al tráfico circundante y a salvo a pesar de la conducción temeraria y suicida que protagonizan. Marc tiene suerte de no ir en su viejo Corusant.

Evita entrar en el barrio de Charles. Sabe que, si se interna en el Bosque de los Gigantes, como lo llaman, su perseguidor acabará atrapándolo debido a las grandes zonas abiertas entre edificios y a la escasez de tráfico. Y no le conviene nada si quiere perderlo de vista ahora que parece que lo ha dejado un poco atrás.

Marc continúa cambiando de dirección rápidamente, virando a izquierda y a derecha, penetrando y pasando sobre zonas de tráfico aéreo restringido. Su perseguidor le sigue sin dificultad, y ahora recorta distancia. Se ve obligado a realizar un descenso en picado, casi imposible, para evitar que lo embista por segunda vez. Gracias a las sujeciones, Creta permanece en su asiento. No le alarma la situación, pues no está configurada para entenderla.

¿Habrán ido también a por Blake? Eso explicaría tantas horas de silencio por su parte sin contactar con él vía forearmphone. Marc vaticina la desgracia: que pronto le dará caza si no improvisa algo. Falto de ideas y preocupado al mismo tiempo por si el detective está sufriendo o ha padecido algún tipo de ataque similar, establece conexión con él al mismo tiempo que realiza otra caída en picado.

—¡Blake! —De su garganta emana un grito ahogado que tiene que volver a repetir para que su interlocutor le escuche—. ¡Blake!

—¿Marc? ¿Qué ocurre?

Al llegar a la vía recupera el magnetismo.

—¡Blake! ¡Me persiguen!

—¿Quién te persigue? ¿Dónde estás? —pregunta con la adrenalina a tope a pesar de que permanece sentado en el borde de su cama.

—No lo sé. Viene a por mí, me ha dado.

—Mándame su imagen.

—¿Su imagen? ¿Cómo? —Marc vira bruscamente para esquivar una fila de vehículos que se incorporan a la vía—. No puedo dejar los mandos.

Aunque al detective le gustaría que Marc pudiera aprovechar para darle la prueba definitiva que cierre el caso, comprende la situación. La conexión entre ambos permanece activa, pero para no desconcentrarle se queda en silencio, esperando que pueda dar esquinazo a su perseguidor sano y salvo. Los ruidos magnéticos, los roces contra la vía y el sonido del viento se cuelan en la celda a través del dispositivo. Le crispan los nervios.

Marc esquiva todas las estelas azules que se encuentra a su paso. Adelanta a más de diez vehículos. Con el cartel que anuncia la salida 93 a la vista piensa que es un buen momento para intentar despistarlo, y la toma para abandonar la vía principal. En ese momento, y a una velocidad endiablada e inadecuada para circular por la salida de Summer Street, el vehículo perseguidor le golpea por atrás. Ambos pierden el control. El golpe causa que se despeguen del suelo más de metro y medio, y que se salgan de la curva. Los mandos virtuales del helitaxi dejan de funcionar al perder contacto con la vía y los vehículos se salen violentamente del trazado hacia la zona peatonal. Al colisionar contra uno de los pronunciados bordillos que delimitan el camino, saltan por los aires. Dan varias vueltas de campana y derriban todo lo que pillan a su paso: señales de tráfico, más de veinte metros de la valla que protege el paseo marítimo… Afortunadamente, no atropellan a ningún viandante. La extrema velocidad del choque, y la inercia, siguen haciendo que se deslicen rascando el suelo del paseo durante más de cincuenta metros. El helitaxi de Marc queda boca abajo. Un banco de piedra evita que se precipite al agua sucia del puerto. Con ese último impacto, el helitaxi vuelve a girar sobre sí mismo y queda volcado de lado.

Tras el estruendo y la violenta escena, todo permanece en silencio. El otro vehículo ha quedado volcado cerca.

—¡Marc! ¿Qué ha sido eso? ¿Te encuentras bien? —pregunta Blake, quien lleva un rato escuchando fuertes golpes y sonidos sin recibir respuesta.

Marc tan solo se lamenta.

—¡Aaaagg!

—¿Qué ha ocurrido?

Una pierna de Marc asoma por una de las ventanillas. No se la ha partido de milagro. Tampoco sufre ningún daño físico a pesar del aparatoso accidente. Marc suelta las cintas que le sujetan a su asiento.

—Nos hemos estrellado.

—¿Estás bien? ¿Está bien la pelirroja? —repite.

—Necesito salir de aquí.

Marc se arrastra a través del hueco de la ventanilla fuera del vehículo. Varias personas se aproximan al lugar donde se ha producido el accidente.

Cuando logra salir, comprueba su estado físico, evalúa las extremidades, la cabeza, se asegura de que no haya un rastro de sangre cerca que indique que está herido. Sabe que ha tenido mucha suerte. Le parece increíble seguir estando de una pieza. Después se fija en el vehículo de su perseguidor. Parece haberse llevado la peor parte. No sabe distinguir si lo que acaba de descubrir son buenas o malas noticias. Sus peores presagios se materializan. Se trata del mismo vehículo que captaron las cámaras de Soda. Unos segundos después, vuelve a entrar en el destrozado helitaxi para sacar a Creta. Por suerte, ella también está ilesa, y se pone en pie sin dificultades.

Debe darse prisa, la valija de emergencia del helitaxi acaba de activarse para informar a los servicios de emergencia de la posición y la gravedad del accidente.

—¿Estás bien? —insiste Blake al no recibir respuesta de Marc.

—Estoy un poco mareado, pero creo que sí.

Mira hacia arriba persiguiendo el trazado que dibuja en el cielo la columna vertical de humo que se levanta desde el vehículo de su perseguidor.

Varias personas llegan hasta él interesándose por su estado, pero se las quita de encima con malos modales. Los demás curiosos que presencian la escena mantienen las distancias.

—Marc, tienes que marcharte de ahí. La policía estará al llegar. Te detendrán en cuanto te identifiquen. No olvides que te tienen fichado desde que saben que estás conmigo. Si te cogen, todo habrá acabado. No podremos hacer nada.

—Pero… no puedo irme sin ver quién… ¡Es el mismo vehículo!

—¡No me jodas! Pues consigue la matrícula y lárgate.

—Pero ¿qué hago con él? —pregunta Marc mientras corre hacia el vehículo—. ¿Le dejo ahí? ¿Y si está muriéndose?

—¿Pretendes ayudar a quien mandó matar a tu tía y casi acaba contigo también? ¡Que le den!

—No es eso, quiero hacer justicia. ¿Y si está vivo y escapa?

—Da igual. No es momento de hacer justicia. La haremos con las pruebas que presentemos cuando descubramos quién es.

—Pero quiero saldar mi deuda yo mismo con él.

—¡Joder, Marc! ¿Crees que este es un buen momento para discutir eso? Hazme caso de una vez y deja que le detenga la policía cuando llegue el momento, o que se muera dentro de su vehículo.

—Blake, ya tengo la matrícula y oigo sirenas.

—Pues lárgate.

Como el que no tiene nada que ver con todo el jaleo que allí se ha montado, Marc se aleja caminando de la escena, pero sin haber visto el rostro del hombre que hubiera deseado matar allí mismo con sus propias manos. Creta le sigue.

Capítulo 42

Martes 9 de febrero de 2094

Una vida de insoportable sufrimiento a cambio de la sensación que experimenta al resolver cada caso. Sí. Blake lo tiene muy claro. Cerraría ese trato con el diablo sin pensarlo.

Disfruta del orgasmo mental que le produce tener el nombre del asesino y lo celebra como suele hacerlo siempre: reproduciendo en su forearmphone «Hero» de Nimión, mientras dramatiza la mítica actuación de manera magistral. Le sale perfecta. Lo ha hecho muchas veces. La última, y una de las más intensas, fue tras encerrar a Mindy Croise, la asesina de niños.

Ese momento es solo suyo. Lo disfruta, lo saborea, lo abraza. Ni Arroth, quien, contagiado por su entusiasmo, empieza a imitar sus pasos, ni el C1 que le mira desde el pasillo al otro lado de los barrotes, van a enturbiar su momento. Simplemente hace como que no están allí. Blake prosigue su extraño ritual embriagado por el néctar de la victoria.

Una vez se deja atrás el festejo, hay que empezar a armar el puzle que terminará de hacer justicia. La primera pieza es Marc. Y como primera pieza, es importante su consistencia. Lo que va a contarle va a impactarle. Desconoce cómo reaccionará. Por eso permanece atento al localizador que le colocó, esperando a que llegue a su casa para contactar con él.

Otro helitaxi le deja en el recibidor aéreo de su apartamento. Camina al lado de Creta. La IA de la estancia le recibe y abre la cristalera para él. Nada más pisar el salón, Blake le llama vía forearmphone.
—Marc, ¿cómo estás?
—Bien —responde con frialdad.
—¿Te has hecho algo? ¿La pelirroja está bien? —insiste Blake, que no termina de creer que ambos hayan salido completamente ilesos.
—Solo unos rasguños en el brazo y en la cara. Por suerte, estamos bien los dos.
—Pareces enfadado.
—¿Cómo quieres que esté? —Marc explota de rabia—. ¡Hemos dejado al hombre que buscamos allí! Y, para colmo, la policía ya estará buscándome por abandonar el helitaxi que alquilé a mi nombre y por darme a la fuga.
—¿Cómo dio contigo? —quiere saber el detective.
—¿Te refieres al loco que me perseguía? ¿Y yo qué sé? De repente, ahí estaba, detrás de mí. Debe de saber quién soy.
—Y tanto que lo sabe —afirma Blake.
—¿Qué quieres decir?
—Ya tenemos la identidad del propietario del vehículo. Por cierto, Marc, me gustaría que la noticia te pillara sentado.
—Ya estoy sentado. ¿De quién es el vehículo?
—Y que no hicieras ninguna estupidez cuando…
—¿Me vas a decir de quién se trata, o me vas a tener en este sinvivir todo el día? —le interrumpe—. Te recuerdo que no nos sobra tiempo precisamente.

—El propietario del vehículo es Aleister Hadley, el hijo de Margaret. El mismo hombre que contrató a Shipman para acabar con ella.

Marc se queda helado. No lo puede creer. No gesticula. No pestañea. No se mueve ni un ápice. A pesar de que Blake intenta obtener algún tipo de respuesta de su parte, no se siente capaz de articular palabra. El nudo en su garganta también le oprime con fuerza el alma. La noticia le deja totalmente fuera de juego. Mientras, inconscientemente, un trocito de su cerebro le ayuda a atar cabos, y recuerda a Aleister y la única vez que habló con él. Medio minuto después todo encaja y regresa al mundo real con una dosis de energía inusitada.

—Sé por qué lo hizo.

—¿Qué? ¿Cómo dices? —pregunta Blake, contagiado por el radical cambio de actitud.

—El móvil del asesinato. Sé por qué la mandó matar. Unos días después de la muerte de Marge, Aleister se presentó en la entrada de este bloque de apartamentos, y hablé con él a través del holoportero. Me exigió que abandonara el apartamento, que tras la muerte de su madre le correspondía a él, a su padre y a su hermano.

—¿De verdad crees que decidió acabar con Marge porque creyó que le quedaría el apartamento en herencia?

—¿Por qué otro motivo querría matarla? Hacía más de veinticinco años que sus hijos no tenían relación con ella por culpa del padre. Según me dijo Margaret, tras la separación les contó mentiras de ella. Rechazaron cualquier acercamiento que intentaba. Si Aleister está detrás del asesinato, solo puede ser con ese fin. Claro, él no contaba con que Marge me iba a dejar a mí su vivienda. Justo unas horas antes me llegaba el comunicado de que el apartamento y su Corusant42 me pertenecían.

—¿Has dicho un Corusant del 42? ¿He oído bien?

—Sí.

—¿Y cómo no me has enseñado antes esa joya? Sabes que esas antiguallas me encantan.

—Me lo confiscó la policía.

—Seguro que fue el seboso de Harry Horn. Ese desgraciado…

—¿Puedo continuar con lo que verdaderamente importa ahora? —le interrumpe Marc mosqueado. Blake se calla al instante y asiente—. Lo que te estaba diciendo: Aleister no contaba con que me dejaría a mí el apartamento en herencia. Todo cuadra. Cuando le mostré el archivo del ayuntamiento que indicaba esto, en el momento que comprendió que se había truncado su plan, que había mandado asesinar a Marge en balde… Su rostro… Su semblante… Sí. El brillo de sus ojos y su mirada podrían haber sido los de un asesino.

—Lo que me extraña es que desistiera tan pronto, que no intentara alcanzar su objetivo por otro medio, que no tuviera un plan B. En estos casos la frustración del sujeto suele materializarse en venganza, violencia, o bien acaba asesinando a más gente.

—¿Yo qué quieres que te diga? Será un buen perdedor. No tengo tu experiencia en esto, pero estoy seguro de que mandó matarla para heredar el apartamento. ¿Cuándo vamos a por él?

—No vamos a ir a por nadie, y menos nosotros. Cuando llegue el momento, se encargarán de ello quienes se tengan que encargar.

—Pero ese hombre no tiene derecho a seguir en la calle ni un minuto más. Hay que hacer justicia.

—Tú en realidad lo que quieres no es justicia, solo venganza. Ni siquiera sabemos qué ha sido de él tras el accidente. Igual ha palmado. Esperemos unas horas. Además, aquí quien marca los tiempos soy yo, no estoy contigo en este caso para saciar tu sed de resarcimiento. Ya sabes por qué te ayudo. A mí solo me interesa demostrar que las declaraciones y testimonios de las consciencias de Inmemorian deberían utilizarse en las investigaciones policiales.

»Ahora, escucha con atención, te cuento lo que vas a hacer…

Capítulo 43

Una ciudad con tanta actividad necesita una extensa red policial, y Boston la tiene. La comisaría de Meridian Street, en el distrito de la Costa Este, es la más pequeña y modesta de todas. En ella solo trabajan ocho agentes por turno. El equipo lo forman tres patrullas policiales, el comisario y su ayudante.

Meridian Police Center ha estado a punto de cerrar sus puertas en más de cinco ocasiones por el bajo índice de vandalismo del barrio en el que se ubica, y por no entrar en los planes del ayuntamiento. No obstante, subsiste contra todo pronóstico, colaborando con los demás departamentos policiales y con la ciudadanía. De vez en cuando pillan a algún delincuente. Solo tres veces en toda su historia, en las que casualmente Blake participó con ellos, la comisaría se ha atribuido la resolución de un caso. La sólida amistad que el detective mantiene con el comisario Peter Cinteno es la responsable de que una vez más vaya a hacer uso de la comisaría de Meridian Street para sus intereses. Sabe que es su única opción, y que su fiel compañero al mando de la misma va a tratar de ayudarle una vez más. Le ha demostrado que siempre está ahí, sea como sea la situación en la que se encuentre. Quizá en esta ocasión sea demasiado rocambolesca, pero es lo que hay. En ninguna otra comisaría le escucharían a partir de su tercera frase.

Estando en prisión, hablar de consciencias de Inmemorian solo empeoraría las cosas.

Ni se plantea hablar con Harry Horn del tema. Si se entera de que ha estado utilizando sus funciones policiales desde la cárcel, será capaz de mover cielo y tierra para convertir los tres años de condena en muchos más. Por eso ha mandado a Marc a la comisaría que dirige su amigo Peter Cinteno, pero esta vez insistiendo en que lleve a Creta, pues guarda en sus circuitos la pieza más importante de todas para él: la consciencia de Margaret. Sin ella no podrá demostrar su propósito.

Blake confía plenamente en Cinteno, siempre le ha ayudado. Pero... ¿le creerá? ¿Serán suficientes las pruebas del detective para que él también apunte a Aleister como asesino de Margaret? ¿Y para demostrar que las consciencias de Inmemorian son válidas para las investigaciones policiales?

Blake lo tiene todo controlado desde el principio. Desde el momento en que comenzó a trabajar en el caso con aquella primera entrevista a Margaret, lo grabó todo. Tiene las escenas y audios en su forearmphone. Imágenes adjuntas que ha ido capturando, archivos, los interrogatorios que ha llevado a cabo, el historial de llamadas de Shipman, las grabaciones del Aquarium, las del hotel Nature Pinacle, las del local de Soda, las pruebas forenses realizadas por su amigo Scott al cuerpo de Margaret... Lo tiene todo registrado, incluso a Arroth. Y por si en cualquier momento su dispositivo dejara de funcionar, pues no está seguro de que los tres días que le comunicó Harry Horn sean exactos, ha transferido una copia de toda esa información al dispositivo de su compañero en el caso.

El helitaxi deja a Marc a cincuenta metros del Meridian Police Center. Recorre la senda para peatones a paso ligero hacia su destino. Creta camina a su lado. Si no fuera por el cartel y el emblema policial que figuran sobre la entrada, hubiera creído que es una simple casa de dos alturas, pues guarda el mismo diseño que las viviendas adyacentes. Entra junto a Creta por el estrecho recibidor. Enseguida, Visop, el ayudante del comisario, lo recibe.

—Perdona, pero no puedes entrar en un edificio policial con esa… —El joven agente mira a Creta con recelo, al mismo tiempo que sus ojos luchan por mantenerse en Marc—. ¿Puedo ayudarte en algo? —pregunta finalmente.

—Sí. Busco al comisario Peter Cinteno. Tengo algo importante que transmitirle.

—¿Algo importante? —repite Visop contrariado. Nunca antes ha entrado nadie diciendo que tenía algo importante que contar. Ante la extrañeza de la situación, baraja la posibilidad de que Marc sea un terrorista, o que quiera hacerle algo malo al comisario. Visop, cauto, sigue guardando las distancias—. No está. Déjame tus datos y vuelve mañana —dice.

—La información que manejo es muy importante, ¿seguro que no puedes llamarle y decirle que necesito verle?

Visop duda un instante. No sabe qué hacer.

—Me manda Ron Blake —insiste Marc, probando suerte.

—Ya decía yo que esa chaqueta me resultaba familiar —musita el agente entre dientes.

—Visop. ¿Qué sucede ahí abajo? —pregunta alguien desde arriba, apoyado en el pasamanos de la barandilla. Es Peter Cinteno.

Marc se alegra de ver al comisario. Observa a Visop con el ceño fruncido y luego vuelve su mirada hacia la planta superior.

—Dice que le manda Ron Blake —contesta Visop a su jefe antes de que el propio Marc pueda presentarse—, y que tiene una información muy importante para ti.

—¿Y quién es ella?

—Eso todavía no lo ha dicho.

—Creta es una pieza fundamental en el caso. Guarda información muy valiosa —les explica Marc.

—¿Así que hablamos de un caso? Me consta que Ron Blake está en la cárcel. —El comisario duda de Marc.

—Ya lo sé. Por eso mismo me ha mandado a mí para venir a hablar contigo. Observa.

Marc activa la función de su dispositivo para mostrar el holograma de Blake delante de ellos y así disipar todas las dudas. Pero el holograma no aparece. La conexión con Blake resulta imposible. Su forearmphone ya ha sido anulado y su propietario, destituido del cuerpo policial para siempre.

Ante el sospechoso movimiento de Marc que apunta hacia ellos, Visop desenfunda su arma paralizante reglamentaria y le encañona.

—¡Arriba las manos!

—¡Visop! ¿Qué haces? Baja el arma —le ordena el comisario. Después se dirige a Marc—: ¿Qué pretendías? ¿Qué me quieres enseñar?

—A Blake, a través de un holograma, pero… —Marc no sabe cómo continuar—. Es una historia muy larga.

Peter Cinteno baja las escaleras y se acerca a él.

—¿Cómo te llamas?

—Marcus Duval Hadley.

—¿Me permites? —Cinteno le ofrece su brazo para que junte su forearmphone con el suyo, con la intención de identificarle y obtener su contacto—. ¿Desde cuándo conoces a Blake?

—Desde hace seis días —responde Marc.

—¿Desde el día en que lo apartaron del caso en el que trabajaba?

—Exactamente desde ese día.

Peter Cinteno comprende lo que sucede. Blake ha vuelto a hacerlo. Por algún motivo, necesita entregarle los datos y pruebas de un caso que ha resuelto extraoficialmente, para que él lo intente oficializar. Aunque intuye que esta vez será diferente, por la situación en la que se encuentra Blake. Si está en la cárcel, debe de tratarse de un tema especialmente delicado.

—Visop… estaremos en mi despacho. Que nadie me moleste hasta que terminemos.

Capítulo 44

Marc se lo cuenta todo, prestando especial atención a los detalles clave, según su criterio. Al mismo tiempo, reproduce en su forearm-phone las pruebas y las escenas que corroboran cada momento. Luego, Cinteno formula muchas preguntas, y Marc las responde.

—Si todo es cierto… estamos hablando de algo más que resolver un asesinato. Esto significaría que la consciencia de tu tía…

—¡Claro que es cierto! —exclama Marc, sorprendido por el comentario, y cabreado—. ¿No te parecen pruebas suficientes?

—No, no. Me refiero a que si Blake tiene razón con lo que quiere demostrar, si verdaderamente las consciencias de Inmemorian son útiles para ayudar a resolver este tipo de situaciones… entonces estamos ante un caso que va a generar mucho ruido. No sé si esta comisaría es la más indicada para…

—Si Blake me ha hecho venir aquí será por algo.

—Sí, claro. Porque no tiene otra opción. Pero sabrá, al igual que yo, que ir en contra de la ley del silencio al no humano es una locura. Puede que rueden cabezas si presento este testimonio. Pero, por otra parte, se trata de Blake. Le debemos mucho. Si esta comisaría sigue funcionando es gracias a los reconocimientos que conseguimos por él, ¿sabes?

—No lo sabía. No me ha hablado de vosotros estos días. —Marc aprovecha el momento para terminar de convencerle—: Por eso mismo se lo debéis. Además, ¿qué pasa con ese espíritu justiciero que se supone que tenéis los policías? El hombre que mandó asesinar a mi tía y que casi me mata a mí también anda suelto.

Existe una alta probabilidad de que él mismo pague las consecuencias de meterse en un asunto tan delicado y pantanoso, un tema que ya ha provocado la destitución de muchos en el pasado. Por otro lado, sabe que las pruebas que Blake le ha traído son tan sólidas que podría convencer a mucha gente. Él mismo ya lo está, aunque pensaba de forma diferente. Por eso cree que quizá se libre.

Cinteno apoya los codos en la mesa y su cansado rostro sobre las palmas abiertas de las manos. Se siente estresado, sobrepasado. Marc permanece en silencio. Le permite ese momento de reflexión para que ordene sus ideas. Tras un par de minutos, Cinteno vuelve a hablar:

—Pero… haga lo que haga, no podré hacer nada por Blake. Haber resuelto el caso no lo sacará de la cárcel. —El comisario consulta el archivo policial desde su dispositivo mientras sigue hablando—. Se le acusa de robo de vehículo policial con destrozos, abuso de autoridad, amenazas y rebeldía contra la autoridad. Le pasarán por alto el hecho de haber estado utilizando las funciones policiales de su forearmphone desde la cárcel por haber resuelto el caso, pero nada más. Tendrá que pagar la pena que le han impuesto.

—Bueno… supongo que él también lo sabrá —dice Marc sin demostrar mucha compasión en ese momento. Sabe que, en el fondo, merece haber acabado a la sombra por los métodos que usa sin contemplación. Además, lo que más le importa en ese momento es que Cinteno acabe haciendo justicia.

—¿Podemos hablar con tu tía? —pregunta señalando a la pelirroja, que permanece sentada, tranquila, en una silla cercana.

—No. Me parece que no has entendido esa parte —le explica—. La consciencia no está cargada en ella. Solo está almacenada en una de sus memorias de aprendizaje para conservarla.

—Entonces tendremos que poner en marcha a tu tía. Cuando redacte el informe, la jueza Mary Pear hará muchas preguntas, y quizá solicite hablar con ella. Habrá que llamar a un programador para…

—Para cargar a Marge en un soporte estable. No voy a arriesgar más la integridad de la consciencia de mi tía, ni voy a cargarla en Creta.

—Claro, como quieras. No podemos arriesgarnos a perderla. Me encargaré yo mismo de llamar a un profesional en la materia para eso. ¿Te parece bien?

Marc lo piensa…

—No le ocurrirá nada. Estará bien conmigo aquí.

Al final decide no atrasar más las cosas y no pone impedimentos.

Capítulo 45

Viernes, 12 de febrero de 2094

A pesar de la cruda y amarga soledad que experimenta desde hace dos días, tener a Creta de vuelta en el apartamento reconstituye una pequeña parte de él. Desde que Peter Cinteno se la ha mandado a través del servicio de flying home, las tinieblas se han disipado.

Su tía ya no está en su interior, de algún modo él lo percibe; en cambio, hay algo nuevo en ella. Sus ojos brillan de otro modo. Parece haber cambiado parte de su programación, o bien ha obtenido nuevas facultades sociales que nunca antes Marc ha visto en otra criatura dotada de inteligencia artificial. Tras la semilla que ha dejado el paso de Margaret en su interior, Creta ahora es algo más humana.

Han pasado dos días desde que entregó toda la información a Cinteno, y un día desde que el comisario puso la resolución del caso sobre la mesa de la jueza Mary Pear. Todavía no se sabe nada al respecto. La ansiedad y la desesperación de Marc, unidas a las ganas de saber cómo se encuentra la consciencia de su tía, se traducen en llamadas periódicas y constantes a Cinteno, que únicamente puede recomendarle que permanezca atento al noticiero virtual, asegurándole que estas cosas funcionan así, que saldrá en prensa casi al mismo tiempo que la jueza resuelva un dictamen.

Marc espera que la justicia actúe correctamente, pues sabe que existe la posibilidad de que la jueza no quiera jugarse su puesto de trabajo con un tema tan polémico y perseguido, es decir, asegurando que el caso se ha resuelto gracias al testimonio de una consciencia de Inmemorian. Suceda lo que suceda, Marc y Peter Cinteno solo pueden esperar.

Sin embargo, Ron Blake no espera recibir noticias de ningún tipo. Marc no le ha visitado, y eso solo puede significar que las cosas han salido mal. Ya ha dejado de esperarle.

El hecho de no saber si se ha resuelto el caso, si Marc terminó el trabajo y si ha conseguido demostrar de una vez por todas que los testimonios de las consciencias de Inmemorian son fiables, le carcome las entrañas a una velocidad endiablada, como si una ácida sustancia se le hubiera colado dentro.

Ahora que ha dejado de ser detective, que ya no trabaja en ningún caso, su vida se apaga. Cada hora que pasa se siente más débil y hundido. De repente comienza a sentir el peso de la cárcel como si llevara meses allí dentro. Nota cómo se le escapa su nombre y su identidad. Arroth, que ha visto en acción al detective, no comprende ese fatal cambio, y desde el otro lado de los barrotes le intenta insuflar tantos ánimos como puede.

Capítulo 46

Sábado, 13 de febrero de 2094

Nada más despertarse, y a medio vestir, Marc se sienta a comerse el desayuno que le ha preparado el apartamento con la intención de prestarle especial atención al informativo por si dicen algo del caso.

—Informativo —demanda mientras muerde inquieto una de las tostadas.

Una IA rubia platino aparece a escasos centímetros sobre su mesa.

El ayuntamiento acaba de hacer público su plan «Aire Limpio», que consiste en la construcción de quinientos edificios pulmón durante los próximos cinco años. El cincuenta por ciento de las edificaciones serán levantadas en el barrio de Charles. Las otras ubicaciones se encuentran pendientes de estudio.

Durante la jornada de ayer, más de doscientas cápsulas de flying home desaparecieron. Los clientes de dichos envíos están reclamando y denunciando la insólita situación. Hasta el momento todo apunta a que la causa puede haber sido un sabotaje a gran escala. La policía está investigando lo ocurrido.

El Aeropuerto Internacional Logan de Boston inaugura hoy su cuarta lanzadera, en la que ha invertido 470 millones de reis. Con esta nueva línea de turismo espacial, el aeropuerto de Boston se convierte en el tercer escaparate americano más importante para este tipo de vuelos después de Florida y Canadá.

Y nos llega una noticia de última hora. Se ha descubierto que la supuesta muerte natural de una mujer, hace seis años, en realidad se debió a un asesinato. Lo increíble del caso es que se ha descubierto al autor intelectual y al autor material gracias al testimonio de la consciencia de la propia fallecida, que lo contó todo en cuanto un familiar la activó en su vivienda mediante el servicio de Inmemorian. El instigador del crimen pasará esta tarde a disposición judicial. Todo apunta a que este suceso puede cambiar la manera de trabajar de los investigadores a partir de ahora. Esperamos tener pronto nueva información al respecto.

El teatro Boston Palace abre sus puertas para homenajear a…

Capítulo 47

Lunes, 15 de febrero de 2094

Marc pasa la mañana de domingo como casi todas antes de que la consciencia de su tía volviera. Se satisface con Creta, desayuna mientras presta atención al informativo diario, se ducha, sale a respirar al recibidor aéreo durante cinco minutos y se encierra en su cubo de realidad virtual.

No lleva ni media carrera cuando a mitad de la partida un aviso le advierte que alguien está llamando a la puerta de su apartamento. Marc se lamenta por tener que abandonar el juego. Sin embargo, recibir visitas no es nada habitual para él. ¿Quién será? ¿Cómo han pasado al interior del edificio? Espera que se trate de alguien que se ha equivocado.

Camina hacia la puerta de entrada y activa el holoportero. Al otro lado aparecen de repente las figuras virtuales de tres policías con la insignia de la comisaría de Harry Horn.

—¿Marcus Duval Hadley?

—Sí, ¿qué queréis? —pregunta imaginando la respuesta.

—¿Puedes abrirnos?

—Primero decidme qué queréis —repite Marc asustado.

Ante la inoportuna exigencia de Marc, uno de los agentes abre la puerta mediante la función de su forearmphone, e irrumpen en el apartamento.

—Pero ¿qué hacéis?

—Tenemos orden de llevarte a comisaría en calidad de detenido.

—¿De qué se me acusa? —pregunta Marc, que retrocede instintivamente sobre sus pasos.

—Se te detiene por abandonar el lugar del accidente que provocaste. Por conducción temeraria y por colaborar con Ron Blake. Tienes dos minutos para prepararte —le informa el agente de menor altura—. ¿Vive alguien más aquí?

—No.

—Pues te recomiendo que apagues el chiringuito, me parece que vas a estar un tiempo sin aparecer por aquí.

—¿Qué? ¿Qué vais a hacer conmigo? ¿Acaso me vais a encerrar?

—Dos minutos —le recuerda el agente con dureza.

En ese preciso momento se escuchan unos pasos fuera del apartamento. La puerta permanece abierta desde que ha entrado la policía. Alguien se acerca. Uno de los agentes sale a mirar, pero es tarde. Cinco hombres elegantemente trajeados, que ocultan su identidad bajo rostros simulados, irrumpen también en el apartamento.

—Marcus no va a ir a ningún lugar con vosotros —dice uno de ellos—. Se viene con nosotros.

Marc no entiende nada. Ahora lo que siente es pánico.

—Pero… ¿quiénes sois vosotros? ¿Qué hacéis aquí? —replica el agente de policía al mando.

No hay respuesta. En un abrir y cerrar de ojos, rodean a Marc de tal forma que los policías pierden el contacto visual con él.

—¿Quiénes sois? ¿Qué queréis de mí? —pregunta Marc temblando de miedo.

—Tranquilo, no va a pasarte nada —le informa uno de ellos seriamente.

—¡Quietos! ¡Apartaos de él! —grita un agente.

Los tres policías apuntan sus respectivas armas paralizantes hacia los desconocidos.

Uno de los hombres da un paso al frente y proyecta su identificación ante los agentes, evitando con ello males mayores. Los policías de Harry Horn pueden leer: «Servicios Especiales de Inmemorian».

—Fisher Dantakis nos envía a recogerle. ¿Conformes?

Ninguno de los policías se ha topado nunca antes con ningún agente del servicio especial de Inmemorian, pero sí han oído hablar de ellos, y de los privilegios que tienen sobre la policía gracias al poder del presidente de la empresa. En ese momento, todos menos uno bajan sus armas.

—¿Qué hacéis? ¿Vais a dejarles que se lo lleven?

—Óscar, ¡baja el arma, es una orden! —le replica el policía al mando, y cuando su compañero le obedece, añade escuetamente—: Mejor así.

Los agentes de policía no tardan en marcharse. En cambio, los nuevos invitados de Marc le dejan todo el tiempo que necesita para coger sus cosas, pues algunas le harán falta adonde lo llevan.

Capítulo 48

Marc sale del voluminoso vehículo especial. Los cinco agentes de Inmemorian le acompañan a través del recibidor aéreo hasta la entrada más próxima a las instalaciones. Si no fuera por la bruma que cubre gran parte de la ciudad, desde aquella altura podría verse todo Boston, incluso los lejanos campos de cultivo. Ningún vehículo al uso puede volar tan arriba.

Tres de sus acompañantes se marchan en otra dirección al entrar en las instalaciones. El miedo y la inseguridad se han esfumado, pues ya ha comprendido que nadie quiere hacerle daño. Marc camina ahora incluso ilusionado y esperanzado, pensando que lo más seguro es que lo hayan llevado hasta allí para hablar sobre el caso y hacerle varias preguntas. Que quizá ellos mismos estén sorprendidos por el hecho de que gracias a una consciencia de Inmemorian se haya cazado a un delincuente.

Sin embargo, se equivoca. Ese no es el motivo real. En Inmemorian saben muy bien que todo lo que cuentan las consciencias es tan válido como las revelaciones de Margaret. El motivo es otro muy distinto.

En cinco minutos llegan a su destino. Al final del pasillo se abre una puerta y aparece Fisher Dantakis, que recibe a Marc. Detrás de él hay una gran sala dotada de alta tecnología y un gran holograma flotando en el centro, con forma de esfera.

—Hola, Marcus, bienvenido al departamento criminalístico de Inmemorian.

Marc le saluda tímidamente, sin dejar de mirar a todas partes.

Dantakis hace un gesto con la mano y los acompañantes de Marc se marchan.

Aunque la sala parece estar en funcionamiento, pues hay decenas de monitores encendidos y hologramas activos, no hay nadie más.

—Pasa, hombre, no te quedes ahí. ¿Te gusta este sitio?

Marc no comprende nada, ni por qué está allí, ni por qué le pregunta eso. Dantakis, que percibe la cara de susto de su invitado, a pesar de sus intentos de disimulo, intenta endulzar el momento.

—Me consta que te llaman Marc. Yo también te llamaré así.

—¿Por qué estoy aquí?

—Porque tengo una propuesta para ti que no podrás rechazar.

—¿Una propuesta para mí? ¿Por qué?

—Porque gracias a ti y al detective que contrataste se ha hecho realidad algo que llevo intentando conseguir durante muchos años. ¡Abrir este departamento de investigación criminal! —exclama con una amplia sonrisa y los brazos bien abiertos, como si quisiera abarcar toda la sala.

—No le contraté. Fue él quien…

—Eso ya no importa, Marc. Lo que importa es todo esto —le interrumpe Dantakis, que sigue a lo suyo—. ¿Sabes lo que significa?

—No.

—En Inmemorian siempre hemos tenido más poder que la policía, el departamento de justicia nos respeta. Lo habrás podido comprobar hoy mismo en tu casa. Ya me han contado la escenita con esos polis. Pues bien, nos han concedido autoridad suficiente para llevar investigaciones criminales, por encima de la policía. Tenemos capacidad para detener, encerrar… y lo más importante…

para interrogar y que tengan validez los testimonios de nuestras consciencias. Y todo gracias a vosotros dos.

—Si tú lo dices —comenta Marc en voz baja.

—Por eso te ofrezco un puesto como ayudante de detective en Inmemorian. —Dantakis le obsequia una sonrisa sobreactuada, esperando alguna reacción—. ¿Qué me dices?

—¿Ayudante de detective? ¿Aquí en Inmemorian?

—Sí. Te aseguro que serás muy bien remunerado. Te presento a tu oficial.

De pronto, uno de los sillones giratorios al fondo de la sala se mueve y Marc ve quién está sentado en él.

—¿Qué te parece? Le conoces, ¿eh? —dice Dantakis con una sonrisa de oreja a oreja.

—¡¿Blake?! —exclama Marc mientras camina hacia el centro de la sala.

—¡Lo conseguimos! ¡Muy bien hecho, compañero! Que sepas que es un honor poder trabajar de nuevo a tu lado.

—Marc todavía no ha aceptado —interviene Dantakis.

Los tres se dedican miradas furtivas.

—¿Chaqueta nueva? —bromea Marc para romper ese momento de incertidumbre.

—De cuero negro mate —responde Blake, que se la muestra con orgullo.

—Como el monolito de Inmemorian —añade Dantakis—. Hay otra para ti. Si aceptas, claro.

—Acepto —dice finalmente, soltando una carcajada triunfal.

—Blake te enseñará todo esto ahora mismo, pero antes me gustaría mostrarte algo. Cortesía de Inmemorian.

Dantakis les pide que se sitúen frente al holograma esférico del centro de la sala. El detective ya sabe de qué se trata, por eso mira a su nuevo compañero con suma ilusión.

—Hola, Marc. Enhorabuena. —La esfera se extiende y contrae con cada golpe de voz.

—¡Marge! ¡Qué alegría! —dice aproximándose lo máximo posible al holograma—. Creía que te había perdido.

—Eso va a ser difícil. Estoy en la memoria de este lugar.

—Creímos conveniente cargarla aquí, para compensar todo el trabajo que hicisteis. Hemos comprobado que formáis un buen equipo, así que Margaret os ayudará en vuestra labor controlando toda esta sala.

»¿Qué os parece tenerla como compañera?

Marc no cabe en sí de gozo.

—Podré soportarla —bromea Blake.

—Tendrás que cambiar mucho tus modales —responde Margaret, dirigiéndose al detective—. Por cierto, conque operación «Salida a flote», ¿eh? —Blake y Marc ríen—. Gracias por ayudar a mi sobrino a liberarse de la carga que cayó sobre él al conocer la verdad.

—No hay de qué —responde Blake al cumplido, tocándose el ala de su borsalino frente al holograma esférico.

—Por cierto, hay algo más para ti, Marc —interviene de nuevo Dantakis—. Hoy mismo, tu padre Roy ingresará en una residencia de desintoxicación de un buen amigo mío. Será un proceso largo y duro para él, pero Margaret nos habló de tu padre… y decidimos intentarlo. Te debemos mucho. De hecho, os debemos mucho a los tres.

Marc no sabe qué decir, tampoco qué pensar. Aunque desde hace tiempo se había despegado definitivamente de la figura de su padre, una pequeña parte de su corazón permanecía cerca de él. Ahora, la noticia de que van a intentar curarle le sorprende y entusiasma a partes iguales.

Capítulo 49

Viernes, 26 de febrero de 2094

El caso de Margaret Hadley Ross ha alcanzado un amplio eco mundial, por lo que significa. Personas de todo el mundo han exigido que se haga pública la verdad. La división entre la gente en contra de los procedimientos de Inmemorian y la que apoya a la empresa puede verse cada día, de nuevo, llenando horas y horas de debates de holovisión, en manifestaciones virtuales e incluso en las calles. La noticia también ha convencido a muchos, que aún no se habían decidido, a grabar las consciencias de personas que se marcharon. Gracias a la abolición de la ley del silencio al no humano, muchos departamentos de policía reciben nuevas denuncias para que se reabran casos cerrados y se investigue sobre ciertas muertes del pasado. Algunas consciencias están relatando los hechos que les causaron la muerte. Los primeros casos llegan al departamento de criminalística de Inmemorian.

Marc y Blake llegan al número 3 de Lubec Street, burlan el cordón policial ante la perplejidad de los agentes que custodian la zona y se adentran en el bloque de edificios. Todo el mundo los conoce.

—Como siempre, escaleras —le indica Blake a su acompañante.

Por el camino se cruzan a varios miembros de la policía científica que abandonan la escena del crimen, ataviados con pulcros monos blancos de trabajo.

En el apartamento número 21 se encuentra el inspector de policía al mando.

—¿Dónde es? —pregunta Blake.

—Allí, en la habitación del fondo. —El inspector Sango Bobal señala al final del oscuro pasillo—. Se llamaba Sarah Petrov, según su dispositivo. Lo estamos utilizando para buscar datos de contacto. No lleva aquí mucho tiempo. Nos llamaron sus dos hijos pequeños —le explica mientras caminan hacia la escena del crimen.

La víctima está tumbada boca arriba en el centro de un gran charco de sangre con un profundo corte en el cuello.

—Marc, prepara todo para el grabado. Y tú… —ahora Blake se dirige al inspector—, déjanos solos.

Cuando Sango Bobal abandona de mala gana la habitación, y se quedan solos, Marc se agacha y rapa la rubia cabellera de la difunta para pegarle los electrodos en el cuero cabelludo. Al lado, junto al charco de sangre oscura, instala la pequeña máquina de grabado en busca del testimonio más importante de todos: el de la propia víctima.

Capítulo 50

Domingo, 20 de junio de 2094

Los nombres de Ron Blake, Marcus Duval y Margaret Hadley suenan en casi todos los rincones de Boston. Resulta raro encontrarse con alguien que no haya oído hablar de ellos. A Ron Blake le agrada la sensación de cruzarse de vez en cuando con un grupo de periodistas esperando en el recibidor aéreo de su apartamento. A Marc, todo lo contrario; nunca le ha gustado que la gente le mire. En cambio, el buen humor con el que afronta cada día le ayuda a lidiar con el ruido mediático. Desde que ha cambiado su puesto de trabajo en Force 4 por el prestigioso puesto que le ha ofrecido Fisher Dantakis al lado de Blake, es un hombre nuevo. El caso de la muerte de su tía, y que Margaret vuelva a estar tan cerca de él, le ha servido para dejar atrás las inseguridades y miedos del niño que un día fue. Todo han sido cosas buenas. Dentro de unas semanas podrá visitar a Roy, quien ha superado la primera fase de recuperación en la residencia Jarre First, gracias a Dantakis. Y su relación con Creta, aunque sigue muy alejada de la compañía que puede ofrecer una persona de carne y hueso, se ha estrechado, ha pasado a otro nivel. Desde que Margaret estuvo alojada en su interior, Creta parece haber desarrollado nuevas cualidades cognitivas. Cada día comparten más cosas juntos. A Marc le gusta mantenerla encendida siempre que está en casa.

Marc se baja de la montaña rusa que ha sido su vida en la parte más alta, y sin caer al vacío, pues ahora pisa sobre un suelo más firme desde que tiene memoria.

Epílogo

En Willow Square pagarían miles de reis por cualquiera de los elementos que decoran la estancia. El pequeño apartamento parece pertenecer a otro tiempo, como su residente. La mesa, el mantel que la cubre, las cortinas, el empapelado de las paredes, la alfombra… todo es exclusivo de ese lugar. Objetos arcaicos que la mayoría de la gente ha olvidado, que ya no reconocen.

Su hogar se limita a una sola sala. En ella no hay mobiliario, no hay cama, ni tan siquiera holovisión. Solo una antigua mesa de camilla, un viejo sillón y una chimenea en la que no hay restos de ceniza, ni señales que indiquen que se haya encendido un fuego. Todo carece de cualquier tipo de tecnología, excepto el sillón. Un cable recorre el suelo hasta la pared. Se sienta. Interferencias. Por un momento parpadea toda la escena. Observa la estancia. Se fija en las paredes, en la decoración, en los objetos que hay sobre la repisa de la chimenea. Está cómodo. Sin duda ese es su sitio. Como siempre que se deja vencer sobre su sillón, se siente atraído por la única fotografía que posee. Entre la maqueta de madera de un barco antiguo y un trofeo de caza hay un portarretratos en el que reconoce al que fue su compañero, pero no al detective que aparece a su lado. De nuevo su mente pugna frente a esa fotografía que tantas preguntas le suscita. Rememora una vez más ese instante, la desarticulación de la célula de Bay Village fue su gran hazaña. La fotografía frente a la iglesia presbiteriana del 67 de Newbury Street que salió al día siguiente en todos los periódicos haciendo pública la noticia.

Ante su mirada… sigue su compañero. Parece decirle algo, o tan solo lo imagina. La iglesia de fondo en la instantánea con el mismo aspecto que aquel día. Al lado, el detective desconocido porta su mismo borsalino de cuero. ¿Quién es ese extraño? ¿Por qué ha ocupado su lugar? ¿Por qué lleva su sombrero?, se pregunta. Se lo quita de la cabeza, lo observa, lo compara. Se ha desgastado, ha perdido su color. El sombrero es el mismo, de eso está seguro. Su compañero también, igual que el lugar, aquel tiempo incluso, pero ese detective no es él. Solo un extraño que observa cada día sobre la repisa de su chimenea, momentos antes de abandonarse sobre su viejo pero reconfortante sillón. Instantes previos a que sus ojos se entornen: interferencias.

Nota del autor

En esta novela se han tratado temas como la revolución de las máquinas, el avance de la inteligencia artificial, las relaciones personales, el sexo con robots y la posthumanización de la consciencia humana tras la muerte.

Exceptuando la idea de la conservación de consciencias en Inmemorian, que lógicamente está colocada para que haya novela, he intentado tratar los conceptos citados con la máxima fidelidad a lo que yo creo que podríamos dirigirnos como sociedad dado el camino que llevamos, y lo que ya nos rodea hoy en día.

La tecnología ha venido para quedarse, para hacernos la vida más cómoda. Ya no contemplamos un mundo sin ella. Hoy en día, todos tenemos especial apego por alguno de nuestros aparatos electrónicos (al teléfono móvil, por ejemplo). Y aunque ahora esto no es un problema, podría serlo cuando empecemos a suplir el cariño entre nosotros por cargas afectivas sobre las máquinas. Cuando convivamos con robots realmente parecidos a nosotros, llegaremos a replantearnos si podemos mantener una amistad con ellos. El desarrollo de la inteligencia artificial va a hacer que nos tengamos que replantear muchos aspectos sobre las relaciones y la amistad con los «no humanos». ¿Hasta qué punto vamos a sentir rechazo o apego por «ellos»? Esto solo lo descubriremos con el paso del tiempo.

El problema se agravaría si un humano llegara a enamorarse de una máquina. Las personas de carne y hueso, nuestras parejas, tienen defectos y cosas que no nos gustan. Si pusieran a nuestra disposición una inteligencia artificial perfectamente diseñada a nuestra medida, para satisfacer nuestra psicología, para hacernos felices (aunque no sea complaciente), podríamos llegar a plantearnos que son mejores este tipo de parejas que las reales. ¿Qué nos puede ofrecer una máquina que no un humano? Y viceversa.

Esto no queda tan lejos como creemos. Actualmente, el negocio de los robots sexuales ya mueve treinta billones de dólares cada año, y aumenta considerablemente. Al comprar un sexpartner (como los llamo en la novela), seríamos dueños de una especie de esclavo sexual, que además podría distorsionar la visión de la sexualidad que tenemos cuando posteriormente volvemos a tener sexo con un humano. Ha sido todo un reto escribir sobre el tema, en especial salirme de mi zona de confort para construir el capítulo del primer encuentro de Marc con Creta.

En un futuro próximo construiremos máquinas tan especialmente buenas en cualquier ámbito, que ninguna persona podrá superar su función, ya sea producción laboral, social, sexual, o de cualquier otra índole. Eso puede llevarnos a cientos de problemas de pareja, sociabilidad, autoestima y deshumanización.

Para finalizar, quería agradecerte a ti, estimado lector, que hayas decidido leer otra de mis historias. Espero haberte sumergido en una investigación más allá de lo racional. Nos encontraremos pronto en otra de mis aventuras; o quizá en las de Marc y Blake a cargo del departamento de criminalística de Inmemorian, ¿quién sabe?

Ismael Santiago Rubio